PETER S. BEAGLE

O ÚLTIMO UNICÓRNIO

TRADUÇÃO
Petê Rissatti

APRESENTAÇÃO
Patrick Rothfuss

PREFÁCIO
Tamires Santos

TRAMA

Título original: *The Last Unicorn*

Editora Nova Fronteira Participações S.A.
Av. Rio Branco, 115 – Salas 1201 a 1205 – Centro – 20040-004
Rio de Janeiro – RJ – Brasil
Tel.: (21) 3882-8200

Dados Internacionais de Catalogação na Publicação (CIP)

B366u Beagle, Peter S.
O último unicórnio/ Peter S. Beagle; traduzido por Petê Rissatti/ apresentação de Patrick Rothfuss/ prefácio de Tamires Santos. – Rio de Janeiro: Trama, 2025.
240 p.; 15,5 x 23 cm

Título original: *The Last Unicorn*

ISBN: 978-65-8133-935-7

1. Literatura americana. I. Rissatti, Petê. II. Título.

CDD: 813.9
CDU: 821.111(73)-31

André Felipe de Moraes Queiroz – Bibliotecário – CRB-4/2242

Conheça outros
livros da editora

www.editoratrama.com.br

/ editoratrama

Em memória do dr. Olfert Dapper, que viu um unicórnio selvagem nas florestas do Maine, em 1673, e de Robert Nathan, que viu um ou dois em Los Angeles.

APRESENTAÇÃO

Eu amo este livro.

É a única coisa realmente importante que tenho a dizer aqui. Todo o resto que eu escrever será secundário. Adornos. Floreios. Variações sobre esse tema.

Então, caso você esteja em uma livraria, lendo esta apresentação, imaginando se deve comprar este livro e dar uma chance para ele... a resposta é sim.

Se alguém lhe deu este livro de presente e você está buscando uma nova leitura, tentando decidir se vale a pena, a resposta é sim também.

Se leu este livro quando era mais jovem, amou e teme que ele não seja tão bom quanto você se lembra, que tenha de alguma forma envelhecido mal: não se preocupe, ele não envelheceu mal.

Caso sua preocupação seja que talvez *você* tenha mudado demais, se cansado demais, que seu coração tenha sido endurecido pelo mundo, que seu gosto tenha sido embotado por histórias menos sutis, deixe-me tranquilizá-lo: esta história é perfeita como uma pérola. É doce como o beijo que você lembra com mais carinho em um cantinho silencioso do seu coração.

Dei este livro para pessoas que amo, empurrei na mão de estranhos em livrarias e o li em voz alta para meus filhos. Mantenho vários exemplares em casa, de forma a sempre ter um para presentear. É um livro que recomendo para todo mundo, não importa quem seja, não importa a idade, as preferências de gênero literário ou se tenham ou não interesse em unicórnios.

E eu o estou recomendando para você agora mesmo. Faça esse favor a si mesmo. Leia, por favor. Por favor.

Este não é simplesmente um livro que eu amo. É meu livro favorito e tem sido assim pelo menos por grande parte dos últimos trinta anos. É o livro que meu coração mais ama.

Para quem ainda não o leu, não tema. Não vou cometer o maior pecado das apresentações e estragar a surpresa, falando sobre todas as minhas partes favoritas, ou me apropriar das piadas boas e colocá-las aqui para parecer inteligente, ou revelar pontos da trama, ou fazer referências que você não conseguirá entender porque, bem, ainda não leu o livro.

Mas, nos próximos dois parágrafos, eu *vou* fazer referência a alguns personagens para aqueles que já o leram. Por isso, se você quiser evitar até essas menções, pode pulá-los.

Quando eu era mais jovem, li *O leão, a feiticeira e o guarda-roupa*. E por isso passei minha infância desejando nada mais nada menos do que tropeçar e cair em Nárnia. Eu tinha idade suficiente para saber que ela não era real, mas também era jovem o bastante para ter esperança de que fosse. E, assim, saí em busca de portas escondidas e caminhos secretos. Por anos.

Agora, estou com os cinquenta anos batendo à porta. Algumas pessoas dirão que não estou velho, mas estou. No mínimo, é a maior idade que eu já tive. Agora, preciso de óculos. Não dou tanta risada quanto antes. A cada dia sinto que estou me tornando menos Schmendrick e mais Bravio. Tenho idade o bastante para saber que unicórnios não são reais, mas a juventude que me resta permite que eu tenha a esperança de encontrar um. E, quando isso acontecer, espero poder ser merecedor desse encontro e melhor do que sou, ou seja, menos rei Bravio e mais Molly Pavor.

Eu odeio apresentações.

Sim, percebo que é um lugar estranho para fazer esse tipo de declaração. Para que faça sentido, provavelmente eu deveria contextualizar um pouco.

8. O ÚLTIMO UNICÓRNIO

Quando criança, eu morava no interior. Não era especialmente rústico, e também não estou tentando sugerir alguma dificuldade. É só que não cresci em um bairro de classe média, cercado por um monte de outras crianças com quem brincar ou tendo lugares aonde ir. Em vez disso, cresci com livros.

É difícil olhar para trás e tentar calcular exatamente quantos li, mas foi muita coisa. Eu me lembro de reler o grande exemplar vermelho de capa dura de *O Senhor dos Anéis* da minha mãe todo verão, deitado na cama.

Lembro-me de arrumar minha mochila para a escola antes de fazer a longa viagem de ônibus na quinta série. Eu sempre verificava se havia pegado dois livros e enfiado na mochila. Não eram o livro que eu estava lendo, que estava sempre na minha mão ou no bolso do casaco. Os livros na minha mochila eram para quando eu terminasse aquele. Dessa forma, eu sempre tinha um reserva... e, depois dele, outro para cobrir o reserva. Talvez eu me esquecesse de levar meu almoço para a escola, mas nunca me esquecia de levar livros...

Curiosamente, nunca li *O último unicórnio* durante todo esse tempo. Sei disso porque, quando assisti ao filme de animação com minha mãe e minha avó, foi algo completamente novo para mim.

Essa tendência continuou durante todo o ensino médio. Lia na hora do almoço. Lia quando minha mãe nos levava para a praia. Sabia que existe um limite para o número de livros que se pode retirar da biblioteca? Pois é. Eu gastava minha mesada principalmente com livros e carregava uma mochila cheia deles para as férias em família.

A maioria era de fantasia, e a maior parte deles era o que minha mãe chamaria de “livros-pipoca”, ou seja, eram bem divertidos, mas não muito substanciais. Livros gostosos e deliciosos, porcarias cheias de elfos e espadas mágicas. Por alto, estimo que devo ter lido pelo menos dois ou três mil romances antes de ir para a faculdade.

(Vou mencionar aqui, para que você saiba aonde quero chegar, que não me lembro de nenhum daqueles livros ter uma apresentação.)

Na faculdade, descobri o beijo e a área de humanidades. Como resultado, no final do meu primeiro ano, abandonei o curso de engenharia química e meu hábito de ler um ou dois livros por dia. Foi nessa época que me deparei com uma cópia de *O Senhor dos Anéis* que incluía uma apresentação escrita por um cara chamado Peter S. Beagle. Que eu me lembrasse, nunca havia encontrado uma apresentação antes, que dirá ter lido uma.

Fui tomado por uma estranha indignação. "Quem esse cara pensa que é, caramba?", pensei eu com toda a arrogância de um jovem de vinte anos de idade. "Por que seria preciso escrever uma apresentação para os melhores livros de fantasia de todos os tempos?"

Apesar disso, eu a li, e, por mais estranho que pareça, ela foi reconfortante para mim. Eu havia aprendido que fantasia era coisa de baixo nível, uma perda de tempo. Mas Peter falou em termos brilhantes sobre Tolkien e a Terra-média, explicando: "Fomos criados para homenagear todos os exploradores e descobridores errados — ladrões cravando bandeiras no chão, assassinos carregando cruzes. Louvemos, finalmente, os colonizadores de sonhos."

(Perdoem-me se aqui lanço mão levianamente da palavra "colonizadores", que naquela época não tinha a merecida conotação negativa que tem hoje.) A razão por que me lembro disso de uma maneira tão vívida é que foi uma das primeiras vezes que vi alguém defendendo a fantasia como algo bonito e valioso. Foi aí que comecei a perceber que talvez eu não precisasse me sentir mal por gostar de fantasia. Talvez ela não precisasse ser um daqueles prazeres que temos vergonha de revelar.

Encontrei o livro sobre unicórnios desse tal de Beagle e fiquei impressionado com a linguagem e como era diferente das muitas outras coisas que eu havia lido. Não se tratava apenas de exércitos lutando, espadas mágicas e missões. Que estranho. Que espantosamente estranho.

Embora eu não lesse mais um livro por dia, ainda lia com bastante constância. Era raro o semestre em que não fazia pelo menos uma disciplina cujo foco não fosse ler alguma coisa, qualquer coisa. (Romances. Peças de teatro. Poesia. Textos filosóficos e religiosos.) Depois, eu discutia o que tinha lido com professores, colegas de classe e amigos. O que continuou por cerca de dez anos. Foi uma experiência educacional incrível e um dos momentos mais felizes da minha vida.

Então, cometi um erro terrível: eu me formei e fui fazer mestrado em literatura inglesa. Na pós-graduação, o foco mudou: discutíamos os livros *antes* de lê-los. Ou em vez de lê-los.

Levei um tempo até perturbador de tão longo para me dar conta do porquê de eu estar tão incomodado, tão infeliz e insatisfeito. Mas, no fim das contas, veio o estalo. A estrutura dessas aulas, a natureza dos ensaios e apresentações que fui forçado a ler deixaram uma coisa bem evidente: o que outras pessoas pensam e sentem sobre um livro é mais importante do que o que você pensa e sente.

Pessoalmente, não acho que seja verdade.

Parte disso provavelmente se deve ao fato de eu ser teimoso e cabeça-dura. Amamos melhor aquilo que amamos primeiro, e eu cresci lendo livros e pensando sozinho, sem trocar ideias com muita gente. Mais tarde, na faculdade, aprendi a alegria de ler, pensar e, em seguida, compartilhar e discutir esses pensamentos com outras pessoas. Mas você vai notar a ordem desses eventos: você lê e pensa *primeiro a sós*...

Já li muitas apresentações que se esquecem de que estão ali apenas para apresentar. Será que eu quero que você leia este livro que está nas suas mãos? Claro que quero. Da mesma forma que gostaria que você conhecesse alguém que eu amo muito. Uma pessoa interessante e engraçada. Uma que eu acho que talvez seja uma bela amizade para você. Por isso, a apresentação. Pessoa leitora, este aqui é o livro. Livro, esta aqui é a pessoa leitora.

Mas, na minha experiência, uma apresentação raramente para por aí. O mais comum é encontrar alguém desesperado para ter certeza de que você lerá o livro da maneira correta. Ou seja, a maneira como esse alguém leu. E, antes que você perceba, vai estar mergulhado até o pescoço na opinião desse alguém sobre como tudo isso é *obviamente* uma tentativa de recontextualizar a fenomenologia de Heidegger por meio de uma lente marxista ou coisa que o valha.

Para mim é como a ideia de alguém mastigar meu almoço antes de eu começar a comê-lo. Nada atraente, certo?

Mas é mais que isso. É pior que isso.

Um livro por si só não é nada. É um pedaço de argila sem vida. Certa vez ouvi alguém dizer que um livro é como um relâmpago em uma garrafa e que precisa de um leitor para tirar sua tampa. E, embora seja uma imagem evocativa, está completamente equivocada. Ela insinua que qualquer história mágica que exista vive inteiramente dentro do livro. Mas simplesmente não é verdade.

Veja bem, um livro não é um pacotinho de macarrão instantâneo.

Minha nossa. Espero que não coloquem essa frase na capa. Fiquei parecendo um maluco aqui. Mas não desista de mim. Estou tentando dizer uma coisa que nunca parei para articular antes.

Um livro não é como macarrão instantâneo. Ou um frasco de café solúvel. Você interage com eles, mas eles ainda estão separados de você. São externos a você. Independentes. Qualquer um poderia despejar a água quente e chegar ao mesmo resultado.

Os livros são diferentes: um livro é um beijo. Um livro é uma dança.

Uma história pode vir *de* um livro, mas a história não vive nele. A história vive dentro de você. E essa versão da história é diferente de qualquer outra versão no mundo por causa do que você traz dentro de si. Pelo que *você* pensa e sente. Isso é único. É raro e maravilhoso.

Então, é isso. Livros não são macarrão instantâneo. Foi aqui que você ouviu isso primeiro. Eles são danças. Ou melhor, você dança *com* o livro. Vocês dois trabalham em harmonia, e a história é a dança. É algo único, porque você não está simplesmente adicionando água, você está adicionando sua pessoa nele.

Provavelmente é verdade para todos os tipos de arte, mas acho que especialmente no caso dos livros. Além disso, os livros variam em como a experiência compartilhada pode ser louca. Alguns livros estão constantemente surpreendendo você com novos passos quando você retorna à dança. Alguns deles nos ajudam a nos surpreender.

Então, pessoa leitora, este aqui é o livro. Livro, esta aqui é a pessoa leitora.

Por mais que eu queira ficar por aqui e ter certeza de que vocês vão se dar bem, preciso encerrar. Claro, tenho muitos pensamentos e sentimentos sobre o livro que você tem nas mãos. Eu falaria o dia inteiro sobre quanto amo a linguagem dele. O arco da história. Schmendrick, o Mágico. Molly Pavor...

Mas, se quiser minha opinião polêmica sobre o rei Bravio e o Touro Vermelho, pode lê-la no meu blog. O lugar dela não é aqui. Você tem que dançar a partir de agora.

Patrick Rothfuss, fevereiro de 2022

PREFÁCIO

O *último unicórnio* não é apenas um conto de fadas, é a lembrança de algo que, sem querer, fomos deixando para trás enquanto desbravamos o mundo moderno: a magia que nos cerca. Beagle escreve com muita ternura, como quem tenta proteger a todo custo uma fagulha dessa magia prestes a se apagar. Essa mistura de delicadeza e melancolia se mostrou uma marca do autor, que também escreveu o roteiro da versão animada de *O Hobbit*, de 1977, e trocou cartas com Tolkien, a quem ele admirava — um autor que, assim como Beagle, sabia muito bem a importância de manter a fantasia viva.

A protagonista, que é a única da sua espécie, carrega uma angústia que o leitor pode reconhecer: deslocada, ela busca algo que talvez nem exista mais. Uma prova de que ainda há lugar para ela no mundo. E, mesmo que no nosso mundo não existam unicórnios de verdade, podemos escolher manter essa fagulha acesa. **Este livro é para quem ainda acredita, ou quer voltar a acreditar, que a fantasia sempre tem algo especial a nos dizer.**

Tamires Santos
Resenhando Sonhos

I

A unicórnio vivia completamente sozinha em uma floresta de lilases. Era muito velha, embora não soubesse disso, e não tinha mais a cor despreocupada da espuma marinha, mas, sim, a cor da neve caindo em uma noite de luar. No entanto, seus olhos ainda eram claros e incansáveis, e ela ainda se movia como uma sombra sobre o mar.

Não se parecia em nada com um cavalo com um chifre, como são com frequência retratados os unicórnios, sendo menor e com cascos fendidos, além de ter aquela graça mais antiga e selvagem que os cavalos nunca tiveram, que os cervos têm apenas em uma imitação tímida e tênue, e as cabras, em uma zombaria saltitante. Seu pescoço era longo e esbelto, fazendo a cabeça parecer menor do que era, e a crina, que chegava quase até o meio das costas, era tão macia quanto a penugem de um dente-de-leão e tão fina quanto uma nuvem sedosa. Tinha orelhas pontudas e pernas finas com penachos de pelos brancos nos tornozelos, e o longo chifre acima dos olhos brilhava e cintilava com uma luz perolada própria, mesmo na calada da noite, após as 12 badaladas. Com ele, a unicórnio havia matado dragões, curado um rei cuja ferida envenenada não fechava e derrubado castanhas maduras para filhotes de urso.

Unicórnios são imortais. É da natureza deles viverem sozinhos em um lugar: o mais comum é ser uma floresta onde haja uma lagoa clara o bastante para que consigam se ver, pois são um tanto vaidosos, sabendo que, além de mágicos, são as criaturas mais bonitas do mundo. Dificilmente acasalam, e nenhum lugar é mais encantado do que aquele onde um unicórnio nasceu. Da última vez que ela encontrou outro unicórnio, as jovens virgens que ainda vinham procurá-la de vez em quando a chamavam em uma língua diferente, mas ela não tinha noção de meses, anos e séculos ou mesmo de estações. Sempre era primavera em sua floresta, porque ela morava ali e vagava o dia inteiro entre as grandes faias, vigiando os animais que viviam no solo e embaixo dos arbustos, em ninhos e cavernas, dentro da terra e no topo das árvores. Geração após geração, lobos e coelhos, igualmente, caçavam, amavam, tinham filhotes e morriam, e, como a unicórnio não fazia nada daquilo, nunca se cansava de observá-los.

Certo dia, aconteceu de dois homens com longos arcos cavalgarem pela floresta dela, caçando cervos. A unicórnio os seguiu, movendo-se de um jeito tão cauteloso que nem os cavalos perceberam que ela estava por perto. A visão dos homens a enchia de uma antiga, hesitante e estranha mistura de ternura e terror. Ela nunca deixava que ninguém a visse se pudesse evitar, mas gostava de vê-los passar cavalgando e ouvi-los conversar.

— Não gosto de como me sinto nesta floresta — resmungou o mais velho dos dois caçadores. — Com o tempo, criaturas que vivem na floresta de um unicórnio aprendem um pouco de magia, principalmente relacionada ao desaparecimento. Não vamos encontrar nada para caçar aqui.

— Os unicórnios desapareceram faz muito tempo — argumentou o segundo homem. — Se é que existiram de verdade. Essa é uma floresta como outra qualquer.

— Então, por que as folhas nunca caem aqui, nem mesmo a neve cai? Estou lhe dizendo, existe apenas um unicórnio restante no mundo... boa sorte para o velho solitário, é o que eu lhe digo... e, enquanto ele viver nesta floresta, não vai ter um caçador levando para casa nem mesmo um chapim na sela. Continue cavalgando, continue, você vai ver. Conheço os costumes deles, dos unicórnios.

— Dos livros — respondeu o outro. — Somente dos livros, dos contos e das canções. Durante três reinados, nunca houve sequer um sussurro comentando de um unicórnio ter sido visto neste país ou em qualquer outro. Você não sabe mais sobre unicórnios que eu, pois li os mesmos livros e ouvi as mesmas histórias, e, da mesma forma, nunca vi nenhum.

O primeiro caçador ficou em silêncio por um tempo, e seu companheiro soltou um assobio mal-humorado para si mesmo. Então, o primeiro caçador rompeu o silêncio:

— Minha bisavó viu um unicórnio uma vez. Ela costumava contar essa história quando eu era pequeno.

— Ah, é mesmo? E ela o capturou com uma rédea dourada?

— Não. Ela não tinha uma. Não é necessário ter uma rédea dourada para capturar um unicórnio, essa parte é do conto de fadas. Só é preciso ser puro de coração.

— Sim, sim. — O mais jovem soltou uma risadinha. — Ela montou o unicórnio, então? Sem sela, embaixo das árvores, como uma ninfa nos primórdios do mundo?

— Minha bisavó tinha medo de animais grandes — explicou o primeiro caçador. — Ela não montou nele, mas ficou sentada bem quieta, e o unicórnio pousou a cabeça em seu colo e adormeceu. Minha bisavó não se mexeu até que ele acordasse.

— Como ele era? Plínio descreve o unicórnio como um animal muito feroz, semelhante no restante do corpo a um cavalo, com cabeça de cervo, patas de elefante, cauda de urso, uma voz profunda e estridente, e um único chifre preto com dois cúbitos[1] de comprimento. E os chineses...

— Minha bisavó dizia apenas que o unicórnio tinha um cheiro bom. Nunca conseguiu suportar o cheiro de nenhum animal, nem mesmo de um gato ou de uma vaca, que dirá um bicho selvagem. Mas ela amava o cheiro do unicórnio. Uma vez, enquanto me falava dele, ela começou a chorar. Claro, já era uma mulher muito velha naquela época e chorava por qualquer coisa que a lembrasse de sua juventude.

— Vamos dar meia-volta e caçar em outro lugar — disse o companheiro de forma abrupta.

A unicórnio entrou suavemente em um matagal enquanto eles viravam os cavalos e apenas retomou a trilha quando os dois estavam bem à frente dela de novo. Os homens cavalgaram em silêncio até se aproximarem da orla da floresta, quando o segundo caçador perguntou baixinho:

— Por que acha que eles desapareceram? Se é que alguma vez chegaram a existir.

— Sei lá. Os tempos mudam. Você acha que estamos em uma boa época para unicórnios?

— Não, mas eu me pergunto se algum homem antes de nós já pensou que sua época era boa para unicórnios. Pelo que me lembro agora, eu ouvi histórias... bom, eu estava com sono por causa do vinho ou pensando em outra coisa. Enfim, não importa. Ainda está claro o bastante para caçar, se nos apressarmos. Vamos!

Eles deixaram a floresta, atiçando os cavalos a galopar, e saíram em disparada. Mas antes que desaparecessem de vista, o primeiro caçador olhou para trás e gritou, como se pudesse ver a unicórnio parada à sombra:

— Fique onde estiver, pobre animal. Este mundo não serve para você. Fique na sua floresta, mantenha suas árvores verdes e conceda vida longa aos seus amigos. Não dê atenção às jovenzinhas, pois elas vão virar apenas umas velhas tolas, é isso que vão ser. E boa sorte para você.

A unicórnio estacou na orla da floresta e disse em voz alta:

— Sou a única unicórnio que existe.

Foram as primeiras palavras que disse, até para si mesma, em mais de cem anos.

Não pode ser, pensou ela. A unicórnio nunca se importara em ficar sozinha, em nunca ver outro unicórnio, porque sempre soube que havia outros como ela no mundo, e um unicórnio não precisa de mais que isso como companhia.

— Mas eu saberia se todos os outros tivessem desaparecido. Eu também teria desaparecido. Tudo que acontecer com eles tem que acontecer comigo.

Sua própria voz a assustou e a fez querer sair correndo. Ela moveu-se pelos caminhos escuros de sua floresta, rápida e cintilante, atravessando clareiras repentinas que eram insuportáveis de tão brilhantes com o mato ou suavizadas com as sombras, ciente de tudo ao redor, desde as ervas daninhas que roçavam seus tornozelos até os rápidos lampejos de azul e prata dos insetos quando o vento erguia as folhas.

— Ai, eu nunca conseguiria sair daqui, jamais, não se eu realmente fosse a única unicórnio do mundo. Sei como é viver aqui, conheço o cheiro de tudo, o gosto de tudo e como tudo é. O que eu buscaria no mundo se não fosse isso outra vez?

Mas, quando por fim interrompeu sua corrida e ficou parada, ouvindo os corvos e a briga de esquilos sobre a cabeça, ela imaginou o seguinte: *mas e se estiverem escondidos, reunidos em algum lugar distante? E se estiverem se escondendo e esperando por mim?*

A partir daquele primeiro momento de dúvida, não houve mais paz para ela; desde o momento em que imaginou deixar sua floresta para trás, não conseguia ficar em um lugar sem querer estar em outro. Trotava de um lado para o outro da lagoa, inquieta e infeliz. Unicórnios não foram criados para fazer escolhas. Ela dizia não, sim e não de novo, dia e noite, e pela primeira vez começou a sentir os minutos rastejando sobre ela como vermes.

— Não vou. Apenas porque os homens não veem unicórnios há algum tempo não significa que todos tenham desaparecido. Mesmo se fosse verdade, eu não iria. Eu vivo aqui!

Mas, por fim, ela despertou no meio de uma noite quente e disse:

— Sim, mas agora.

Ela correu pela floresta, tentando não olhar para nada e não sentir o cheiro de nada, tentando não sentir a terra embaixo dos cascos fendidos. Os animais que se movimentavam no escuro — as corujas, as raposas e os cervos — levantaram a cabeça quando ela passou, mas a unicórnio não olhou para eles. *Preciso ir depressa*, pensou ela, *e voltar o mais rápido possível. Talvez eu não precise ir muito longe. Mas, independentemente de eu encontrar os outros ou não, eu volto muito em breve, assim que puder.*

Sob a lua, a estrada que saía da orla da floresta cintilava como água, mas quando ela pisou naquele caminho, distante das árvores, sentiu o quanto era difícil e como era longa. Quase deu meia-volta naquele momento, mas, em vez disso, respirou fundo o ar da floresta que ainda chegava até ela e o manteve na boca como uma flor o máximo que pôde.

A longa estrada não levava a lugar algum e não tinha fim. Atravessava vilas e pequenas cidades, planícies e montanhas, desertos pedregosos e prados que brotavam das pedras, mas não pertencia a nenhum deles e jamais se encerrava. Ela apressava a unicórnio, puxando suas patas como faz a maré, atormentando-a, sem a deixar quieta, espreitando o ar como estava acostumada a fazer. Seus olhos sempre ficavam cheios de poeira, e sua crina, dura e pesada com a sujeira.

Em sua floresta, o tempo sempre passou por ela, mas, naquele momento, enquanto viajava, era ela quem passava pelo tempo. As cores das árvores mudavam, e os animais ao longo do caminho viam crescer uma pelagem pesada e voltavam a perdê-la; as nuvens rastejavam ou avançavam com rapidez diante dos ventos mutáveis, e assumiam tons rosados e dourados ao sol ou um tom acinzentado com a tempestade. Por onde quer que fosse, a unicórnio buscava os seus, mas não encontrava nenhum vestígio deles, e, em todas as línguas que ouvia ao longo da estrada, não havia mais sequer uma palavra para eles.

Certa manhã, quando estava prestes a sair da estrada para dormir, viu um homem capinando seu jardim. Sabendo que devia se esconder, ficou parada e o observou trabalhar, até que ele endireitou o corpo e a avistou. Era gordo, e suas bochechas balançavam a cada passo que dava.

— Ah — disse ele. — Ah, você é linda!

Quando tirou o cinto, fez um laço nele e avançou de forma desajeitada na direção dela, e a unicórnio ficou mais contente que assustada. O homem sabia o que ela era e para que ele próprio servia: capinar nabos e perseguir alguma coisa que brilhasse e pudesse correr mais rápido que ele. Ela desviou de sua primeira investida com tanta leveza que foi como se o vento a tivesse arremessado para longe do alcance do homem.

— Na minha época, eu era caçada com sinos e estandartes — comentou ela com o sujeito. — Os homens sabiam que a única maneira de me caçar era deixar a perseguição tão maravilhosa que eu me aproximasse para vê-la. E, mesmo assim, nunca fui capturada.

— Meu pé deve ter escorregado — disse o homem. — Paradinha agora, coisa linda.

— Nunca entendi de verdade — disse a unicórnio, refletindo, enquanto o homem se levantava — o que o senhor sonha em fazer comigo depois que me capturar.

O homem deu mais um salto, e ela escapou dele como a chuva.

— Não acho que o senhor se conheça bem — ponderou a unicórnio.

— Shhh, tá tudo bem, calminha. — O rosto suado do homem estava manchado de terra, e ele mal conseguia respirar. — É linda — arfou. — É uma eguazinha linda.

— Égua? — A unicórnio trombeteou a palavra com tanta estridência que o homem parou de persegui-la e tapou os ouvidos com as mãos. — Égua? — questionou ela. — Eu, um cavalo! É por isso que o senhor me toma? É isso que o senhor vê?

— Um bom cavalo — ofegou o gordo. Ele apoiou-se na cerca e enxugou o rosto. — Depois de limpá-la e dar uma boa escovada, você vai ser a égua mais linda do mundo inteiro. — Ele estendeu o cinto de novo. — Vou levá-la para a feira — continuou ele. — Venha cá, cavalo.

— Cavalo — repetiu a unicórnio. — É isso que o senhor estava tentando capturar. Uma égua branca com a crina cheia de folhas. — Quando o homem se aproximou, ela enganchou o chifre no cinto, arrancou-o do sujeito e o atirou longe da estrada dentro de um canteiro de margaridas. — Um cavalo, é o que sou? — bufou. — Um cavalo, isso mesmo!

Por um momento, o homem se aproximou muito da unicórnio, e os olhos grandes dela encararam os dele, que eram miúdos, cansados e surpresos. Então, ela deu meia-volta e fugiu pela estrada, correndo tão rápido que aqueles que a viram exclamaram:

— Agora, sim, um cavalo! Aí está um cavalo de verdade!

Um velho disse baixinho à esposa:

— É um cavalo árabe. Eu estive em um navio com um cavalo árabe uma vez.

A partir daquele momento, a unicórnio passou a evitar cidades, mesmo à noite, a menos que não houvesse nenhuma maneira de contorná-las. Mesmo assim, havia alguns homens que a perseguiam, mas sempre pensando que ela era uma égua branca errante, nunca da maneira alegre e reverente própria da perseguição de um unicórnio. Vinham com cordas, redes e iscas de torrões de açúcar, assobiavam e a chamavam de Florzinha e Linda. Às vezes, ela diminuía a velocidade o bastante para deixar os cavalos sentirem seu cheiro e, em seguida, observava os animais empinarem, girarem e fugirem com seus cavaleiros aterrorizados. Os cavalos sempre sabiam quem era ela.

— Como pode? — perguntava-se ela. — Acho que eu entenderia se os homens tivessem simplesmente esquecido os unicórnios ou se tivessem mudado a tal ponto que odiassem todos os unicórnios agora e tentassem matá-los quando os vissem. Mas não os enxergar, olhar para eles e ver outra coisa... Então, com o que eles se parecem um para o outro? Como são as árvores para eles, ou as casas, ou os cavalos de verdade, ou os próprios filhos?

Às vezes, ela pensava que, se os homens não sabiam mais o que estavam vendo, podia muito bem haver unicórnios no mundo, desconhecidos e felizes por isso. Mas ela sabia, além da esperança e da vaidade, que os homens haviam mudado, e o mundo havia mudado com eles, porque os unicórnios haviam desaparecido. Mesmo assim, continuou pela estrada difícil, embora a cada dia desejasse um pouco mais nunca ter saído da sua floresta.

Então, certa tarde, uma borboleta macho saiu sacolejando da brisa e pousou na ponta de seu chifre. Era toda aveludada, escura e cheia de um pó, com manchas douradas nas asas, e era tão fina quanto uma pétala de flor. Dançando ao longo de seu chifre, ele a saudou com suas antenas enroladas.

— Sou um aventureiro itinerante. Como vai?

A unicórnio riu pela primeira vez em sua viagem.

— Borboleta, o que está fazendo por aí nesse dia ventoso? — perguntou ela. — Vai pegar um resfriado e morrer muito antes do tempo.

— A morte leva o que o homem deseja manter — disse a borboleta — e deixa o que o homem deseja perder. Sopra, vento, até arrebentar tuas bochechas![2] Aqueço minhas mãos diante do fogo da vida e alcanço alívio em quatro dimensões. — Ele cintilou como um vestígio de crepúsculo sobre o chifre dela.

— Sabe o que eu sou, borboleta? — perguntou a unicórnio, esperançosa, e ele lhe respondeu:

— Até bem demais; você é um rufião.[3] Você é meu tudo, é meu raio de sol, é velha, grisalha e cheia de sono, é minha Mary Jane tuberculosa e com cara de picles.[4] — A borboleta fez uma pausa, batendo as asas contra o vento, e acrescentou em tom de conversa: — Em meu coração, teu nome está como num guizo.[5] Eu despedaçaria meu corpo para chamá-la uma vez por seu nome.

— Então, diga meu nome — implorou a unicórnio. — Se souber meu nome, me diga.

— Rumpelstiltskin — respondeu a borboleta alegremente. — Peguei você! Não vai ganhar nenhuma medalhinha! Ele dançava e dava batidinhas no chifre dela, cantando: — Você não vai voltar para casa, Billy Bala, não vai voltar para casa, aonde antes ele não podia ir.[6] Mão na massa, Winsocki, vá pegar uma estrela cadente.[7] Clay fica parado, mas o sangue é quem viaja,[8] por isso eu deveria ser chamado de engasga-gato em toda a paróquia. — Os olhos dele cintilavam escarlates ao brilho do chifre do unicórnio.

Ela suspirou e seguiu avante, um tanto divertida e decepcionada ao mesmo tempo. *Bem feito!*, disse ela para si mesma. *Você sabe que não deve esperar que uma borboleta saiba seu nome. Tudo o que elas sabem são canções e poesias, e qualquer outra coisa que ouçam. Elas têm boas intenções, mas não conseguem manter o rumo certo das coisas. E por que deveriam? Elas morrem tão cedo.*

A borboleta sacudia-se diante de seus olhos, cantando "um, dois, três, olé", enquanto girava, cantarolando:

— Não, eu não vou, desdita, olhar para aquela estrada solitária.[9] Pois, ai, quantos minutos malditos ele conta sobre quem adora, mas duvida. Apressa-te, Mirtes, e traz consigo uma horda de fantasias furiosas das quais sou comandante, que vão estar à venda por apenas três dias a preço de banana. Eu te amo, eu te amo, ai, o horror, o horror, e em torno de ti, sua bruxa, em torno de ti, você escolheu, mesmo e de verdade, um péssimo lugar para estar manco, salgueiro, salgueiro, salgueiro. — Sua voz tilintava na cabeça da unicórnio como moedinhas de prata caindo.

Os dois viajaram juntos pelo restante do dia, mas quando o sol se pôs e um cardume rosado invadiu o céu, ele voou para longe do chifre dela e pairou no ar diante da unicórnio.

— Preciso pegar o trem das onze[10] — disse ele com polidez.

Contra as nuvens, ela conseguia enxergar que as asas aveludadas dele eram frisadas com delicadas veias pretas.

— Adeus — despediu-se ela. — Espero que você ouça muitas outras canções. — Essa foi a melhor maneira que ela conseguiu pensar para se despedir de uma borboleta. Mas, em vez de deixá-la, ele voejou acima de sua cabeça, de repente parecendo menos elegante e um pouco nervoso no ar azul do entardecer. — Voe longe — ela o encorajou. — Está frio demais para ficar aqui fora.

Mas a borboleta ainda brincava, cantarolando para si mesma.

— Eles montam aquele cavalo que você chama de Macedônia — entoou ele distraidamente, e, em seguida, falou de forma muito distinta: — Unicórnio. Do francês antigo, *unicorne*. Do latim, *unicornis*. Literalmente, com um chifre: *unus*, um, e *cornu*, um chifre. Um animal fabuloso que lembra um cavalo com um chifre. Ah, sou cozinheiro, capitão ousado e imediato do brigue *Nancy*.[11] Cadê você, que nunca mais apareceu aqui?[12]

Ele se exibia alegremente no ar, e os primeiros vaga-lumes piscavam ao seu redor, oscilando entre maravilhamento e dúvidas sérias.

A unicórnio ficou tão assustada e tão feliz ao ouvir seu nome finalmente ser falado que ignorou o comentário sobre o cavalo.

— Ah, você me conhece! — gritou ela, e a bufada de sua alegria lançou a borboleta a seis metros de distância. Quando ele voltou cambaleando até ela, a unicórnio implorou: — Borboleta, se realmente sabe quem sou, me diga se já viu alguém como eu, me diga qual caminho devo seguir para encontrá-los. Para onde foram?

— Borboleta pequenina, venha para o meu cordão[13] — cantou ele à luz que se apagava. — O insolente e o complacente surgem juntos de repente.[14] Cristo, que meu amor estivesse em meus braços e eu em minha cama novamente.[15]

Ele pousou no chifre da unicórnio mais uma vez, e ela conseguiu senti-lo tremendo.

— Por favor — implorou ela. — Tudo o que quero saber é se existem outros unicórnios em algum lugar do mundo. Borboleta, me diga que ainda existem outros como eu, e vou acreditar em você e voltar para a minha floresta. Fiquei fora por tempo demais, mesmo dizendo que voltaria em breve.

— Sobre as montanhas da lua — começou a borboleta —, descendo o Vale da Sombra, cavalgue, cavalgue com coragem.[16] — Então, ele parou de repente e disse com uma voz estranha: — Não, não, escute, não me escute, escute. Você conseguirá encontrar seu povo se for corajosa. Eles passaram por todas as estradas há muito tempo, e o Touro Vermelho correu bem atrás deles e cobriu suas pegadas. Não te assombres, mas não fique insegura.

Suas asas roçaram a pele da unicórnio.

— O Touro Vermelho? — perguntou ela. — Quem é o Touro Vermelho?

A borboleta começou a cantar:

— Siga-me bem de perto. Siga-me bem de perto. Siga-me bem de perto. Siga-me bem de perto. — Mas, em seguida, ele balançou a cabeça freneticamente e recitou: — Glória a esse touro primogênito, e são chifres de búfalo os seus chifres. Com eles investe contra todos os povos até as extremidades da terra.[17] Ouça, ouça, ouça rápido.

— Estou ouvindo — gritou a unicórnio. — Onde está meu povo, e quem é o Touro Vermelho?

Mas a borboleta esvoaçou perto da orelha dela, rindo.

— Tenho pesadelos sobre rastejar no chão — cantou ele. — Três cadelinhas, Tray, Blanche, Sue, elas latem para mim,[18] as cobrinhas, elas sibilam para mim, os mendigos estão chegando na cidade. Então, finalmente, vêm os mariscos.[19]

Por mais um momento ele dançou no crepúsculo diante dela; em seguida, se afastou, trêmulo, nas sombras violeta à beira da estrada, cantarolando em desafio:

— É você ou sou eu, mariposa! Mão na mão, mão na mão, mão na mão.

O último vislumbre que teve dele foi um breve voejar entre as árvores, e seus olhos talvez a tenham enganado, pois a noite se encheu de asas naquele momento.

Pelo menos ele me reconheceu, pensou ela com tristeza. *Já é alguma coisa.* Mas logo respondeu a si mesma: *Não, não é nada, só serve para dizer que alguém inventou certa vez uma canção sobre unicórnios, ou um poema. Mas o Touro Vermelho. O que ele quis dizer com isso? Aposto que é outra canção.*

Ela caminhou devagar, enquanto a noite se aproximava dela. O céu estava baixo e quase totalmente preto, exceto por um ponto prata-amarelado, que era a lua se movendo por trás de nuvens espessas. A unicórnio cantarolou baixinho para si mesma, uma canção que ouvira uma jovem garota cantar em sua floresta muito tempo antes:

Pardais e gatos viverão no meu sapato,
Antes de eu ir morar com você de fato.
Peixes sairão andando do mar,
Antes de você para mim voltar.

Ela não entendeu as palavras, mas a canção fez com que sentisse saudade de casa. Pareceu-lhe que tinha ouvido o outono começar a sacudir as faias no exato momento em que pisou naquela estrada.

Por fim, ela se deitou no mato frio e adormeceu. Os unicórnios são os mais cautelosos de todos os seres selvagens, mas, quando dormem, caem em um sono profundo. Mesmo assim, se não estivesse sonhando com seu lar, certamente teria acordado ao som das rodas e do tilintar que se aproximaram durante a noite, mesmo que o som das rodas estivesse abafado por trapos, e os sininhos, envoltos em lã. Mas ela estava bem longe, mais longe do que os sinos suaves podiam alcançar, e não despertou.

Havia nove carroças, cada uma coberta de preto, cada uma puxada por um cavalo igualmente preto e esbelto, e cada uma exibindo laterais gradeadas como dentes quando o vento soprava pelas cortinas também pretas. A carroça da frente era conduzida por uma velha atarracada e trazia placas nas laterais cobertas nas quais se lia em letras grandes: CIRCO DA MEIA-NOITE DA MAMÃE FORTUNA. E abaixo, em letras menores: *Criaturas da noite surgidas, à luz conduzidas.*

Quando a primeira carroça chegou perto do local onde a unicórnio dormia, a velha de repente fez parar seu cavalo preto. Todas as outras carroças também pararam e esperaram em silêncio enquanto a velha descia do seu lugar com uma graça feiosa. Avançando para perto da unicórnio como se deslizasse, ela olhou para o animal por um bom tempo e, em seguida, comentou:

— Ora, ora. Que a casca velha e frágil do meu coração seja abençoada. E achei que tinha visto o último deles.

Sua voz deixou um sabor de mel e pólvora no ar.

— Se ele soubesse — disse a mulher e arreganhou um sorriso de dentes cinza como seixos. — Mas acho que não vou contar para ele. — Ela olhou para as carroças pretas e estalou os dedos duas vezes. Os condutores da segunda e da terceira carroças desceram e foram na direção dela. Um era baixo, de pele escura e bruto como ela; o outro era um homem alto e magro, com um ar de perplexidade resoluta. Usava uma velha capa preta, e seus olhos eram verdes.

— O que você vê? — perguntou a velhota ao homem mais baixo. — Rukh, o que você vê deitado ali?

— Um cavalo morto — respondeu ele. — Não, não está morto. Dê para a mantícora comer, ou para o dragão. — Sua risada sibilou como fósforos sendo riscados.

— Idiota — repreendeu a Mamãe Fortuna. Em seguida, perguntou para o outro: — E você, mago, vidente, taumaturgo? O que vê com sua visão de feiticeiro? — Ela juntou-se ao homem chamado Rukh no rugido espasmódico de uma gargalhada, mas o barulho terminou quando ela viu que o homem alto ainda encarava a unicórnio. — Me responda, trapaceiro de uma figa! — rosnou ela, mas o homem alto não virou a cabeça.

A velha virou a cabeça para ele, estendendo a mão de caranguejo para puxar o queixo do homem. Os olhos dele abaixaram-se diante do olhar amarelo e fixo dela.

— Um cavalo — murmurou ele. — Uma égua branca.

Mamãe Fortuna olhou para ele por um bom tempo.

— Você também é um tolo, mágico — riu ela, por fim —, mas um tolo pior que Rukh, e mais perigoso. Ele mente apenas por ganância, mas você mente por medo. Ou seria por gentileza?

O homem não disse nada, e Mamãe Fortuna riu sozinha.

— Tudo bem — continuou ela. — É uma égua branca. Eu a quero para o Festival. A nona jaula está vazia.

— Vou precisar de uma corda — comentou Rukh. Estava prestes a se virar, mas a velha o impediu.

— A única corda que poderia segurá-la — disse ao sujeito — seria aquela com que os antigos deuses amarraram o lobo Fenris. Ela era feita de hálito de peixe, saliva de pássaro, barba de mulher, miado de gato, tendões de urso e mais uma coisa. Eu vou lembrar... raízes da montanha. Sem nenhum desses elementos nem anões para tecê-los para nós, precisaremos fazer o melhor que pudermos com barras de ferro. Vou mantê-la dormindo, então.

As mãos de Mamãe Fortuna entrelaçaram o ar da noite enquanto ela murmurava algumas palavras desagradáveis. Subiu um cheiro de relâmpago ao redor da unicórnio quando a velhota terminou seu feitiço.

— Agora, prendam-na — ordenou Mamãe Fortuna aos dois homens. — Ela dormirá até o amanhecer, não importa o barulho que vocês façam... a menos que, em sua estupidez habitual, vocês a toquem com as mãos. Desmontem a nona jaula e a remontem ao redor dela, mas cuidado! A mão que ousar roçar a crina se transformará no mesmo instante no casco de burro que ela merece ser. — De novo, ela lançou um olhar zombeteiro para o homem alto e magro. — Seus truquezinhos ficariam ainda mais difíceis para você do que já são, feiticeiro — disse ela, arfando. — Ao trabalho. Temos pouco tempo de escuridão.

Quando Mamãe Fortuna se afastou o suficiente, deslizando de volta para a sombra de sua carroça como se só tivesse saído para ver as horas, o homem chamado Rukh cuspiu e disse de um jeito curioso:

— O que será que está preocupando a velha lula? Que diferença faria se tocássemos no animal?

O mágico respondeu com uma voz tão baixa que quase não dava para ser ouvida:

— O toque da mão humana a despertaria desse sono, que é tão profundo que o próprio diabo poderia deitar sobre ela. E a Mamãe Fortuna não é o diabo.

— Ela bem que gostaria que pensássemos assim — zombou o homem de pele escura. — Cascos de burro! Ora essa! — Mas ele enfiou as mãos bem fundo nos bolsos. — Por que o feitiço seria quebrado? É só uma égua branca e velha.

Mas o mágico estava se afastando em direção ao último dos vagões pretos.

— Rápido — chamou ele, olhando para trás. — Logo vai amanhecer.

Levaram o restante da noite para desmontar a nona jaula, as barras, o piso e o teto, e, em seguida, remontá-la ao redor da unicórnio adormecida. Rukh puxava a porta para ter certeza de que estava bem trancada, quando as árvores cinza a leste farfalharam e a unicórnio abriu os olhos. Os dois homens afastaram-se às pressas, mas o mágico alto olhou para trás a tempo de ver a unicórnio se levantar e olhar para as barras de ferro, a cabeça baixa balançando como a de um velho cavalo branco.

II

As nove carroças pretas do Circo da Meia-Noite pareciam menores à luz do dia e nada ameaçadoras, mas sim frágeis como folhas mortas. Suas cortinas haviam sido retiradas e elas agora estavam adornadas com meras faixas pretas cortadas de cobertores e fitas curtas também pretas que balançavam na brisa. Estavam dispostas estranhamente em um campo coberto de vegetação rasteira: um pentagrama de jaulas envolvendo um triângulo e a carroça de Mamãe Fortuna parada no centro. Somente essa jaula manteve seu véu preto para esconder tudo o que continha. Não se via Mamãe Fortuna em parte alguma.

O homem chamado Rukh conduzia devagar uma multidão desordenada de camponeses de uma jaula para outra, comentando sombriamente sobre os animais que estavam lá dentro.

— Esta aqui é a mantícora. Cabeça de homem, corpo de leão, cauda de escorpião. Capturada à meia-noite, comendo lobisomens para adoçar seu hálito. Criaturas da noite surgidas, à luz conduzidas. Eis o dragão. De vez em quando, ele solta fogo, geralmente em pessoas que o atiçam, pobrezinho. Seu interior é um inferno, mas sua pele é tão fria que causa queimaduras. O dragão fala parcamente dezessete línguas e, às vezes, tem gota. O sátiro. Moças, mantenham-se afastadas! É um encrenqueiro, e dos bons. Capturado em circunstâncias curiosas reveladas apenas para os cavalheiros, mediante pagamento de taxa simbólica após o espetáculo. Criaturas da noite.

De pé ao lado da jaula da unicórnio, que era uma das três da parte interna, o mágico alto observava a procissão que avançava ao redor do pentagrama.

— Eu não devia estar aqui — disse à unicórnio. — A velha me avisou para ficar longe de você. — Então deu uma risadinha. — Mamãe Fortuna tem zombado de mim desde o dia em que me juntei a ela, mas eu a deixei nervosa todo esse tempo.

A unicórnio mal o ouvia. Ela se virava e revirava em sua prisão, seu corpo encolhendo pelo toque das barras de ferro ao seu redor. Nenhuma criatura da noite do homem ama ferro frio, e, embora a unicórnio conseguisse aguentar sua presença, aquele cheiro assassino parecia transformar seus ossos em areia e seu sangue em chuva. As barras da jaula dela deviam ter algum tipo de feitiço, pois não paravam de sussurrar maldades umas para as outras com vozes ásperas e balbuciadas. A pesada fechadura riu e gemeu como um macaco louco.

— Diga-me o que vê — disse o mágico, como a Mamãe Fortuna havia dito a ele. — Olhe para seus camaradas lendários e me diga o que vê.

A voz de ferro de Rukh ecoou pela tarde pálida:

— Guardião do mundo inferior. Três cabeças e uma saudável pelagem de víboras, como podem ver. Visto pela última vez na superfície na época de Hércules, que o arrastou para debaixo de um braço. Mas nós o atraímos para a luz de novo com promessas de uma vida melhor. Cérbero. Olhem para aqueles seis olhos vermelhos trapaceados. Um dia, vocês poderão olhá-los novamente. Por aqui para a Serpente de Midgard. Por aqui.

A unicórnio olhou através das grades para o animal na jaula. Os olhos dela arregalaram-se com descrença.

— É só um cachorro — sussurrou ela. — Um cachorro faminto e infeliz, com apenas uma cabeça e quase sem pelos, o pobrezinho. Como podem confundi-lo com Cérbero? São todos cegos?

— Olhe de novo — disse o mágico.

— E o sátiro — continuou a unicórnio. — O sátiro é um macaco, um macaco velho com um pé retorcido. O dragão é um crocodilo, muito mais propenso a cuspir peixes que fogo. E a grande mantícora é um leão... um leão perfeito, mas não mais monstruoso que outros. Não entendo.

— Ela enroscou o mundo inteiro com seu corpo — falava Rukh em um tom monótono.

E, mais uma vez, o mágico disse:

— Olhe de novo.

Então, como se os olhos dela estivessem se acostumando à escuridão, a unicórnio começou a perceber uma segunda figura em cada jaula. Pairavam imensos sobre os cativos do Circo da Meia-Noite e, ainda assim, estavam unidos a eles: sonhos tempestuosos brotavam de um grão de verdade. Então, havia uma mantícora — com olhos famintos, a boca babando, rugindo, curvando a cauda mortal sobre suas costas até que o espinho venenoso pendesse e balançasse bem acima das orelhas — e também havia um leão, minúsculo e ridículo em comparação. E, ainda assim, a mesma criatura. A unicórnio bateu os cascos, maravilhada.

Era assim em todas as outras jaulas. O dragão-sombra abria a boca e soltava seu fogo inofensivo em um chiado, fazendo os curiosos suspirarem e se encolherem, enquanto o cão de guarda do Inferno, com pelagem de cobra, uivava desgraças e devastações triplas sobre seus traidores, e o sátiro mancava com lascívia até as grades e acenava para as jovens, chamando-as para prazeres impossíveis, ali mesmo, em público. Quanto ao crocodilo, ao macaco e ao cão triste, eles desapareceram aos poucos diante das maravilhosas fantasmagorias até que viraram apenas sombras, até mesmo para os olhos desenganados da unicórnio.

— É uma feitiçaria estranha — disse ela baixinho. — Há mais intenção que magia aí.

O mágico riu de prazer e grande alívio.

— Disse bem, disse muito bem. Sabia que a velha horrorosa não deslumbraria você com seus feitiços baratos. — A voz dele ficou ríspida e baixa. — Ela cometeu seu terceiro erro agora, e isso é pelo menos dois erros a mais para uma velha trapaceira cansada como ela. Está chegando a hora.

— Está chegando a hora — dizia Rukh à multidão, como se tivesse ouvido o mágico. — Ragnarok. Nesse dia, quando os deuses caírem, a Serpente de Midgard cuspirá uma tempestade de veneno no grandioso Thor até que ele despenque como uma mosca envenenada. E, então, ele esperará pelo Dia do Julgamento e sonhará com o papel que terá. Talvez seja assim... não sei. Criaturas da noite surgidas, à luz conduzidas.

A jaula estava cheia de cobras. Não havia cabeça nem cauda — nada além de uma onda de escuridão manchada rolando de uma ponta à outra da cela, sem deixar espaço para nada além de sua própria respiração estrondosa. Apenas a unicórnio via, encolhida em um canto, uma jiboia maligna, remoendo, talvez, sobre seu próprio Julgamento no Circo da Meia-Noite. Mas era pequenina e escura como o fantasma de um verme à sombra da Serpente.

Um tolo curioso ergueu a mão e perguntou a Rukh:

— Se essa grande cobra está enrolada ao redor do mundo, como você diz, como consegue ter um pedaço dela em sua carroça? E se ela consegue acabar com o mar apenas se estirando, o que a impede de sair rastejando usando todo esse circo como um colar?

Houve murmúrios de concordância, e alguns dos murmuradores começaram a recuar com cautela.

— Fico feliz que tenha me perguntado, amigo — disse Rukh, fechando a cara. — Acontece que a Serpente de Midgard existe em outro espaço diferente do nosso, em outra dimensão. Normalmente, portanto, ela é invisível, mas, atraída para o nosso mundo, como Thor a pescou uma vez, ela se mostra clara como um relâmpago, que também nos visita de algum outro lugar, onde talvez tivesse uma outra aparência. E, naturalmente, ela poderia ficar mal-humorada se soubesse que um pouco de sua barriga flácida estava em exposição todo santo dia no Circo da Meia-Noite da Mamãe Fortuna. Mas ela não sabe. Tem outras coisas em que pensar além do que vai acontecer com seu umbigo, e nós apostamos... assim como todos vocês... que ela assim permanecerá.

Ele enrolou e estendeu a última palavra como massa de pão, e seus ouvintes deram risadas desconfiadas.

— Feitiços de aparência — constatou a unicórnio. — Ela não consegue criar coisas.

— Nem mesmo mudá-las — acrescentou o mágico. — Sua habilidade decadente está no disfarce. E mesmo esse talento estaria além de sua capacidade se não fosse pela ânsia daqueles estúpidos, daquelas presas fáceis, de acreditar no que for mais fácil. Ela não consegue transformar creme em manteiga, mas consegue dar a um leão a aparência de uma mantícora aos olhos que querem ver uma mantícora ali... olhos que veriam uma mantícora de verdade em um leão, um dragão em um lagarto e a Serpente de Midgard em um terremoto. E um unicórnio em uma égua branca.

Em sua lenta e desesperada volta pela jaula, a unicórnio parou, percebendo pela primeira vez que o mágico entendera sua fala. Ele sorriu, e ela percebeu que seu rosto era assustadoramente jovem para um homem adulto — que não havia percorrido muitos anos nem recebido a visita da tristeza ou o abraço da sabedoria.

— Eu conheço você.

As barras sussurravam de forma maléfica entre eles. Rukh agora liderava a multidão em direção às jaulas internas. A unicórnio perguntou ao homem alto:

— Quem é você?

— Meu nome é Schmendrick, o Mágico — respondeu ele. — Nunca deve ter ouvido falar de mim.

A unicórnio chegou bem perto de explicar que dificilmente teria ouvido falar de qualquer bruxo, mas alguma coisa triste e valente na voz dele a impediu de fazê-lo. O mágico disse:

— Entretenho os espectadores enquanto eles se reúnem para o espetáculo. Magia em miniatura, prestidigitação... de flores a bandeiras e de bandeiras a peixes, tudo acompanhado de um tagarelar persuasivo e uma sugestão de que eu poderia fazer maravilhas ainda mais sinistras se quisesse. Não é lá essas coisas, mas já passei por situações piores e, um dia, vou passar por coisas melhores. Este aqui não será o fim.

Mas o som de sua voz fez com que a unicórnio sentisse que estava presa para sempre, e mais uma vez começou a andar de um lado para o outro em sua jaula, movendo-se para evitar que seu coração explodisse de terror por estar encerrada ali. Rukh estava diante de uma jaula que não continha nada além de uma pequena aranha marrom tecendo uma modesta teia entre as barras.

— Aracne da Lídia — disse ele à multidão. — Sem dúvida alguma, a maior tecelã do mundo; seu destino é a prova disso. Teve o azar de derrotar a deusa Atena em uma competição de tecelagem, mas Atena era uma péssima perdedora, e Aracne agora é uma aranha criando apenas para o Circo da Meia-Noite da Mamãe Fortuna por acordo especial. Urdidura de neve e trama de chamas, e nunca duas iguais. Aracne.

Amarrada ao tear de barras de ferro, a teia era muito simples e quase incolor, exceto por um ocasional tremor de arco-íris quando a aranha corria para consertar um fio. Mas aquilo atraiu os olhos dos espectadores — e os olhos da unicórnio também — para a frente e para trás, cada vez mais fundo, até que parecessem estar olhando para grandes fendas do mundo, fissuras pretas que se alargavam de forma implacável e, ainda assim, não se despedaçariam enquanto a teia de Aracne mantivesse o mundo unido. A unicórnio livrou-se da ilusão com um suspiro e voltou a ver a teia real. Era muito simples e quase incolor!

— Não é como os outros — comentou ela.

— Não — concordou Schmendrick com relutância. — Mas não há crédito à Mamãe Fortuna por isso. Veja só, a aranha acredita. Ela mesma vê aquelas camas de gato e pensa que são trabalho seu. A crença faz toda a diferença em magias como a da Mamãe Fortuna. Ora, se aquela tropa de espertinhos retirasse seu maravilhamento, não restaria nada de toda a bruxaria dela, a não ser o som de uma aranha choramingando. E ninguém ouviria esse lamento.

A unicórnio não quis mais olhar a teia, voltou o olhar para a jaula mais próxima da sua e, de repente, sentiu a respiração em seu corpo se transformando em ferro frio. Em um poleiro de carvalho, estava sentada uma criatura com o corpo de um grande pássaro de bronze e o rosto de uma bruxa velha, fechado e mortal como as garras com que ela se agarrava à madeira. Tinha as orelhas redondas e peludas de um urso, mas, sobre seus ombros escamosos, misturando-se às brilhantes lâminas de sua plumagem, caíam cabelos da cor do luar, grossos e jovens ao redor do odioso rosto humano. A criatura cintilava, mas olhar para ela era sentir a luz se esvaindo do céu. Ao avistar a unicórnio, soltou um som estranho, como um assobio e uma risada ao mesmo tempo.

A unicórnio disse bem baixinho:

— Esta é real. É a harpia Celeno.

O rosto de Schmendrick ficou pálido.

— A velha a capturou por acaso — sussurrou ele —, adormecida, do mesmo jeito que capturou você. Mas foi uma má sorte, e as duas sabem disso. A habilidade da Mamãe Fortuna é suficiente para segurar o monstro, mas a mera presença dele está enfraquecendo todos os seus feitiços de tal forma que em pouco tempo ela não terá poder nem mesmo para fritar um ovo. Nunca devia ter feito isso, nunca devia ter se metido com uma harpia de verdade, com uma unicórnio de verdade. A verdade sempre dilui sua magia, mas ela não consegue deixar de tentar dobrar a verdade em seu favor. Mas dessa vez...

— Irmã do arco-íris, acreditem ou não. — Ouviram Rukh zurrando aos espectadores impressionados. — Seu nome significa "a Obscura", aquela cujas asas escurecem o céu antes de uma tempestade. Ela e suas duas doces irmãs quase mataram o rei Fineu de fome ao roubar e estragar sua comida antes que ele pudesse comê-la. Mas os filhos do Vento Norte as fizeram parar com isso, não foi, minha linda?

A harpia não emitiu som algum, e Rukh deu uma risadinha como se fosse uma jaula também.

— Ela lutou com mais ferocidade do que todas as outras juntas — continuou ele. — Foi como tentar prender todo o inferno com um fio de cabelo, mas os poderes da Mamãe Fortuna são grandes o suficiente até para isso. Criaturas da noite surgidas, à luz conduzidas. Louro quer um biscoito? — Poucos riram na multidão. As garras da harpia apertaram seu poleiro até que a madeira rangeu.

— Você precisará estar livre quando ela se libertar — disse o mágico. — Ela não pode pegar você enjaulada.

— Não ouso tocar no ferro — respondeu a unicórnio. — Meu chifre poderia abrir a tranca, mas não consigo alcançá-la. Não consigo sair. — Ela tremia de pavor da harpia, mas sua voz estava bastante calma.

Schmendrick, o Mágico, empertigou-se vários centímetros mais alto do que a unicórnio imaginaria ser possível.

— Não tema — começou ele em tom grandiloquente. — Apesar de todo o meu ar de mistério, tenho um coração sensível.

Mas ele foi interrompido pela aproximação de Rukh e seus seguidores, mais silenciosos que a turma encardida que havia rido da mantícora. O mágico saiu apressado, dizendo baixinho para trás:

— Não tenha medo, Schmendrick está com você. Não faça nada até ter notícias minhas!

A voz dele chegou até a unicórnio, tão fraca e solitária que não tinha certeza se realmente a tinha ouvido ou apenas a sentiu roçar nela.

Estava escurecendo. A multidão parou em frente à sua jaula, olhando para ela com uma timidez estranha. Rukh disse "a unicórnio" e deu um passo para o lado.

Ela ouviu corações palpitando forte, lágrimas brotando e a respiração acelerada, mas ninguém disse uma palavra. Pela tristeza, pela perda e pela doçura em seus rostos, ela sabia que a reconheciam e aceitou a ânsia deles como admiração a ela. Pensou na bisavó do caçador e imaginou como seria envelhecer e chorar.

— A maioria dos espetáculos — disse Rukh depois de um tempo — terminaria aqui, pois o que poderiam apresentar depois de uma unicórnio genuína? Mas o Circo da Meia-Noite da Mamãe Fortuna guarda ainda mais um mistério: um demônio mais destrutivo que o dragão, mais monstruoso que a mantícora, mais hediondo que a harpia e certamente mais universal que o unicórnio. — Ele estendeu a mão em direção à última carroça, e as cortinas pretas começaram a se abrir, embora não houvesse ninguém puxando-as. — Ei-la! — gritou Rukh. — Eis o último, o Fim Verdadeiro! Contemplem Elli!

Dentro da jaula estava mais escuro que a noite, e o frio se agitava atrás das grades como uma coisa viva. Algo se moveu no frio, e a unicórnio viu Elli — uma mulher velha, ossuda e esfarrapada, agachada na jaula, balançando e se aquecendo diante de uma fogueira que não existia ali. Ela parecia tão frágil que o peso da escuridão a teria esmagado e tão desamparada e sozinha que os espectadores teriam corrido com pena para libertá-la. Em vez disso, começaram a recuar em silêncio, como se Elli estivesse avançando neles. Mas ela nem sequer estava olhando em sua direção. Estava sentada no escuro e cantava uma canção para si mesma com uma voz que soava como uma serra cortando uma árvore e como uma árvore se preparando para cair.

O arrancado a crescer voltará,
O que morre está vivo agora,
O que for roubado permanecerá...
O que se foi, foi embora.

— Ela não parece grande coisa, não é? — perguntou Rukh. — Mas nenhum herói pode enfrentá-la, nenhum deus pode derrotá-la, nenhuma magia pode mantê-la fora... ou dentro, pois ela não é nossa prisioneira. Mesmo enquanto a exibimos aqui, ela está caminhando entre vocês, tocando e pegando. Pois Elli é a Velhice.

O frio da jaula alcançou a unicórnio e, onde quer que ele a tocasse, ela ficava fraca e débil. Sentiu-se murchando, se afrouxando, sentiu sua beleza abandoná-la a cada respiração. A feiura balançava em sua crina, puxava sua cabeça para baixo, arrancava sua cauda, enrugava seu corpo, corroía sua pelagem e devastava sua mente com lembranças do que ela havia sido um dia. Em algum lugar próximo, a harpia emitiu seu som baixo e ávido, mas a unicórnio teria se aconchegado com alegria sob a sombra de suas asas de bronze para se esconder desse último demônio. A canção de Elli tocou fundo seu coração.

Em terra morre o que nasce no mar,
O macio é pisoteado sem hora.
O que cai na mão já vai queimar...
O que se foi, foi embora.

O espetáculo terminou. A multidão estava se afastando, ninguém sozinho, mas em pares, poucos e vários, estranhos segurando as mãos uns dos outros, olhando para trás com frequência para ver se Elli os estava seguindo. Rukh gritou em tom de lamento:

— Os cavalheiros não vão esperar para ouvir a história do sátiro? — E soltou uma risada amarga, que acompanhou a fuga lenta deles. — Criaturas da noite surgidas, à luz conduzidas!

Eles lutaram contra o ar frio, passaram pela jaula da unicórnio e seguiram adiante, com a risada de Rukh mandando-os para casa e Elli ainda cantando.

Aquilo é ilusão, disse a unicórnio a si mesma. *É ilusão...* E de alguma forma levantou a cabeça pesada com a morte para olhar profundamente na escuridão da última jaula e ver não a Velhice, mas a própria Mamãe Fortuna, se espreguiçando, rindo e descendo da jaula para o chão com sua antiga e assustadora facilidade. E a unicórnio soube então que ela não havia virado mortal e feia de jeito nenhum, mas não se sentia bonita de novo. *Talvez isso também tenha sido uma ilusão*, pensou ela, exausta.

— Eu gostei — disse a Mamãe Fortuna para Rukh. — Sempre gosto. Acho que, de coração, fui mordida pelo bichinho do palco.

— É melhor você dar uma olhada naquela maldita harpia — retrucou Rukh. — Consegui *sentir* que ela estava se soltando dessa vez. Era como se eu fosse uma corda segurando-a, e ela estivesse me desamarrando. — Ele estremeceu e baixou a voz enrouquecida. — Livre-se dela antes que nos despedace pelos céus como nuvens ensanguentadas. Ela pensa nisso todo o tempo. Consigo senti-la pensando nisso.

— Seu tonto, fique quieto! — A voz da própria bruxa ficou feroz com o medo. — Posso transformá-la em vento se ela escapar, ou em neve, ou em sete notas musicais. Mas escolho ficar com ela. Nenhuma outra bruxa no mundo mantém uma harpia cativa e nenhuma jamais manterá. Eu a manteria se pudesse fazê-lo apenas alimentando-a com um pedaço do seu fígado todos os dias.

— Ah, que legal — retrucou Rukh. Ele afastou-se dela, saindo de lado. — E se ela só quisesse seu fígado? — questionou. — Então, o que você faria?

— Eu iria alimentá-la com o seu, de qualquer forma — respondeu Mamãe Fortuna. — Ela não saberia a diferença. Harpias não são tão espertas.

Sozinha ao luar, a velha deslizava de jaula em jaula, sacudindo fechaduras e energizando seus encantamentos como uma dona de casa apalpa melões no mercado. Quando chegou à jaula da harpia, o monstro fez um som tão estridente quanto uma lança e abriu a glória horrenda de suas asas. Por um momento, pareceu à unicórnio que as barras da jaula começaram a se contorcer e descer como chuva, mas a Mamãe Fortuna estalou seus dedos finos e as barras voltaram a ser de ferro, e a harpia encolheu-se em seu poleiro, esperando.

— Ainda não — disse a bruxa. — Ainda não. — Elas encararam-se com olhos idênticos. Mamãe Fortuna acrescentou: — Você é minha. Se me matar, você é minha.

A harpia não se moveu, mas uma nuvem ocultou a lua.

— Ainda não — disse Mamãe Fortuna e se virou para a jaula da unicórnio, continuando com uma voz doce e esfumada: — Bem, eu a assustei por um tempinho, não foi? — Ela riu com um som como o de cobras correndo no meio da lama e se aproximou. — Não importa o que seu amigo mágico diga, eu devo conhecer um truque ou outro no fim das contas. Enganar uma unicórnio fazendo-a acreditar que é velha e suja... eu diria que isso requer certa habilidade. E é um feitiço barato que mantém a Obscura prisioneira? Ninguém até eu...

A unicórnio respondeu:

— Não se gabe, velha. Sua morte está empoleirada naquela jaula e está ouvindo você.

— Sim — concordou a Mamãe Fortuna com calma. — Mas ao menos eu sei onde ela está. Você estava lá fora, na estrada, buscando sua morte. — Ela riu novamente. — E eu sei onde ela fica também. Mas poupei você de encontrá-la, e você devia ser grata por isso.

Esquecendo onde estava, a unicórnio avançou contra as grades, que a machucaram, mas ela não recuou.

— O Touro Vermelho — falou. — Onde posso encontrar o Touro Vermelho?

A Mamãe Fortuna chegou bem perto da jaula.

— O Touro Vermelho do rei Bravio — murmurou a mulher. — Então, você sabe do Touro? — Ela mostrou dois de seus dentes. — Bem, ele não vai ter você. Você pertence a mim.

A unicórnio negou com a cabeça.

— Você não é tola — respondeu ela com gentileza. — Liberte a harpia enquanto há tempo e me liberte também. Mantenha as pobres sombras, se quiser, mas nos deixe ir.

Os olhos inertes da bruxa brilharam de um jeito tão intenso que um grupo irregular de mariposas-da-lua, a caminho de uma noite de festa, voou na direção deles e se transformou em um punhado de cinzas brancas.

— Eu abandonaria esse negócio dos espetáculos primeiro — rosnou ela. — Caminhando pela eternidade, carregando meus horrores caseiros... acha que *este* era meu sonho quando eu era jovem e maléfica? Acha que escolhi essa magia miserável, fruto da estupidez, porque nunca conheci a verdadeira bruxaria? Eu faço uns truques com cachorros e macacos porque não consigo fazer a coisa de verdade, mas sei a diferença. E agora você me pede para desistir de ver você, de ter a presença do seu poder. Eu disse a Rukh que daria o fígado dele para a harpia se fosse preciso, e daria mesmo. E para manter você, eu levaria seu amigo Schmendrick, e eu... — Ela se enfureceu até começar a gaguejar e, por fim, ficar em silêncio.

— Por falar em fígados — disse a unicórnio. — A verdadeira magia nunca pode ser feita oferecendo o fígado de outra pessoa. Você precisa arrancar o seu próprio, sem esperar tê-lo de volta. As verdadeiras bruxas sabem disso.

Alguns grãos de areia roçaram a bochecha de Mamãe Fortuna enquanto ela encarava a unicórnio. Todas as bruxas choram desse jeito. Ela virou-se e caminhou rapidamente em direção à carroça, mas, de repente, voltou a se virar e abriu aquele sorriso sujo.

— Mas eu enganei você duas vezes, de qualquer forma — disse ela. — Realmente achou que aqueles espectadores a conheceram por si mesma, sem nenhuma ajuda minha? Não, eu tive que lhes dar um aspecto que eles pudessem entender e um chifre que pudessem ver. Hoje em dia, é preciso uma bruxa de circo barata para fazer as pessoas reconhecerem um unicórnio de verdade. Seria muito melhor se você ficasse comigo e fosse falsa, pois, em todo este mundo, somente o Touro Vermelho vai reconhecer você quando a vir.

Ela desapareceu em sua carroça, e a harpia deixou que a lua surgisse de novo.

III

Schmendrick voltou um pouco antes da alvorada, deslizando entre as jaulas de um jeito tão silencioso quanto a água. Somente a harpia fez barulho quando ele passou.

— Não consegui escapar mais cedo — disse à unicórnio. — Ela botou Rukh para me vigiar, e o sujeito quase nunca dorme. Mas eu lhe lancei uma charada, e ele sempre leva a noite toda para resolvê-las. Da próxima vez, vou contar uma piada e mantê-lo ocupado por uma semana.

A unicórnio ficou pálida e imóvel.

— Há magia em mim — explicou ela. — Por que não me contou?

— Pensei que soubesse — respondeu o mágico com gentileza. — Afinal, você não se perguntou como eles a reconheceram? — Então, ele sorriu, o que o fez parecer um pouco mais velho. — Não, claro que não. Você nunca se perguntaria isso.

— Nunca tive um feitiço em mim antes — revelou a unicórnio. Ela sentiu um arrepio longo e profundo. — Nunca houve um mundo em que eu não fosse reconhecida.

— Sei exatamente como se sente — comentou Schmendrick, cheio de ansiedade.

A unicórnio encarou-o com olhos escuros e infinitos, e ele sorriu com nervosismo, olhando para as mãos.

— É raro um homem ser aceito pelo que ele realmente é — prosseguiu. — Há muita opinião errônea no mundo. Bem, eu soube que você era uma unicórnio quando a vi pela primeira vez e sei que sou seu amigo. No entanto, você acha que sou um palhaço, um idiota ou um traidor, e é assim que devo ser se é como me vê. A magia sobre você é apenas magia e desaparecerá assim que você estiver livre, mas o encantamento do erro que você pôs em mim, esse eu precisarei usar para sempre em seus olhos. Nem sempre somos o que parecemos e dificilmente somos o que sonhamos. Ainda assim, li, ou ouvi em canções, que unicórnios, quando o tempo era jovem, conseguiam distinguir entre os dois... o brilho falso e a verdade, o riso dos lábios e a tristeza do coração.

Sua voz baixa elevou-se à medida que o céu clareava e, por um momento, a unicórnio não conseguiu ouvir as grades rangendo ou o suave tilintar das asas da harpia.

— Acho que você é meu amigo — disse ela. — Vai me ajudar?

— Se não for você, não será ninguém — respondeu o mágico. — Você é minha última chance.

Uma por uma, as tristes feras do Circo da Meia-Noite despertaram aos choramingos, espirrando e tremendo. Um deles sonhava com pedras, insetos e folhas tenras; outro, com saltos no mato alto e quente; um terceiro, com lama e sangue. E um sonhou com mãos coçando aquele espaço vazio atrás das orelhas. Só a harpia não havia dormido e nesse momento estava sentada, olhando para o sol sem piscar.

— Se ela se libertar primeiro, estaremos perdidos — declarou Schmendrick.

Ouviram a voz de Rukh por perto — aquela voz que sempre parecia próxima — chamando:

— Schmendrick! Ei, Schmendrick, eu entendi! É uma cafeteira, certo?

O mágico começou a se afastar devagar.

— Hoje à noite — murmurou para a unicórnio. — Confie em mim. Até o amanhecer.

E foi embora com alvoroço e cambaleios, parecendo, como antes, estar deixando parte de si para trás. Rukh passou pela jaula um momento depois com um comedimento mortal. Escondida em sua carroça preta, Mamãe Fortuna resmungava para si mesma a canção de Elli.

Aqui é ali, antes é depois;
Tudo será desfeito sem demora.
Que conheçam a verdade não há dois...
O que se foi, foi embora.

Logo, um novo grupo de espectadores começou a aparecer para assistir ao espetáculo. Rukh chamou-os, gritando "Criaturas da noite!" como um papagaio de ferro, e Schmendrick subiu em uma caixa e fez truques. A unicórnio observava-o com grande interesse e uma incerteza crescente, não em relação ao seu coração, mas em relação à sua arte. Ele criou uma porca inteira de uma orelha de porca, transformou um sermão em pedra, um copo de água em um punhado de água, um cinco de espadas em um 12 de espadas e um coelho em um peixinho dourado que se afogou. Cada vez que suas evocações causavam confusão, ele olhava rapidamente para a unicórnio com uma expressão que dizia: "Ah, mas *você* sabe o que eu realmente fiz." Certa vez, ele transformou uma rosa morta em uma semente. A unicórnio gostou, embora fosse uma semente de rabanete.

O espetáculo recomeçou. Mais uma vez, Rukh conduziu a multidão de uma das fábulas miseráveis da Mamãe Fortuna para outra. O dragão cintilou, Cérbero uivou para que o Inferno viesse em seu auxílio e o sátiro provocou as mulheres até elas chorarem. Eles estreitaram os olhos e apontaram para as presas amarelas e o ferrão inchado da mantícora, ficaram paralisados ao pensar na Serpente de Midgard e se admiraram com a nova teia de Aracne, que era como uma rede de pescador com a lua escorrendo sobre ela. Cada um deles pensou que fosse uma teia de verdade, mas somente a aranha acreditava que ela segurava a verdadeira lua.

Desta vez, Rukh não contou a história do rei Fineu e dos Argonautas; na verdade, ele apressou seus visitantes a passarem pela jaula da harpia o mais rápido que pôde, balbuciando apenas o nome dela e seu significado. A harpia sorriu. Ninguém percebeu aquele sorriso, exceto a unicórnio, e ela preferia estar olhando para outro lugar naquele momento.

Quando ficaram em frente à sua jaula, olhando em silêncio para ela, a unicórnio pensou com amargura: *Os olhos deles são tão tristes. Eu imagino como ficariam mais tristes se o feitiço que me disfarça se dissolvesse e eles encarassem uma égua branca comum. A bruxa está certa: ninguém me reconheceria.* Mas, por outro lado, uma voz suave, parecida com a voz de Schmendrick, o Mágico, disse dentro dela: *Mas os olhos deles são tão tristes.*

E quando Rukh gritou "Contemplem o Fim Verdadeiro!" e as cortinas pretas se abriram para revelar Elli resmungando no frio e na escuridão, a unicórnio sentiu o mesmo medo impotente de envelhecer que fez a multidão fugir, embora soubesse que era apenas Mamãe Fortuna na jaula. Ela pensou: *A bruxa sabe mais do que acredita saber.*

A noite chegou rápido, talvez porque a harpia a houvesse apressado. O sol mergulhou em nuvens sujas como pedra no mar, e com quase a mesma chance de nascer de novo, e não havia lua nem estrelas. Mamãe Fortuna fez suas rondas, planando pelas jaulas. A harpia não se moveu quando ela se aproximou, o que fez com que a velha ficasse parada, encarando-a por um longo tempo.

— Ainda não, ainda não — murmurou por fim. — Mas sua voz era cansada e hesitante. Ela espreitou a unicórnio por um momento, seus olhos brilhando amarelos naquela penumbra que virava breu. — Bem, mais um dia — disse ela com um suspiro que era quase um estertor e se virou novamente.

Depois que ela se afastou, não havia nenhum som no Circo. Todos os animais dormiam, exceto a aranha, que tecia, e a harpia, que aguardava. No entanto, a noite crepitou cada vez mais forte até que a unicórnio imaginou que ela se abriria por completo, rasgando uma fenda no céu para revelar... *Mais grades*, pensou. *Onde está o mágico?*

Por fim, ele surgiu correndo em meio ao silêncio, girando e dançando como um gato no frio, tropeçando nas sombras. Quando chegou à jaula da unicórnio, fez uma reverência alegre para ela e disse com orgulho:

— Schmendrick está com você.

Na jaula mais próxima da dela, a unicórnio ouviu o estremecer afiado do bronze.

— Acho que temos pouquíssimo tempo — disse ela. — Você consegue mesmo me libertar?

O homem alto abriu um sorriso, e até seus dedos pálidos e cerimoniosos ficaram alegres.

— Eu lhe disse que a bruxa cometeu três grandes erros. Sua captura foi o último, e a captura da harpia o segundo, porque vocês duas são reais, e Mamãe Fortuna não consegue fazer vocês serem dela, assim como não consegue fazer o inverno durar nem mais um dia sequer. Mas me considerar um charlatão como ela... essa foi sua primeira tolice fatal. Pois eu também sou real. Sou Schmendrick, o Mágico, o último dos *swamis* vermelhos, e sou mais velho do que pareço.

— Onde está o outro? — perguntou a unicórnio.

Schmendrick estava arregaçando as mangas.

— Não se preocupe com Rukh. Fiz outra charada para ele, uma que não tem resposta. Talvez ele nunca mais saia do lugar.

Ele falou três palavras misteriosas e estalou os dedos. A jaula desapareceu. A unicórnio viu-se em um bosque com vários tipos de árvores — laranjeiras e limoeiros, pereiras e romãzeiras, amendoeiras e acácias — com terra macia de primavera embaixo dos pés e o céu se abrindo sobre ela. Seu coração ficou leve como fumaça, e ela reuniu forças para um grande salto para dentro da doce noite. Mas ela deixou de lado o salto, não o realizou, pois sabia, embora não pudesse vê-las, que as grades ainda estavam lá. Era velha demais para não saber.

— Sinto muito — desculpou-se Schmendrick em algum lugar no escuro. — Eu gostaria que tivesse sido esse feitiço que a libertasse.

Agora, ele cantava alguma coisa fria e baixa, e as árvores estranhas voavam para longe como penugens de dentes-de-leão.

— Esse é um feitiço mais seguro — explicou ele. — As grades agora estão tão quebradiças quanto queijo velho, que, então, eu esfarelo e espalho. — Então arfou e afastou as mãos. Cada dedo longo estava pingando sangue. — Devo ter errado a pronúncia — resmungou ele com a voz rouca. Escondeu as mãos na capa e tentou fazer com que sua voz soasse leve. — Às vezes acontece.

Desta vez, houve um arranhar de frases duras e as mãos ensanguentadas de Schmendrick tremeluzindo pelo ar para o alto. Uma coisa cinza e sorridente, parecida com um urso, só que maior, algo que ria baixinho, às escondidas, chegou mancando de algum lugar, ansioso para estourar a jaula como uma noz e arrancar pedaços da carne da unicórnio com as garras. Schmendrick ordenou que a coisa voltasse para dentro da noite, mas ela não queria ir embora.

A unicórnio recuou para um canto e abaixou a cabeça, mas a harpia se mexeu suavemente na jaula, tilintando, e a forma cinza virou o que devia ser sua cabeça e a viu. Fez um som nebuloso e reprimido de terror e desapareceu.

O mágico praguejou e estremeceu, dizendo:

— Invoquei-o uma outra vez, muito tempo atrás. Naquela época, também não consegui lidar com ele. Agora, devemos nossas vidas à harpia, e ela ainda poderá vir reclamá-las antes de o sol nascer. — Ele ficou em silêncio, retorcendo os dedos feridos, esperando a unicórnio falar, até por fim dizer: — Vou tentar mais uma vez. Será que tento mais uma vez?

A unicórnio pensou que ainda conseguia ver a noite borbulhando onde a coisa cinza estava.

— Sim — respondeu ela.

Schmendrick respirou fundo, cuspiu três vezes e disse palavras que pareciam sinos soando no fundo do mar. Espalhou um punhado de pó sobre a saliva no chão e sorriu em triunfo, enquanto a coisa surgia em um único e silencioso clarão verde. Quando a luz diminuiu, ele disse mais três palavras. Eram como o barulho que abelhas fariam se estivessem zumbindo na lua.

A jaula começou a diminuir. A unicórnio não conseguia enxergar as grades se movendo, mas, cada vez que Schmendrick dizia "Ai, não!", ela contava com menos espaço para ficar de pé. Já nem conseguia se virar. As grades estavam se fechando, implacáveis como a maré ou a manhã, e elas a cortariam em fatias até terem cercado seu coração, que manteriam prisioneiro para sempre. A unicórnio não gritou quando a criatura que Schmendrick havia invocado chegou com os dentes esgarçados em sua direção, mas nesse momento ela fez um som. Foi baixo e desesperador, mas ainda não derrotado.

Schmendrick parou as grades, embora ela não soubesse como. Se falou alguma magia, ela não ouviu, mas a jaula parou de encolher um pouco antes de as grades tocarem seu corpo. Ela podia senti-las todas, de qualquer forma, cada uma como um vento leve e frio assoviando faminto. Mas elas não conseguiam tocá-la.

Os braços do mágico penderam ao lado do corpo.

— Não ouso mais — disse ele com pesar. — Da próxima vez, talvez eu não consiga… — A voz foi desaparecendo em meio à tristeza, e seus olhos estavam tão derrotados quanto suas mãos. — A bruxa não se enganou comigo.

— Tente de novo — pediu a unicórnio. — Você é meu amigo. Tente de novo.

Mas Schmendrick, sorrindo de um jeito amargo, vasculhou os bolsos em busca de algo que estalasse e tilintasse.

— Sabia que chegaria a esse ponto — murmurou. — Sonhei com isso de outro jeito, mas eu sabia. — Ele tirou uma argola da qual pendiam várias chaves enferrujadas. — Você merece os serviços de um grande mago — explicou à unicórnio —, mas temo que terá que se contentar com a ajuda de um batedor de carteiras de segunda categoria. Unicórnios não conhecem necessidade, vergonha, dúvida ou dívida... mas os mortais, como deve ter notado, levam o que podem pegar. E Rukh só consegue se concentrar em uma coisa de cada vez.

De repente, a unicórnio percebeu que todos os animais do Circo da Meia-Noite estavam acordados, sem fazer barulho, mas observando-a. Na jaula ao lado, a harpia começou a pisar forte e lentamente, alternando as garras.

— Depressa — alertou a unicórnio. — Depressa.

Schmendrick já estava encaixando uma das chaves na fechadura. Na primeira tentativa, que falhou, a fechadura ficou em silêncio, mas, quando ele tentou outra chave, ela gritou alto: "Hei, hei, um mágico! Um mágico!" Tinha a voz da Mamãe Fortuna.

— Ah, fique quieta — murmurou o mágico, mas a unicórnio conseguiu senti-lo corando. Ele girou a chave, e a fechadura se abriu com um último grunhido de desprezo. Schmendrick abriu bem a porta da jaula e disse suavemente: — Desça, moça. Você está livre.

A unicórnio pisou no chão com leveza, e Schmendrick, o Mágico, recuou, subitamente maravilhado.

— Ó — sussurrou ele. — Era diferente quando havia grades entre nós. Você parecia menor, e não tão... ah. Ai, minha nossa.

Ela estava em casa, em sua floresta, que estava escura, úmida e destruída porque ela havia ficado distante por muito tempo. Alguém chamava-a de muito longe, mas ela estava em casa, aquecendo as árvores e despertando a grama.

Então, ela ouviu a voz de Rukh, como o fundo de um barco raspando nos seixos.

— Tudo bem, Schmendrick, eu desisto. Por que um corvo é como uma escrivaninha?

A unicórnio afastou-se para as sombras mais profundas, e Rukh viu apenas o mágico e a jaula vazia e reduzida. Ele enfiou a mão no bolso e a tirou em seguida.

— Ora, seu ladrão magrelo — disse ele, abrindo um sorriso de ferro. — Ela vai amarrar você em arame farpado para fazer um colar para a harpia.

Ele virou-se e foi direto até a carroça da Mamãe Fortuna.

— Corra — insistiu o mágico.

Ele deu um salto frenético e tolo, voando até pousar nas costas de Rukh, abraçando o homem de pele escura, deixando-o mudo e cego com seus braços longos. Eles caíram juntos, e Schmendrick se ergueu primeiro, os joelhos prendendo os ombros de Rukh no chão.

— Arame farpado — ofegou o mágico. — Sua pilha de pedras, seu lixo, desolação. Vou encher você de desgraças até que saiam pelos olhos. Vou transformar seu coração em mato verde, e tudo o que você ama em ovelhas. Vou transformar você em um poeta ruim e sonhador. Vou fazer todas as suas unhas dos pés crescerem para dentro. Você me irritou.

Rukh balançou a cabeça e se sentou, arremessando Schmendrick a três metros de distância.

— Do que você está falando? — Ele riu. — Você não consegue transformar creme em manteiga.

O mágico estava se levantando, mas Rukh o empurrou de volta e se sentou sobre ele.

— Eu nunca gostei de você — disse ele com prazer. — Você se acha importante demais e não é lá muito forte.

Pesadas como a noite, as mãos dele se fecharam na garganta do mágico.

A unicórnio não viu. Estava na jaula mais distante, onde a mantícora rosnava, choramingava e se estendia. Ela tocou a ponta do chifre na fechadura e foi até a jaula do dragão sem olhar para trás. Um após o outro, ela libertou todos eles — o sátiro, o Cérbero, a Serpente de Midgard. Seus encantamentos desapareciam quando sentiam sua liberdade, e eles saltitaram, se arrastaram e deslizaram para longe, noite adentro, voltando a ser um leão, um macaco, uma cobra, um crocodilo, um cão alegre. Nenhum deles agradeceu à unicórnio, e ela não os observou partir.

Somente a aranha não prestou atenção quando a unicórnio a chamou baixinho através da porta aberta. Aracne estava ocupada com uma teia que para ela parecia como se a Via Láctea tivesse começado a cair como neve. A unicórnio sussurrou: "Tecelã, a liberdade é melhor, a liberdade é melhor", mas a aranha fugiu sem ouvir, subindo e descendo seu tear de ferro. Ela não parou em momento algum, mesmo quando a unicórnio gritou:

— É realmente muito atraente, Aracne, mas não é arte.

A nova teia descia pelas grades como neve.

Então, o vento começou a soprar. A teia de aranha passou pelos olhos da unicórnio e desapareceu. A harpia começou a bater suas asas, invocando seu poder, enquanto uma onda baixa arrastou areia e água, rugindo pela praia. Uma lua injetada de sangue irrompeu das nuvens, e a unicórnio a viu — dourada e inchada, seus cabelos esvoaçantes se incendiando, as asas frias e lentas sacudindo a jaula. A harpia estava rindo.

À sombra da jaula da unicórnio, Rukh e Schmendrick ficaram de joelhos. O mágico segurava o pesado molho de chaves, e Rukh esfregava a cabeça e piscava. Seus rostos ficaram cegos de terror quando olharam para a harpia que se erguia, e os dois se inclinaram juntos ao vento. Ela lançou-os um contra o outro e seus ossos estalaram.

A unicórnio começou a caminhar em direção à jaula da harpia. Schmendrick, o Mágico, pequeno e pálido, ficava abrindo e fechando a boca para ela, que sabia o que ele estava gritando, embora não conseguisse ouvi-lo.

— Ela vai matar você, vai matar você! Corra, sua tola, enquanto ela ainda é prisioneira! Ela vai te matar se você a libertar!

Mas a unicórnio continuou caminhando, seguindo a luz de seu chifre, até parar diante de Celeno, a Obscura.

Por um instante, as asas geladas pairaram silenciosas no ar, como nuvens, e os velhos olhos amarelos da harpia mergulharam no coração da unicórnio e a puxaram para perto.

— Vou matá-la se você me libertar — diziam os olhos. — Liberte-me.

A unicórnio abaixou a cabeça até que seu chifre tocou a fechadura da jaula da harpia. A porta não se abriu e as barras de ferro não derreteram com a luz das estrelas. Mas a harpia levantou suas asas, e os quatro lados da jaula caíram devagar, como as pétalas de uma grande flor despertando à noite. E dos destroços a harpia floresceu, terrível e livre, gritando, sua plumagem balançando como uma espada. A lua murchou e fugiu.

A unicórnio ouviu-se gritar, não de terror, mas de admiração:

— Ah, você é como eu!

Ela empinou-se alegremente para encontrar a harpia curvada, e seu chifre se ergueu em direção ao vento forte. A harpia atacou uma vez, errou e se afastou, com as asas tilintando e aquele hálito quente e fedorento. Ela queimou no alto, e a unicórnio se viu refletida no peito de bronze da harpia e sentiu o monstro brilhando de dentro para fora do próprio corpo. Então, giravam em torno uma da outra como uma estrela dupla, e, embaixo do céu encolhido, não havia nada de real além delas duas. A harpia riu com deleite, e seus olhos ficaram da cor de mel. A unicórnio sabia que a outra atacaria de novo.

A harpia dobrou suas asas e despencou como uma estrela — não em direção à unicórnio, mas além dela, passando tão perto que uma única pena tirou sangue de seu ombro; garras brilhantes estenderam-se para o coração da Mamãe Fortuna, que exibia as próprias mãos afiadas, como se quisesse dar as boas-vindas à harpia em casa.

— Não estou sozinha! — uivou a bruxa em tom triunfante para os dois. — Nunca teriam conseguido se libertar sozinhos! Eu ajudei vocês!

Então, a harpia a alcançou, e ela se rompeu como um galho seco e despencou. A harpia agachou-se sobre o corpo da mulher, escondendo-o de vista, e as asas de bronze ficaram vermelhas.

A unicórnio virou as costas. Perto dali, ela ouviu a voz de uma criança dizendo que precisava correr, precisava correr. Era o mágico. Seus olhos estavam enormes e vazios, e seu rosto, sempre muito jovem, estava desmoronando à infância enquanto a unicórnio olhava para ele.

— Não — disse ela. — Venha comigo.

A harpia emitiu um som grave e feliz que fez os joelhos do mago cederem. Mas a unicórnio insistiu:

— Venha comigo. — E juntos se afastaram do Circo da Meia-Noite.

A lua havia desaparecido, mas, aos olhos do mágico, a unicórnio era a lua, fria, branca e muito velha, iluminando seu caminho para a segurança ou para a loucura. Ele a seguiu, sem nunca olhar para trás, mesmo quando ouviu o barulho desesperado de passos pesados, o estrondo de asas de bronze e o grito interrompido de Rukh.

— Ele correu — comentou a unicórnio. — Nunca se deve fugir de algo imortal. Atrai a atenção deles. — A voz dela era suave e sem pena. — Nunca corra. Ande devagar e finja estar pensando em outra coisa. Cante uma música, recite um poema, faça seus truques, mas caminhe devagar, e ela talvez não o siga. Ande bem devagar, mágico.

Então, eles fugiram juntos pela noite, passo a passo, o homem alto vestido de preto e o animal branco com chifre. O mágico esgueirou-se o mais perto que ousou da luz da unicórnio, pois, além dele, sombras famintas se moviam, as sombras dos sons que a harpia fazia enquanto destruía o pouco que havia para destruir do Circo da Meia-Noite. Porém, outro som os seguiu muito depois que os primeiros desapareceram, os seguiu pela manhã em uma estrada estranha — o som baixinho e seco de uma aranha chorando.

IV

Como uma criança recém-nascida, o mágico chorou por um bom tempo antes de conseguir falar.

— Coitada da velha — sussurrou por fim.

A unicórnio não disse nada, e Schmendrick levantou a cabeça e olhou para ela de um jeito estranho. Uma chuva cinzenta matinal estava começando a cair, e a unicórnio cintilava através dela como um golfinho.

— Não — disse ela, respondendo ao olhar do mágico. — Nunca vou me arrepender.

Ele ficou em silêncio, agachado na estrada, embaixo de chuva, puxando sua capa encharcada em volta do corpo até parecer um guarda-chuva preto quebrado. A unicórnio aguardou, sentindo os dias de sua vida despencando ao seu redor com a chuva.

— Consigo me compadecer — sugeriu ela com gentileza —, mas não é a mesma coisa.

Quando Schmendrick olhou para ela de novo, conseguiu recompor o rosto, mas este ainda insistia em escapar do seu controle.

— Aonde você vai agora? — perguntou. — Aonde estava indo quando ela capturou você?

— Eu estava procurando meu povo — respondeu a unicórnio. — Você já os viu, mágico? São selvagens e brancos como a espuma do mar, como eu.

Schmendrick negou com a cabeça.

— Nunca vi nada como você, não enquanto estava acordado. Diziam que restavam alguns unicórnios quando eu era menino, mas eu conheci apenas um homem que já tinha visto um. Com certeza eles desapareceram, moça, todos menos você. Quando você anda, faz um eco onde eles costumavam ficar.

— Não — retrucou ela —, porque outros os viram. — Ela ficou feliz em saber que ainda havia unicórnios na infância do mágico e disse: — Uma borboleta me contou sobre o Touro Vermelho, e a bruxa falou do rei Bravio. Então, vou aonde estiverem para descobrir tudo o que sabem. Pode me dizer onde Bravio é rei?

O rosto do mágico quase fugiu do controle novamente, mas ele o segurou e começou a sorrir muito devagar, como se a boca tivesse virado ferro. Ele a dobrou no formato correto a tempo, mas era um sorriso duro.

— Posso recitar um poema — ofereceu ele.

Lá todas as colinas são como finas facas,
E lá nada vinga, nem folhas, nem vidas;
Onde corações azedam como limão,
Bravio é quem governa esta região.

— Então, vou saber quando chegar lá — disse a unicórnio, pensando que ele estava zombando dela. — Você conhece algum poema do Touro Vermelho?

— Não tem nenhum — respondeu Schmendrick. Ele pôs-se de pé, pálido e sorridente. — Do rei Bravio, só sei o que ouvi. É um velho, mesquinho como o fim de novembro, que governa um país árido à beira-mar. Alguns dizem que a terra era verde e macia antes de Bravio chegar, mas ele a tocou, e ela secou. Há um ditado entre os fazendeiros, quando olham para um campo perdido pelo fogo, pelos gafanhotos ou pelo vento: tão "arrasado quanto o coração de Bravio". Dizem também que não há luzes nem fogueiras em seu castelo, e que ele envia seus homens para roubar galinhas, lençóis e tortas dos peitoris das janelas. A história conta que a última vez que o rei Bravio riu...

A unicórnio bateu a pata. Schmendrick disse:

— Quanto ao Touro Vermelho, sei menos do que ouvi, porque ouvi histórias demais, e cada uma delas diverge da outra. O Touro é real, o Touro é um fantasma, o Touro é o próprio Bravio quando o sol se põe. O Touro estava na terra antes de Bravio, ou veio com ele ou veio atrás dele. Ele protege-o de ataques e revoluções e lhe poupa o gasto de armar seus homens. Isso mantém o rei prisioneiro em seu castelo. É o diabo para quem Bravio vendeu a alma. É a coisa pela qual ele vendeu a alma para possuir. O Touro pertence a Bravio. Bravio pertence ao Touro.

A unicórnio sentiu um arrepio de certeza se espalhando por ela, ampliando-se de dentro para fora, como uma ondulação. Em sua mente, a borboleta cantou novamente: "Eles passaram por todas as estradas há muito tempo, e o Touro Vermelho correu bem atrás deles e cobriu suas pegadas." Ela enxergou formas brancas voando ao sabor do vento e chifres amarelos tremendo.

— Vou até lá — afirmou ela. — Mágico, eu lhe devo um favor, pois você me libertou. O que gostaria de ter de mim antes de eu deixá-lo?

Os olhos de Schmendrick brilharam por muito tempo como folhas ao sol.

— Leve-me com você.

Ela afastou-se, tranquila e balançante, e não respondeu. O mágico disse:

— Talvez eu seja útil! Conheço o caminho para o país de Bravio e as línguas das terras até lá. — A unicórnio parecia prestes a desaparecer na névoa pesada, e Schmendrick se apressou. — Além disso, nenhum andarilho jamais foi prejudicado pela companhia de um mágico, nem mesmo uma unicórnio. Lembre-se da história do grande mago Nikos. Certa vez, na floresta, ele viu um unicórnio dormindo com a cabeça no colo de uma virgem sorridente, enquanto três caçadores avançavam com arcos em punho a fim de matá-lo para arrancar seu chifre. Nikos tinha apenas um momento para agir. Com uma palavra e um aceno, ele transformou o unicórnio em um belo rapaz, que despertou e, vendo os arqueiros atônitos ali, avançou sobre eles e os matou. Sua espada tinha um formato retorcido e afilado, e ele pisoteava os corpos quando os homens estavam mortos.

— E a moça? — perguntou a unicórnio. — Ele a matou também?

— Não, se casou com ela. Disse que ela era apenas uma criança sem rumo, zangada com sua família, e que tudo o que realmente precisava era de um bom homem. O que ele era, naquela época e para sempre, pois nem mesmo Nikos conseguiu lhe devolver sua forma original. Ele morreu velho e respeitado… de um excesso de violetas, alguns dizem… mas nunca se cansava de violetas. Não tiveram filhos.

A história acomodou-se em algum lugar no respirar da unicórnio.

— O mágico não lhe prestou nenhum serviço, mas lhe causou um grande mal — disse ela baixinho. — Quão terrível seria se todo o meu povo tivesse sido transformado em humano por bruxos bem-intencionados… exilados, presos em casas em chamas. Eu preferiria descobrir que o Touro Vermelho matara todos eles.

— Para onde você está indo agora — insistiu Schmendrick —, poucos desejarão qualquer coisa que não seja maldade para você, e um dia um coração amigável, por mais tolo que seja, pode ser tão bem-vindo quanto a água. Leve-me com você, para dar risadas, para dar sorte, para o desconhecido. Leve-me com você.

A chuva diminuiu enquanto ele falava, o céu começou a clarear e o mato molhado cintilava como o interior de uma concha. A unicórnio desviou o olhar, procurando um rei em meio à névoa de reis, e, em meio ao brilho nevado de castelos e palácios, procurando um construído sobre os ombros de um touro.

— Ninguém jamais viajou comigo — comentou —, mas ninguém nunca me enjaulou antes, nem me confundiu com uma égua branca, nem me disfarçou como eu mesma. Muitas coisas parecem determinadas a acontecer comigo pela primeira vez, e sua companhia certamente não será a mais estranha delas, nem a última. Então, pode vir comigo se quiser, embora eu desejasse que você tivesse me pedido uma outra recompensa.

Schmendrick sorriu com tristeza.

— Eu pensei nisso. — Ele olhou para os dedos, e a unicórnio viu as marcas de meia-lua onde as barras o haviam mordido. — Mas você nunca poderia ter realizado meu verdadeiro desejo.

Aí está, pensou a unicórnio, sentindo o primeiro toque de tristeza por dentro de sua pele. *Será assim o tempo todo ao viajar com um ser mortal.*

— Não — confirmou ela. — Não posso transformá-lo em algo que você não é, assim como a bruxa não pôde. Não posso transformá-lo em um verdadeiro mágico.

— Eu já sabia — disse Schmendrick. — Está tudo bem. Não se preocupe.

— Não me preocupo — revelou a unicórnio.

Um gaio-azul voou baixo sobre eles naquele primeiro dia de viagem e disse: "Ora, que eu vire um pombo frito embaixo de uma redoma de vidro", e então foi direto para casa a fim de contar à esposa sobre isso. Ela estava sentada no ninho, cantando para os filhotes em um tom triste.

Aranhas e piolhos, grilos e besouros,
Lesmas nas rosas e carrapatos nos couros,
Gafanhotos, caracóis, ovos de codorna, dois ou três...
Tudo para ser regurgitado por vocês.
Canção de ninar, para dormir, esquema e estratagema,
Voar não é nada divertido, na verdade, dá até pena.

— Vi um unicórnio hoje — disse o gaio-azul enquanto pousava.

— Jantar que é bom, nada de trazer — retrucou a mulher com frieza. — Odeio um homem que fala de boca vazia.

— Querida, um unicórnio! — O pássaro abandonou seu ar casual e saltitou de um galho para o outro. — Não vejo um desses desde a época em que...

— Você nunca viu um — interrompeu ela. — Sou eu, lembra? Sei o que você viu na sua vida inteira, e o que não viu.

A ave ignorou-a.

— Havia um acompanhante de aparência estranha vestido de preto com ela — continuou ele. — Estavam indo na direção da Montanha do Gato. Será que estavam indo para o país de Bravio? — Ele inclinou a cabeça para o ângulo artístico que conquistou sua mulher. — Que visão para o café da manhã do velho Bravio — comentou ele, maravilhado. — Um unicórnio vindo para a visita, por mais ousado que seja, toc-toc-toc, em sua porta sombria. Eu daria tudo para ver...

— Imagino que vocês dois não passaram o dia *todo* observando unicórnios — cortou a esposa com um estalo de bico. — Pelo menos, entendo que *ela* costumava ser considerada bastante imaginativa em questões de tempo livre.

Ela avançou na direção dele com as penas do pescoço eriçadas.

— Querida, eu nem a vi... — o gaio-azul começou, e sua esposa sabia que não tinha visto, e não ousaria, mas ela lhe deu um susto mesmo assim. Ela era uma mulher que sabia o que fazer com uma leve vantagem moral.

A unicórnio e o mágico caminharam pela fonte, sobre a suave Montanha do Gato, e desceram até um vale violeta onde cresciam macieiras. Além do vale, havia colinas baixas, tão gordas e dóceis quanto ovelhas, abaixando a cabeça para cheirar o unicórnio com admiração enquanto a criatura se movia entre elas. Depois disso, vieram os picos mais lentos do verão e as planícies ressecadas, onde o ar pairava brilhante como confeitos. Juntos, ela e Schmendrick atravessaram rios rasos, escalaram barrancos e penhascos espinhosos e vagaram por bosques que lembravam à unicórnio seu lar, embora nunca pudessem se parecer com ele, porque tinham visto o tempo passar. *Assim como a minha floresta viu agora*, pensou ela, mas disse a si mesma que não importava, que tudo ficaria como antes quando ela retornasse.

À noite, enquanto Schmendrick dormia o sono de um mágico faminto e com os pés doloridos, a unicórnio ficava agachada em vigília, esperando para ver a vasta forma do Touro Vermelho avançar, vindo da lua. Às vezes, ela sentia o que tinha certeza ser o cheiro dele — um fedor escuro e furtivo que se espalhava pela noite, tentando encontrá-la. Então, ela se levantava com um grito frio de prontidão, apenas para encontrar dois ou três cervos olhando para ela de uma distância respeitosa. Os cervos amam e invejam os unicórnios. Certa vez, um cervo em seu segundo verão, instigado por seus amigos zombeteiros, chegou bem perto dela e murmurou sem fitar seus olhos:

— Você é muito bonita. Tão linda quanto nossas mães disseram.

A unicórnio olhou para ele sem dizer palavra, sabendo que ele não esperava nenhuma resposta dela. O outro cervo abafou uma risadinha e sussurrou:

— Continue, continue.

Então, o primeiro cervo ergueu a cabeça e gritou com rapidez e alegria:

— Mas eu conheço alguém mais bonito que você!

Ele deu um giro e saiu correndo sob o luar, e seus amigos o seguiram. A unicórnio deitou-se de novo.

De vez em quando, em sua jornada, eles chegavam a uma aldeia, e lá Schmendrick se apresentava como um mago errante, oferecendo-se, enquanto gritava nas ruas: "Para cantar em troca de um jantar, incomodar vocês um pouquinho, perturbar seu sono levemente e seguir adiante." Poucas foram as cidades onde não foi convidado para levar sua linda égua branca aos estábulos e passar a noite, e antes que as crianças fossem dormir, ele se apresentava na praça do mercado à luz dos lampiões. Na verdade, ele nunca tentou nenhuma magia maior que a de fazer bonecas falarem e transformar sabão em doces, e até mesmo essa feitiçaria insignificante às vezes falhava em suas mãos. No entanto, as crianças gostavam dele, e seus pais eram gentis com o jantar, e as noites de verão eram leves e suaves. Eras depois, a unicórnio ainda se lembrava do cheiro estranho de estábulo e chocolate, e da sombra de Schmendrick dançando nas paredes, portas e chaminés embaixo da luz tremeluzente.

De manhã, eles tomavam seu rumo, os bolsos de Schmendrick cheios de pão, queijo e laranjas, e a unicórnio andando de um lado para o outro ao lado dele: branca como o mar ao sol, verde-mar na escuridão das árvores. Seus truques eram esquecidos antes que ele desaparecesse de vista, mas sua égua branca perturbava as noites de muitos moradores, e havia mulheres que acordavam chorando por sonhar com ela.

Certa noite, pararam em uma cidade próspera e confortável, onde até os mendigos tinham papada e os ratos andavam cambaleando. Schmendrick foi imediatamente convidado para jantar com o prefeito e vários conselheiros barrigudos; e a unicórnio, como sempre sem ser reconhecida, foi solta em um pasto onde a grama brotava doce como leite. Serviram o jantar ao ar livre, em uma mesa na praça, pois a noite estava quente, e o prefeito teve o prazer de exibir seu convidado. Foi um jantar excelente.

Durante a refeição, Schmendrick contou histórias de sua vida como encantador errante, enchendo-a de reis, dragões e damas nobres. Ele não estava mentindo, apenas organizando os eventos da forma mais sensata, e, dessa forma, suas histórias tinham um toque de verdade até mesmo para os astutos conselheiros. Não apenas eles, mas todo tipo de pessoa que passava pela rua se inclinava para a frente a fim de entender a natureza do feitiço que abria todas as fechaduras se corretamente aplicado. E não houve ninguém que não perdesse o fôlego ao ver as marcas nos dedos do mágico.

— Lembrança do meu encontro com uma harpia — explicou Schmendrick com toda a calma. — Elas bicam.

— E o senhor nunca teve medo? — perguntou baixinho uma moça.

O prefeito fez um barulho para ela como se a enxotasse dali, mas Schmendrick acendeu um charuto e sorriu para ela através da fumaça.

— O medo e a fome me mantiveram jovem — respondeu ele, olhou ao redor do círculo de conselheiros que cochilavam e faziam algazarra e lançou uma grande piscada para a garota.

O prefeito não ficou ofendido.

— É verdade. — Ele suspirou, acariciando a barriga com os dedos entrelaçados. — Levamos uma vida boa aqui, ou, se não levamos, não sei o que é vida boa. Às vezes, penso que um pouco de medo, um pouco de fome, talvez seja bom para nós... aguça nossa alma, por assim dizer. Por isso que sempre recebemos estranhos com histórias para contar e canções para cantar. Eles ampliam nossa perspectiva... nos fazem olhar para dentro...

Ele bocejou e se espreguiçou, gorgolejando.

De repente, um dos conselheiros comentou:

— Minha nossa, olhem para o pasto!

Cabeças pesadas viraram-se sobre pescoços que balançaram, e todos viram as vacas, ovelhas e cavalos da aldeia aglomerados no outro extremo do campo, encarando a égua branca do mágico, que pastava com placidez na grama fresca. Nenhum animal fazia barulho. Até os porcos e gansos estavam silenciosos como fantasmas. Um corvo grasnou uma vez, bem longe, e seu grito pairou pelo pôr do sol como um pedacinho de carvão queimado.

— Notável — murmurou o prefeito. — Mais que notável.

— Ela é mesmo, não é? — concordou o mágico. — Se eu lhes contasse algumas das ofertas que recebi por ela...

— O interessante — interrompeu o conselheiro que falou primeiro — é que eles não parecem ter medo dela. Têm um ar de admiração, como se estivessem fazendo algum tipo de reverência.

— Eles veem o que os senhores esqueceram como enxergar. — Schmendrick havia bebido sua cota de vinho tinto, e a jovem o encarava com olhos mais doces e rasos que os da unicórnio. Ele bateu a taça na mesa e disse ao sorridente prefeito: — Ela é uma criatura mais rara que vocês ousam sonhar. É um mito, uma lembrança, um fogo-fátuo. Fogo-fátuo. Caso se lembrassem, caso tivessem fome...

Sua voz perdeu-se em meio ao barulho de cascos e ao clamor das crianças. Uma dúzia de cavaleiros, vestidos com farrapos de outono, entraram galopando na praça, uivando e rindo, fazendo os habitantes da cidade se espalharem como bolas de gude. Formaram uma fila e andaram pela praça, derrubando tudo que cruzava seu caminho e gritando fanfarronices incompreensíveis e lançando desafios aos quatro cantos. Um cavaleiro ergueu-se na sela, preparou seu arco e atirou no galo do cata-vento na torre da igreja; outro agarrou o chapéu de Schmendrick, colocou-o na própria cabeça e continuou sua cavalgada em meio a rugidos. Alguns alçavam crianças gritando até suas selas e outros se contentavam com odres de vinho e sanduíches. Seus olhos brilhavam como os de loucos naqueles rostos barbudos, e suas risadas eram como tambores.

O prefeito barrigudo permaneceu firme até chamar a atenção do líder dos invasores. Então, ele levantou uma sobrancelha; o homem estalou os dedos e imediatamente os cavalos ficaram parados, e os homens esfarrapados tão silenciosos quanto animais da aldeia diante da unicórnio. Eles deixaram as crianças gentilmente no chão e devolveram a maioria dos odres de vinho.

— Jack Tilintante, por favor — disse o prefeito com calma.

O líder dos cavaleiros apeou do cavalo e caminhou devagar em direção à mesa onde os conselheiros e seu convidado haviam jantado. Era um homem enorme, com quase dois metros de altura, e cada passo tilintava e ressoava por causa dos anéis, sinetas e pulseiras costurados em seu gibão remendado.

— Bá noite, Sua Senhoria — disse ele com uma risada rouca.

— Vamos acabar logo com isso — disse-lhe o prefeito. — Não vejo por que não podem entrar cavalgando em silêncio, como pessoas civilizadas.

— Ah, os garoto não quer fazer mal nenhum, Sua Senhoria — resmungou o gigante bem-humorado. — Eles, preso no mato o dia inteiro, precisa relaxar um pouco, uma catarsinha mesmo. Bem, bem, vamo lá, né? — Com um suspiro, ele tirou da cintura um saco enrugado de moedas e o deixou na mão aberta do prefeito. — Tá aí, Sua Senhoria — disse Jack Tilintante. — Não foi muito, mas a gente não pode gastar mais que isso.

O prefeito despejou as moedas na palma da mão e as espalhou com o dedo gordo, grunhindo.

— Dá para ver que não é muito — reclamou. — Não é nem tanto quanto a arrecadação do mês passado, que já foi bastante reduzida. Vocês são um bando de flibusteiros de uma figa, é isso que são.

— Os tempo tão difíceis — retrucou Jack Tilintante, rabugento. — A gente não tem culpa se os viajante não têm mais ouro que nós. Não dá pra arrancar sangue de batata, sabia?

— Eu consigo — respondeu o prefeito. Fez uma careta bem feia e sacudiu o punho para o gigante baderneiro. — E se estiver escondendo alguma coisa de mim — gritou —, se estiver enchendo seus bolsos às minhas custas, vou espremer você, meu amigo, vou espremer você até virar só polpa e casca e deixar o vento te levar. Vá embora agora e conte isso ao seu capitão esfarrapado. Vão, seus fora da lei!

Quando Jack Tilintante se virou, resmungando, Schmendrick pigarreou e disse hesitante:

— Vou ficar com meu chapéu, se o senhor não se importar.

O gigante encarou-o com olhos de búfalo injetados de sangue, sem dizer nada.

— Meu chapéu — pediu Schmendrick com voz mais firme. — Um dos seus homens pegou meu chapéu, e seria sensato devolvê-lo.

— Sensato, né não? — resmungou, por fim, Jack Tilintante. — E quem é você, por favor, que conhece o que é sabedoria?

O vinho ainda estava fazendo efeito nos olhos de Schmendrick.

— Sou Schmendrick, o Mágico, e não é bom ter Schmendrick como inimigo — declarou ele. — Sou mais velho do que pareço e menos amigável. Meu chapéu.

Jack Tilintante olhou para ele por mais alguns instantes, então voltou para seu cavalo, passou por cima dele e sentou-se na sela. Avançou até ficar a apenas uma barba de distância de Schmendrick, que o aguardava.

— Ora, então — gritou ele —, se você é mágico mesmo, faz algum truque aí. Deixa meu nariz verde, enche meus alforjes de neve, faz minha barba desaparecer. Me mostra um pouco de magia ou sebo nas canelas.

Ele tirou uma adaga enferrujada do cinto e sacudiu-a pela ponta, soltando um assobio malicioso.

— O mágico é meu convidado — avisou o prefeito, mas Schmendrick disse solenemente:

— Muito bem. Que seja sobre sua cabeça.

Garantindo com um olhar de soslaio que a jovem estava observando, ele apontou para o grupo de espantalhos que sorria atrás do líder dos bandoleiros e disse alguma frase que rimava. No mesmo instante, seu chapéu preto se soltou dos dedos do homem que o segurava e flutuou devagar pelo ar escuro, silencioso como uma coruja. Duas mulheres desmaiaram, e o prefeito se sentou. Os bandidos berravam com voz de criança.

O chapéu preto percorreu toda a extensão da praça até um cocho para cavalos, onde mergulhou e se encheu de água. Então, quase invisível nas sombras, voltou e, ao que parecia, mirava bem na cabeça imunda de Jack Tilintante. Ele cobriu-se com as mãos, murmurando:

— Ora, ora, manda isso embora. — E, na expectativa, até mesmo seus homens começaram a rir. Triunfante, Schmendrick sorriu e estalou os dedos para apressar o chapéu.

Mas, à medida que se aproximava do líder dos bandidos, o chapéu começou a fazer uma curva, primeiro aos poucos e, em seguida, muito mais rápido, ao passo que se inclinava em direção à mesa dos conselheiros. O prefeito teve apenas tempo de se levantar antes que o chapéu se acomodasse com todo o conforto em sua cabeça. Schmendrick abaixou-se a tempo, mas alguns dos conselheiros mais próximos ficaram levemente respingados.

Em meio ao alvoroço da gargalhada — voluntária em sua maioria — que se seguiu, Jack Tilintante desceu do cavalo e agarrou Schmendrick, o Mágico, que tentava secar o prefeito gaguejante com a toalha de mesa.

— Duvido que alguém peça bis pra você — berrou o gigante em seu ouvido. — Melhor vir com a gente.

Ele jogou Schmendrick de bruços sobre a sela e saiu galopando, seguido por seus companheiros maltrapilhos. Seus bufos, arrotos e gargalhadas continuaram ecoando na praça muito depois que o som dos cascos já havia desaparecido.

Homens chegaram correndo para perguntar ao prefeito se deveriam prosseguir para resgatar o mágico, mas ele negou com a cabeça molhada, dizendo:

— Não creio que seja necessário. Se nosso convidado for o homem que diz ser, vai ser muito bem capaz de cuidar de si mesmo. E, se não for, então um impostor que se aproveita da nossa hospitalidade não tem direito à nossa assistência. Não, não, não se preocupem com ele.

Pequenos riachos escorriam por suas bochechas para se reunir em ribeiros no seu pescoço e em rio na frente da camisa, mas ele voltou seu olhar plácido para o pasto onde a égua branca do mágico brilhava na escuridão. Ela estava trotando de um lado para o outro diante da cerca, sem fazer nenhum barulho. O prefeito disse baixinho:

— Acho que seria bom cuidar bem da montaria do nosso amigo que partiu, já que é óbvio que ele a valorizava bastante.

Ele enviou dois homens ao pasto com instruções para laçar a égua e levá-la ao cercado mais resistente de seu estábulo.

Mas os homens nem haviam chegado ao portão do pasto quando a égua branca pulou a cerca e desapareceu na noite como uma estrela cadente. Os dois ficaram parados por um tempo, sem dar ouvidos às ordens do prefeito para voltar; e nenhum deles jamais disse, nem mesmo um ao outro, por que ficou olhando para a égua do mágico por tanto tempo. Mas, de vez em quando, depois disso, eles riam com admiração no meio de eventos muito sérios e, por isso, passaram a ser considerados bobocas.

V

Tudo o que Schmendrick lembrava mais tarde de sua cavalgada selvagem com os bandidos era o vento, a borda da sela e a risada do gigante tilintante. Estava ocupado demais pensando no final do seu truque do chapéu para se dar conta de outras coisas. *Dei uma exagerada*, sugeriu a si mesmo. *Perdi a mão mesmo*. Ele fez que não com a cabeça, o que foi difícil naquela posição. *A magia sabe o que quer fazer*, pensou, saltando enquanto o cavalo disparava para atravessar um riacho. *Mas eu nunca sei o que ela sabe. Quer dizer, não no momento certo. Eu lhe escreveria uma carta se soubesse onde ela mora.*

Arbustos e galhos arranhavam seu rosto, e corujas piavam em seus ouvidos. Os cavalos diminuíram o ritmo para um trote e, em seguida, para uma caminhada. Uma voz alta e trêmula gritou:

— Para e fala a senha!

— Carambolas, lá vamos nós — murmurou Jack Tilintante. Ele coçou a cabeça com um som semelhante ao de uma serra, levantou a voz e respondeu: — Uma vida curta e feliz, aqui na doce floresta verde; alegres camaradas unidos, com a vitória comprometidos...

— Liberdade — corrigiu a voz fininha. — Com a liberdade comprometidos. O som do *L* faz toda a diferença.

— Obrigado. Com a liberdade comprometidos. Camaradas unidos... não, não, eu falei isso. Uma vida curta e feliz, camaradas alegres... não, não é isso. — Jack Tilintante coçou a cabeça de novo e grunhiu. — Com a liberdade comprometidos... me dá uma ajudinha, vai?

— Um por todos e todos por um — disse a voz com gentileza. — Consegue falar o restante?

— Um por todos e todos por um... Não consigo! — gritou o gigante. — Um por todos e todos por um, unidos venceremos, divididos cairemos.

Ele deu um chute no cavalo e voltou a andar.

Uma flecha zuniu na escuridão, lascou um pedaço de sua orelha, atingiu o cavalo do homem que cavalgava atrás dele e se desviou voando como um morcego. Os bandidos espalharam-se para buscar o abrigo das árvores, e Jack Tilintante gritou de raiva:

— Que desgraça de olhos, eu dei a senha dez vezes! Se eu botar minhas mãos em você...

— Mudamos a senha enquanto você estava fora, Jack — veio a voz da sentinela. — Era difícil demais para lembrar.

— Ah, vocês mudaram a senha, né? — Jack Tilintante enxugou o sangramento na orelha com uma dobra da capa de Schmendrick. — E como eu ia saber disso, seu idiota sem cérebro, sem tripas e sem fígado?

— Não fique bravo, Jack — respondeu a sentinela, tranquilizador. — Veja bem, não importa se não sabe a nova senha, porque ela é muito simples. É só gritar como uma girafa. Quem pensou nisso foi o próprio capitão.

— Gritar como uma girafa. — O gigante xingou até os cavalos ficarem irrequietos de vergonha. — Seu idiota, girafa não faz barulho.

É como se o capitão mandasse a gente gritar como um peixe ou uma borboleta.

— Eu sei. Desse jeito, ninguém vai esquecer a senha, nem mesmo você. O capitão não é esperto?

— Não há limites para esse homem — disse Jack Tilintante, admirado. — Mas, veja bem, o que impede um patrulheiro ou um dos homens do rei de gritar como uma girafa quando vocês saudarem eles?

— A-há — disse a sentinela, soltando uma risadinha. — É aí que está a esperteza. Você precisa dar o grito três vezes. Dois gritos longos e um curto.

Jack Tilintante ficou sentado em silêncio em seu cavalo, esfregando a orelha.

— Dois longos e um curto — disse ele, suspirando em seguida. — Bem, não é mais idiota do que a vez em que ele não tinha senha nenhuma e atirava em qualquer um que respondesse ao pedido de senha. Dois longos e um curto, certo.

Ele continuou cavalgando por entre as árvores, e seus homens o seguiram.

Vozes murmuravam em algum lugar adiante, taciturnas como abelhas afanadas. À medida que se aproximavam, Schmendrick pensou ter ouvido o tom de voz de uma mulher entre eles. Então, sentiu o rosto esquentar à luz do fogo e ergueu os olhos. Pararam em uma pequena clareira onde outros dez ou 12 homens estavam sentados ao redor de uma fogueira, aflitos e resmungando. O ar cheirava a feijão queimado.

Um homem ruivo e sardento, vestido com trapos um pouco mais elaborados que os demais, tomou a frente para cumprimentá-los.

— Olha só, Jack — gritou. — Quem está nos trazendo, camarada ou prisioneiro? — Olhando para trás, gritou para alguém: — Bota mais um pouco de água na sopa, querida, temos visita.

— Num faço ideia — vozeou Jack Tilintante.

Começou a contar a história do prefeito e do chapéu, mas mal havia chegado à descida estrondosa sobre a cidade quando foi interrompido por uma mulher magra e esguia que surgiu no meio do círculo de homens e gritou:

— Não vou aceitar isso, Simplão, a sopa está tão rala quanto suor! — Seu rosto era pálido e ossudo, com olhos castanhos e ferozes, e cabelos da cor de grama morta. — E quem é esse grandalhão? — questionou ela, inspecionando Schmendrick como se fosse algo que ela houvesse encontrado grudado na sola do sapato. — Ele não é da cidade. Não gosto da aparência dele. Passem a faca nesse sacripanta.

Ela pretendia dizer ou "nesse pilantra" ou "nessa garganta", e os sons parecidos dessas palavras fez o suor correr a espinha de Schmendrick como algas molhadas. Ele desceu do cavalo de Jack Tilintante e parou diante do capitão fora da lei.

— Sou Schmendrick, o Mágico — anunciou, girando a capa com as mãos até que ela ondulasse sem muito ânimo. — E você é mesmo o famoso capitão Simplão da floresta verde, o mais ousado dos ousados e o mais livre dos livres?

Alguns dos bandidos riram baixinho, e a mulher grunhiu.

— Eu sabia! — declarou ela. — Arranque as tripas dele, Simplão, de cabo a rabo, antes que ele faça o mesmo que o último fez com você.

Mas o capitão curvou-se com orgulho, mostrando um redemoinho de calvície no topo da cabeça, e respondeu:

— Sou eu. Aquele que me caça para ter minha cabeça encontrará um inimigo terrível, mas aquele que me procura como amigo poderá encontrar em mim um amigo adequado. Como chegou até aqui, senhor?

— De bruços — respondeu Schmendrick —, e sem nenhuma intenção, mas, ainda assim, como amigo. Embora sua amante duvide disso — acrescentou ele, apontando para a mulher magra, que cuspiu no chão.

O capitão Simplão sorriu e encaixou o braço com cuidado ao redor dos ombros ossudos da mulher.

— Ah, esse é só o jeito de Molly Pavor — explicou. — Ela cuida de mim melhor que eu mesmo. Sou generoso e tranquilo ao ponto da extravagância, talvez... um mão aberta a todos os fugitivos da tirania, esse é o meu lema. É natural que Molly fique desconfiada, mesquinha, severa, velha antes do tempo e até um pouco tirânica. O balão brilhante precisa de um nó na ponta, hein, Molly? Mas ela tem um bom coração, um bom coração. — A mulher deu de ombros e se afastou dele, mas o capitão não virou a cabeça. — Você é bem-vindo aqui, senhor feiticeiro — disse a Schmendrick. — Venha até a fogueira e nos conte sua história. O que falam de mim nas suas terras? O que ouviu sobre o ousado capitão Simplão e seu bando de homens livres? Pegue um lanchinho.

Schmendrick aceitou o lugar perto do fogo, recusou com toda a graça o lanche frio e respondeu:

— Ouvi dizer que o senhor é amigo dos desamparados e inimigo dos poderosos, e que o senhor e seus homens alegres levam uma vida feliz na floresta, roubando dos ricos e entregando aos pobres. Conheço a história de como o senhor e Jack Tilintante quebraram a cabeça um do outro com bastões e viraram irmãos de sangue; e como salvou sua Molly do casamento com o velho rico que o pai havia escolhido para ela.

Na verdade, Schmendrick nunca tinha ouvido falar do capitão Simplão antes daquela noite, mas tinha uma boa base no folclore anglo-saxão e conhecia aquele tipo.

— E é claro — arriscou —, havia um certo rei perverso...

— Bravio, que apodreça e se arruíne! — gritou Simplão. — Sim, não há ninguém aqui que não tenha sido injustiçado pelo velho rei Bravio... expulso de sua terra legítima, roubado de sua posição e rendas, esfolado de seu patrimônio. Eles vivem apenas por vingança... ouça muito bem, mágico... um dia Bravio vai pagar essa conta todinha...

Uma dúzia de sombras peludas sibilaram em concordância, mas a risada de Molly Pavor caiu como granizo, estridente e pungente.

— Talvez ele pague mesmo — zombou ela —, mas não vai ser para esses covardes tagarelas que ele vai pagar. Seu castelo apodrece e balança mais a cada dia, e seus homens estão velhos demais para se levantarem em armaduras, mas ele vai governar para sempre, por mais ousado que seja o capitão Simplão.

Schmendrick levantou uma sobrancelha, e Simplão ficou vermelho como um tomate.

— Você precisa entender — murmurou. — O rei Bravio tem aquele Touro...

— Ai, o Touro Vermelho, o Touro Vermelho! — berrou Molly. — Vou te dizer uma coisa, Simplão, depois de todos esses anos na floresta com você, cheguei à conclusão de que o Touro não passa de um apelido carinhoso que você dá à sua covardia. Se eu ouvir essa fábula mais uma vez, eu mesma vou até o velho Bravio, e conhecendo você...

— Chega! — rugiu Simplão. — Não na frente de estranhos!

Ele sacou a espada, e Molly abriu os braços para ela, ainda rindo. Ao redor do fogo, mãos engorduradas brincavam com o cabo dos punhais e arcos longos pareciam se encordoar sozinhos, mas Schmendrick se pronunciou, tentando salvar a vaidade decadente de Simplão. Ele odiava dramas familiares.

— Eles cantam uma balada sobre o senhor no meu país — começou. — Eu esqueci exatamente como é...

O capitão Simplão girou como um gato emboscando o próprio rabo.

— Qual delas?

— Não sei — respondeu Schmendrick, surpreso. — Tem mais de uma?

— Ô se tem! — exclamou Simplão, brilhando e crescendo, inflado de orgulho. — Willie Gentil! Willie Gentil! Onde está esse rapaz?

Um jovem de cabelos finos, com um alaúde na mão e espinhas no rosto, surgiu cambaleando.

— Cante uma das minhas façanhas para o cavalheiro — ordenou o capitão Simplão. — Cante aquela de como você entrou no meu bando. Não a ouço desde terça-feira passada.

O menestrel suspirou, tocou um acorde e começou a cantar num contratenor hesitante:

Ah, capitão Simplão voltava cavalgando
Da matança do cervo alegre do rei,

Quando avista apenas um jovem descorado,
Que cambaleia sobre o prado.

"O que há de novo, de novo, jovem e belo rapaz?
O que te aflige para suspirar tão fundo?
É pela perda da tua bela dama?
Ou és pobre e estais meditabundo?"

"Não estou meditabundo, seja lá o que isso for,
E minha pobreza nem é tão pobre assim
Mas solto tantos suspiros pela minha bela dama
Que meus três irmãos arrancaram de mim."

"Sou o capitão Simplão, da linda floresta verde,
E os homens ao meu lado são ferozes sem fim.
Se eu resgatar sua bela dama,
Que serviço prestará a mim?"

"Se resgatares minha bela dama
Quebro-te o nariz, seu velho basbaque.
Mas ela usava no pescoço uma esmeralda,
Que por meus três irmãos também foi levada."

Então o capitão foi atrás dos três ladrões ousados,
E fez a lâmina de sua espada tremer e cantar.
"Pode ficar com a moça, mas fico com o cavalo selado,
Pois é digno de um rei que a coroa vai sustentar."

— Agora vem a melhor parte — sussurrou Simplão para Schmendrick. Estava saltitando com ansiedade na ponta dos pés, abraçando-se.

Então, três capas fora, e três espadas sacadas,
E três espadas chiando como das cinco o chá.

"Pela fé do meu corpo", diz o capitão Simplão,
"Agora nem bela, nem alazão vocês terão."
E jogou-os para cima, jogou-os para todo lado,
E acabou com eles, fazendo-os de gato e sapato...

— Fazendo-os de gato e sapato — repetiu Simplão em um suspiro. Ele balançou, cantarolou e enfrentou as três espadas com o antebraço durante as 17 estrofes restantes da canção, completamente alheio à zombaria de Molly e à inquietação de seus homens. A balada por fim terminou, e Schmendrick aplaudiu alto e sinceramente, elogiando Willie Gentil por sua técnica com a mão direita.

— Chamo de dedilhado à Alan-a-Dale — respondeu o menestrel. Ele teria continuado, mas Simplão o interrompeu, dizendo:

— Bom, Willie, bom garoto, agora toque as outras. — Ele sorriu ao ver o que Schmendrick esperava ter sido uma expressão de surpresa e satisfação. — Eu disse que havia várias canções sobre mim. São 31, para ser exato, embora nenhuma esteja na coleção do Francis Child no momento... — Seus olhos arregalaram-se de repente, e ele agarrou os ombros do mágico. — Você não seria o próprio sr. Child, seria? — questionou. — Pelo que ouvi, ele sai com frequência em busca de baladas, disfarçado de homem comum...

Schmendrick negou com a cabeça.

— Não, sinto muito, de verdade.

O capitão suspirou e o soltou.

— Não importa — murmurou ele. — É claro que sempre se espera, mesmo agora... ser incluído, verificado, anotado, tendo variações, tendo até mesmo a autenticidade questionada... bem, bem, não importa. Cante as outras canções, Willie. Vai precisar praticar um dia, quando estiver sendo gravado em campo.

Os bandidos resmungavam e brigavam, chutando pedras. Uma voz rouca gritou de uma sombra segura:

— Não, Willie, cante uma canção real para nós. Cante uma do Robin Hood.

— Quem disse isso?

A espada sacada de Simplão estalou na bainha quando ele se virou de um lado para o outro. De repente, seu rosto pareceu tão pálido e cansado quanto um trapo molhado.

— Eu disse — assumiu Molly Pavor, que não tinha falado nada. — Os homens estão entediados com baladas sobre sua bravura, querido capitão. Mesmo que você tenha escrito todas elas sozinho.

Simplão estremeceu e lançou um olhar de soslaio para Schmendrick.

— Elas ainda podem ser canções folclóricas, não podem, sr. Child? — perguntou ele em voz baixa e preocupada. — Afinal...

— Não sou o sr. Child — interrompeu Schmendrick. — De verdade, não sou.

— Digo, você não pode deixar eventos épicos para as pessoas cantarem. Elas entendem tudo errado.

Um velho em veludo esfarrapado estava avançando sorrateiro.

— Capitão, se vamos ter canções folclóricas, e suponho que devemos, então achamos que devem ser canções de verdade sobre bandidos de verdade, não sobre esta vida mentirosa que vivemos. Sem querer ofender, capitão, mas, no fim das contas, não somos tão felizes assim...

— Sou feliz 24 horas por dia, Dick Pomposo — retrucou Simplão com frieza. — É um fato.

— E não roubamos dos ricos para dar aos pobres — apressou-se Dick Pomposo. — Roubamos dos pobres porque eles não conseguem revidar... a maioria deles... e os ricos tiram de nós porque podem acabar com a gente em um dia. Não roubamos o prefeito gordo e ganancioso na estrada, nós pagamos tributos todo mês para ele nos deixar em paz. Nunca sequestramos bispos orgulhosos e os mantemos prisioneiros na floresta, festejando e entretendo-os, porque Molly não sabe cozinhar e, além disso, não seríamos uma companhia muito estimulante para um bispo. Quando vamos à feira disfarçados, nunca ganhamos no arco e flecha ou na luta com bastão. Recebemos alguns elogios por nossos disfarces, mas nada mais que isso.

— Uma vez, mandei uma tapeçaria para os jurados — lembrou Molly. — Ficou em quarto lugar. Quinto. Um cavaleiro em vigília... todo mundo estava fazendo vigília naquele ano. — De repente, ela estava esfregando os olhos com aqueles nós dos dedos ásperos. — Carambola, Simplão.

— O quê, o quê? — gritou ele exasperado. — É minha culpa que você não tenha continuado com sua tecelagem? Depois que conquistou seu homem, deixou todas as suas realizações de lado. Não costura nem canta mais, não faz iluminuras em um manuscrito há anos... e o que aconteceu com aquela viola da gamba que eu te dei? — Ele se virou para Schmendrick. — Até poderíamos estar casados, do jeito que ela se enfeiou.

O mágico assentiu brevemente e desviou o olhar.

— E quanto a corrigir erros e lutar por liberdades civis, esse tipo de coisa — continuou Dick Pomposo —, não seria tão ruim... quer dizer, não sou um cruzado, alguns são e outros não... por outro lado, temos que cantar aquelas músicas sobre usar o verde Lincoln[20] e ajudar os oprimidos. Nós não, Simplão, nós os entregamos pela recompensa, e essas canções são apenas constrangedoras, só isso, essa é a verdade.

O capitão Simplão cruzou os braços, ignorando os grunhidos de concordância dos bandidos.

— Cante as canções, Willie.

— Eu, não! — O menestrel não ergueu a mão para tocar seu alaúde. — E você nunca lutou com meus irmãos por pedra nenhuma, Simplão! Escreveu uma carta para eles, que nem mesmo assinou...

Simplão puxou o braço para trás, e as lâminas cintilaram entre os homens como se alguém tivesse soprado uma pilha de carvão. Nesse momento, Schmendrick deu um passo à frente de novo, mantendo um sorriso insistente.

— Se me permite oferecer uma alternativa — sugeriu —, por que não deixar seu convidado merecer sua noite de hospedagem divertindo vocês? Não sei cantar nem tocar, mas tenho meus truques, e talvez vocês nunca tenham visto nada parecido.

Jack Tilintante concordou de pronto, dizendo:

— Sim, Simplão, um mágico! Seria um agrado raro pros rapaz.

Molly Pavor resmungou alguma generalização selvagem sobre bruxos como classe, mas os homens gritaram com alegria vívida, jogando uns aos outros no ar. A única relutância real foi demonstrada pelo próprio capitão Simplão, que protestou com tristeza:

— Sim, mas as canções. O sr. Child precisa ouvir as músicas.

— E assim eu farei — garantiu Schmendrick para ele. — Mais tarde.

Então, Simplão se animou e gritou para os homens abrirem espaço. Eles esparramaram-se e agacharam nas sombras, observando com sorrisos forçados enquanto Schmendrick começava a percorrer as velhas prestidigitações com que entretinha os camponeses no Circo da Meia-Noite. Era uma magia tola, mas achou divertida o bastante para um bando como o do Simplão.

No entanto, o mágico os julgou com muita facilidade. Aplaudiram anéis e cachecóis, as orelhas cheias de peixinhos dourados e ases, com a devida polidez, mas sem admiração. Sem oferecer nenhuma magia verdadeira, ele não fazia brotar neles nenhuma magia em resposta; e quando um feitiço falhava — como quando, prometendo transformar um cão em conde para eles roubarem, ele fez brotar apenas uma fruta-do-conde —, ele era aplaudido com tanta gentileza e tão pouca vontade como se tivesse conseguido. Eles eram o público perfeito.

Simplão sorria com impaciência, e Jack Tilintante cochilou, mas o mágico se assustou ao ver a decepção nos olhos inquietos de Molly Pavor. Uma raiva repentina tirou uma risada dele. Derrubou as sete bolas giratórias que brilhavam cada vez mais enquanto fazia malabarismos com elas (em uma noite boa, conseguia fazê-las pegar fogo), liberou todas as suas habilidades odiadas e fechou os olhos.

— Faça o que quiser — sussurrou ele para a magia. — Faça o que quiser.

A magia suspirava através dele, começando em algum lugar secreto — em sua omoplata, talvez, ou na medula de sua tíbia. Seu coração encheu-se e endureceu como uma vela, e algo se movia com mais segurança em seu corpo do que nunca. Ela falou com a voz dele em tom de ordem. Enfraquecido pelo poder, ele caiu de joelhos e esperou até voltar a ser Schmendrick.

O que será que eu fiz? Eu fiz alguma coisa.

Ele abriu os olhos. A maioria dos bandidos estava rindo e batendo nas têmporas, felizes pela oportunidade de zombar dele. O capitão Simplão levantou-se, ansioso para anunciar que aquele entretenimento havia terminado. Então, Molly Pavor gritou com uma voz suave e trêmula, e todos se viraram para ver o que ela estava vendo. Um homem entrou caminhando na clareira.

Estava vestido de verde, mas com um gibão e um gorro marrons inclinado com uma pena de galinhola. Era muito alto, alto demais para um homem vivo: o grande arco pendurado no ombro parecia tão longo quanto Jack Tilintante, e suas flechas teriam servido de lanças ou bastões para o capitão Simplão. Sem dar atenção alguma às formas estáticas e tristonhas perto do fogo, ele caminhou pela luz e desapareceu, sem nenhum som de respiração ou passos.

Depois dele vieram outros, um de cada vez ou dois juntos, alguns conversando, muitos rindo, mas nenhum emitindo som algum. Todos carregavam arcos longos e vestiam verde, exceto um que vinha vestido de escarlate até os pés, e outro vestido com o hábito marrom de um frade, com os pés em sandálias e a enorme barriga presa por um cinto de corda. Um deles tocava alaúde e cantava sem emitir sons enquanto caminhava.

— Alan-a-Dale. — Era um emocionado Willie Gentil. — Olhe para esse dedilhado. — A voz dele estava tão desamparada quanto um filhote de passarinho.

Orgulhosos e sem esforço, graciosos como girafas (até mesmo o mais alto entre eles, um gigante Blunderbore de olhos bondosos), os arqueiros atravessavam a clareira. Por último, de mãos dadas, vieram um homem e uma mulher. Seus rostos eram lindos como se nunca tivessem conhecido o medo. Os cabelos pesados da mulher brilhavam com um segredo, como uma nuvem que esconde a lua.

— Ah — suspirou Molly Pavor. — Marian.

— Robin Hood é um mito — disse o capitão Simplão com nervosismo —, um exemplo clássico de figuras populares heroicas sintetizadas a partir da necessidade. John Henry é outro. Os homens precisam de heróis, mas nenhum homem pode ser tão grande quanto a necessidade, e assim uma lenda cresce em torno de um grão de verdade, como uma pérola. Não que não seja um truque notável, é claro.

Foi o decadente e elegante Dick Pomposo quem se moveu primeiro. Todas as figuras, exceto as duas últimas, já haviam desaparecido na escuridão quando ele correu atrás delas, gritando com a voz rouca:

— Robin, Robin, sr. Hood, espere por mim!

Nem o homem nem a mulher se viraram, mas todos os homens do bando de Simplão — exceto Jack Tilintante e o próprio capitão — correram para a borda da clareira, tropeçando e pisoteando uns aos outros, chutando a fogueira de modo que a clareira se agitava com as sombras.

— Robin! — gritaram eles. — Marian, Scarlet, João Pequeno... voltem! Voltem!

Schmendrick começou a rir, com ternura e sem controle.

Acima de suas vozes, o capitão Simplão gritou:

— Tolos, tolos e infantis! Era uma mentira, como toda magia! Esse tal de Robin Hood não existe!

Mas os bandidos, enlouquecidos com a perda, avançaram em direção à floresta atrás dos arqueiros brilhantes, tropeçando em troncos, caindo em arbustos espinhosos e chorando avidamente enquanto corriam.

Apenas Molly Pavor parou e olhou para trás. Sua expressão era fulminante.

— Não, Simplão, você entendeu errado — gritou para ele. — Pessoas como você, ou como eu, ou como qualquer um de nós não existem. Robin e Marian são reais, e nós somos a lenda!

Então, ela saiu correndo e gritando "espere, espere!" como os outros, deixando o capitão Simplão e Jack Tilintante parados sob a luz da fogueira pisoteada, ouvindo a risada do mágico.

Schmendrick mal percebeu quando pularam sobre ele e agarraram seus braços; nem se encolheu quando Simplão espetou suas costelas com uma adaga, sibilando:

— Essa foi uma diversão perigosa, sr. Child, e grosseira também. Poderia ter dito que não queria ouvir as canções.

A adaga afundou um pouco mais.

Ao longe, ele ouviu Jack Tilintante rosnar:

— Ele não é o Child coisa nenhuma, Simplão, nem é um mago experiente. Agora sei quem ele é. É filho do Bravio, o príncipe Lír, tão sujo quanto seu pai e sem dúvida manja das magias obscuras. Segura a onda, capitão. Morto ele não serve de nada.

A voz de Simplão enfraqueceu.

— Tem certeza, Jack? Ele parecia um sujeito tão agradável.

— Você quer dizer um tolo agradável. É, ouvi dizer que Lír tem esse ar. Faz o papel de um inocente estúpido, mas é o diabo do engano. A maneira como fingiu ser esse tal de Child só para te pegar desprevenido.

— Eu não estava desprevenido, Jack — protestou Simplão. — Nem por um momento. Posso ter parecido, mas eu mesmo sou muito enganador.

— E a maneira como invocou Robin Hood para encher os rapaz de esperança e colocar eles contra você. Ah, mas ele se entregou naquele momento, e agora vai ficar com a gente, mesmo que seu pai envie o Touro Vermelho para libertar ele.

Simplão prendeu a respiração ao ouvir aquilo, mas o gigante agarrou o mago, que não resistiu pela segunda vez naquela noite, e o carregou até uma grande árvore, onde o amarrou com o rosto virado para o tronco e os braços esticados ao redor dele. Schmendrick soltou uma risadinha durante toda a operação e facilitou as coisas, abraçando a árvore com muito carinho, como faria com uma noiva recém-casada.

— Pronto — disse Jack Tilintante por fim. — Você vigia ele de noite, Simplão, enquanto eu durmo, e de manhã vou até o velho Bravio para ver quanto seu filho vale pra ele. Talvez todos nós sejamos cavalheiros desocupados em um mês.

— E os homens? — perguntou Simplão, preocupado. — Acha que vão voltar?

O gigante bocejou e começou a se afastar.

— Vão voltar pela manhã, tristes e fungando, e você vai precisar ter paciência com eles por um tempo. Vão voltar, porque não são do tipo que troca qualquer coisa por nada, e eu também não. Robin Hood talvez tivesse ficado se nós fosse. Boa noite pra você, capitão.

Quando ele se foi, os únicos sons que restaram foram os dos grilos e a risadinha suave de Schmendrick para a árvore. A fogueira apagou-se, e Simplão girou em círculos, suspirando a cada brasa que se apagava. Por fim, ele se sentou em um toco e se dirigiu ao mágico cativo:

— Você pode ser filho do Bravio — refletiu ele —, e não Child, o colecionador, como afirma. Mas seja quem for, você sabe muito bem que Robin Hood é uma fábula, e eu sou a realidade. Nenhuma balada vai crescer em torno do meu nome, a menos que eu mesmo a escreva; nenhuma criança vai ler minhas aventuras em seus livros escolares e brincar de ser eu depois da escola. E quando os professores vasculharem os contos antigos, e os estudiosos peneirarem antigas canções para descobrir se Robin Hood realmente existiu, nunca, jamais vão encontrar meu nome, não até que acabem com o mundo em busca da semente em seu coração. Mas você sabe, e por isso vou recitar para você as canções do capitão Simplão. Ele era um sujeito bom e alegre que roubava dos ricos e entregava aos pobres. Em sua gratidão, as pessoas criaram estes versos simples sobre ele.

Então, ele cantou todas elas, incluindo aquela que Willie Gentil havia cantado para Schmendrick. Fazia pausas frequentes para comentar os padrões rítmicos variados, as rimas assonantes e as melodias modais.

VI

O capitão Simplão adormeceu após 13 estrofes da décima nona canção, e Schmendrick, que havia parado de rir um pouco antes, imediatamente começou a tentar se libertar. Lutou contra as amarras com todas as forças, mas elas se mantiveram firmes. Jack Tilintante envolveu-o com corda suficiente para equipar uma pequena escuna e deu nós do tamanho de crânios.

— Devagar, devagar — aconselhou a si mesmo. — Nenhum homem com o poder de invocar Robin Hood… na verdade, de criá-lo… pode ficar preso por muito tempo. Uma palavra, um desejo, e esta árvore vai virar bolota em um galho de novo, que esta corda fique verde dentro de um pântano.

Mas ele sabia, antes mesmo de invocá-la, que seja lá o que o tenha visitado por um momento havia voltado a desaparecer, deixando apenas um vazio onde estivera. Ele se sentia como uma crisálida abandonada.

— Faça o que quiser — disse baixinho.

O capitão Simplão despertou ao ouvir sua voz e cantou a décima quarta estrofe.

Há cinquenta espadas fora da casa, e dentro cinquenta mais,
E eu tenho medo por mim, capitão, pois já vejo nossos finais.
Chega, chega, diz o capitão Simplão, não fiquem apavorados,
Pois podem ser cem espadas, mas nós somos sete soldados.

— Espero que você seja massacrado — retrucou o mágico, mas Simplão já estava dormindo de novo.

Schmendrick tentou alguns feitiços simples para escapar, mas não conseguia usar as mãos e não tinha coragem para mais truques. O que aconteceu foi que a árvore se apaixonou por ele e começou a murmurar com carinho sobre a alegria encontrada no abraço eterno de um carvalho-vermelho.

— Sempre, sempre — suspirou a árvore —, fidelidade além do que qualquer homem merece. Guardarei a cor de seus olhos quando ninguém mais no mundo se lembrar do seu nome. Não há imortalidade senão o amor de uma árvore.

— Estou noivo — desculpou-se Schmendrick. — De um pinheiro-larício. Desde a minha infância. Casamento por contrato, sem opção nenhuma. Sem esperança. Nunca teremos nossa história.

Uma rajada de fúria sacudiu o carvalho, como se uma tempestade atingisse apenas ele.

— Que o fel e o fogo bacteriano recaiam sobre ela! — sussurrou com raiva. — Maldita madeira macia, conífera amaldiçoada, sempre-viva enganosa, ela nunca terá você! Pereceremos juntos, e todas as árvores apreciarão nossa tragédia!

Ao longo de seu corpo, Schmendrick conseguiu sentir a árvore se sacudindo como um coração e temeu que, de tamanha raiva, ela pudesse se partir em duas. As cordas estavam ficando cada vez mais apertadas ao seu redor, e a noite começava a ficar vermelha e amarela. Ele tentou explicar ao carvalho que o amor era generoso justamente porque nunca poderia ser imortal, e tentou gritar pelo capitão Simplão, mas conseguiu apenas soltar um pequeno rangido, como o de uma árvore. *Ela tem boas intenções*, pensou ele, e se entregou ao amor.

Então, as cordas se afrouxaram quando ele se lançou contra elas, e Schmendrick despencou de costas no chão, se contorcendo em busca de ar. A unicórnio estava sobre ele, escura como sangue em sua visão obscurecida. Ela o tocou com seu chifre.

Quando ele conseguiu se levantar, ela se virou, e o mago a seguiu, cauteloso com o carvalho, embora ele estivesse de novo tão imóvel quanto qualquer árvore que nunca antes amara. O céu ainda estava escuro, mas era uma escuridão aquosa através da qual Schmendrick conseguia ver o amanhecer violeta pairando. Nuvens prateadas e firmes derretiam ao passo que o céu esquentava; sombras ficavam opacas, sons perdiam a forma, e as formas ainda não tinham decidido o que seriam naquele dia. Até o vento imaginava o que seria dele.

— Você me viu? — perguntou ele à unicórnio. — Estava assistindo, viu o que eu fiz?

— Sim — respondeu ela. — Foi magia de verdade.

A perda voltou, fria e amarga como uma espada.

— Agora, ela se foi — explicou ele. — Eu a tinha... ela tinha a mim... mas agora ela se foi. Não consegui segurá-la!

A unicórnio flutuava diante dele, silenciosa como uma pena. Perto dali, uma voz familiar disse:

— Vai nos deixar tão cedo, mágico? Os homens vão lamentar quando não encontrarem você.

Ele virou-se e viu Molly Pavor recostada a uma árvore. Com vestido e cabelo sujos, igualmente esfarrapados, pés descalços sangrando e cobertos de lama, ela abriu um sorriso de morcego.

— Surpresa. É a Donzela Marian.

Então, ela viu a unicórnio. Não se moveu nem falou, mas seus olhos castanhos de repente ficaram cheios de lágrimas. Por um bom tempo, ela não se moveu; em seguida, agarrou uma parte de sua bainha com os punhos e dobrou os joelhos em uma espécie de agachamento trêmulo. Seus tornozelos estavam cruzados, e os olhos estavam baixos, mas, apesar disso, Schmendrick levou mais um momento para perceber que Molly Pavor estava fazendo uma reverência.

Ele explodiu em uma risada, e Molly se levantou de um salto, vermelha da raiz dos cabelos até o fim do pescoço.

— Onde você esteve? — gritou ela. — Carambolas, onde você esteve?

Ela deu alguns passos em direção a Schmendrick, mas estava olhando além dele, para a unicórnio.

Quando tentou passar, o mágico parou em seu caminho.

— Não fale desse jeito — disse a ela, ainda incerto de que Molly tivesse reconhecido a unicórnio. — Não sabe se comportar, mulher? Nem fazer uma reverência?

Mas Molly empurrou-o para o lado e foi até a unicórnio, repreendendo-a como se ela fosse uma vaca leiteira perdida.

— Onde você esteve?

Diante da brancura e do chifre brilhante, Molly se encolheu até virar um besouro estridente, mas dessa vez foram os velhos olhos escuros da unicórnio que se abaixaram.

— Estou aqui agora — disse ela por fim.

Molly riu com lábios contraídos.

— E de que me adianta você estar aqui agora? Onde estava vinte anos atrás, dez anos atrás? Como ousa, como ousa vir até mim agora, quando estou *deste* jeito? — Com um gesto de mão, ela se mostrou em um resumo: rosto estéril, olhos desérticos e coração amarelado. — Gostaria que você nunca tivesse vindo, por que vem agora? — As lágrimas começaram a escorrer pelas laterais do seu nariz.

A unicórnio não respondeu, e Schmendrick disse:

— Ela é a última. É a última unicórnio do mundo.

— Ela é. — Molly fungou. — É a última unicórnio do mundo a vir até Molly Pavor. — Em seguida, estendeu a mão para tocar a bochecha da unicórnio, mas as duas estremeceram um pouco, e o toque acabou pousando no local ligeiro e trêmulo abaixo do maxilar. Molly disse: — Está tudo bem. Eu perdoo você...

— Unicórnios não precisam ser perdoados. — O mágico sentiu uma tontura de ciúmes, não apenas do toque, mas de alguma coisa parecida com um segredo que estava pairando entre Molly e a unicórnio. — Unicórnios são para inícios — disse ele —, para inocência e pureza, para novidade. Unicórnios são para garotinhas.

Molly estava acariciando o pescoço da unicórnio de um jeito tão tímido, como se fosse cega. Ela secou as lágrimas imundas na crina branca.

— Você não sabe muito sobre unicórnios — retrucou ela.

O céu estava cinza-jade agora, e as árvores que haviam sido desenhadas contra a escuridão um momento antes voltaram a ser árvores de verdade, sibilando ao vento da alvorada. Schmendrick disse com frieza, olhando para a unicórnio:

— Precisamos ir.

Molly concordou rapidamente.

— Sim, antes que os homens tropecem em nós e cortem sua garganta por enganá-los, coitadinhos. — Ela olhou para trás. — Eu tinha algumas coisas que queria levar, mas não importam agora. Estou pronta.

Schmendrick barrou o caminho dela de novo enquanto dava um passo adiante.

— Você não vai nos acompanhar. Estamos em uma busca. — A voz e os olhos dele estavam tão sérios quanto possível, mas ele conseguiu sentir seu nariz ficando desnorteado. Nunca havia conseguido disciplinar seu nariz.

O rosto de Molly fechou-se como um castelo diante ele, arrastando consigo armas, estilingues e caldeirões de chumbo fervente.

— E quem é você para dizer "nós"?

— Sou o guia dela — respondeu o mágico, fazendo-se de importante.

A unicórnio fez um som baixinho e curioso, como uma gata chamando seus filhotes. Molly riu alto e retrucou:

— Você não sabe muito de unicórnios — repetiu a mulher. — A unicórnio está deixando você viajar com ela, embora eu não consiga entender o porquê, mas não precisa de você. Ela também não precisa de mim, os céus sabem, mas vai me levar também. Pergunte para ela.

A unicórnio fez de novo o som suave baixinho, e o castelo do rosto de Molly abaixou a ponte levadiça e abriu caminho até mesmo à sua fortaleza mais profunda.

— Pergunte para ela.

Schmendrick sabia a resposta da unicórnio por sentir seu coração apertando-se. Ele queria ser sábio, mas, então, sua inveja e seu vazio o magoaram, e ele se ouviu gritar em um tom triste:

— Nunca! Eu proíbo... eu, Schmendrick, o Mágico! — Sua voz ficou sombria, e até seu nariz ficou cada vez mais ameaçador. — Tenha cuidado para não protelar a ira de um mago! Provocar. Se eu quiser transformá-la em um sapo...

— Eu gargalharia até a barriga doer — retrucou Molly Pavor, zombeteira. — Você é bom com contos de fadas, mas não consegue transformar creme em manteiga. — Os olhos dela cintilaram com uma compreensão repentina e maldosa. — Tenha bom senso, rapaz. O que você faria com a última unicórnio do mundo... você a manteria em uma jaula?

O mágico virou-se de costas para evitar que Molly enxergasse seu rosto. Não olhou diretamente para a unicórnio, mas lançou olhadelas furtivas para ela, como se pudesse ser forçado a devolvê-las. Branca e discreta, com chifre envolto no brilho da manhã, ela o observava com uma gentileza penetrante, mas ele não conseguia tocá-la. Ele disse à mulher magra:

— Você nem sabe aonde estamos indo.

— Acha que isso importa para mim? — perguntou Molly.

Ela fez o som do gato mais uma vez.

Schmendrick falou de novo:

— Estamos viajando ao país do rei Bravio para encontrar o Touro Vermelho.

A pele de Molly arrepiou-se de susto por um momento, não importa em que seus ossos acreditassem ou seu coração soubesse; mas, em seguida, a unicórnio soprou suavemente na mão dela em concha, e Molly sorriu enquanto fechava os dedos em meio ao calor.

— Bem, vocês estão no caminho errado — disse ela.

O sol estava nascendo enquanto ela os guiava de volta pelo caminho que tinham vindo, passando por Simplão, ainda adormecido em seu toco, passando pela clareira e se afastando. Os homens estavam voltando: galhos mortos estalavam por perto e arbustos se quebravam com um som de respingos. Uma vez, tiveram que se agachar entre espinhos enquanto dois dos bandidos cansados de Simplão passavam mancando, perguntando-se amargamente se a visão de Robin Hood tinha sido real ou não.

— Eu senti o cheiro deles — dizia o primeiro homem. — Os olhos são fáceis de ludibriar e enganam por natureza, mas nenhuma sombra tem cheiro.

— Os olhos são perjuros, com certeza — resmungou o segundo homem, que parecia estar vestido de pântano. — Mas você realmente confia no testemunho dos seus ouvidos, do seu nariz, da raiz da sua língua? Eu não, meu amigo. O universo mente para nossos sentidos, que mentem para nós, e como podemos ser outra coisa senão mentirosos? Eu, pessoalmente, não confio em nenhuma mensagem nem em nenhum mensageiro; nem no que me dizem, nem no que vejo. Pode haver verdade em algum lugar, mas ela nunca chega até mim.

— Ah — disse o primeiro homem com um sorriso obscuro. — Mas você foi correndo com todos nós para seguir o Robin Hood e o procurou a noite toda, chorando e chamando como todos nós. Por que não se poupar desse trabalho, se você já sabia?

— Bem, nunca se sabe — respondeu o outro com voz grossa, cuspindo lama. — Eu poderia estar errado.

Havia um príncipe e uma princesa sentados perto de um riacho em um vale arborizado. Seus sete criados haviam montado um dossel escarlate embaixo de uma árvore, e o jovem casal real estava comendo de uma lancheira acompanhada do som de alaúdes e teorbas. Mal trocaram uma palavra entre eles até terminarem a refeição, e, em seguida, a princesa suspirou e disse:

— Bem, acho que é melhor acabar logo com essa bobagem.

O príncipe começou a ler uma revista.

— Você poderia pelo menos... — começou a falar a princesa, mas o príncipe continuou lendo.

A princesa fez um sinal para dois dos criados, que começaram a tocar uma música antiga em seus alaúdes. Depois disso, deu alguns passos na grama, ergueu uma rédea brilhante como manteiga e berrou:

— Aqui, unicórnio, aqui! Aqui, meu lindo, aqui comigo! Vem-vem-vem-vem-vem!

O príncipe soltou uma risadinha.

— Ele não é uma de suas galinhas para chamá-lo desse jeito, sabia? — comentou ele sem levantar os olhos. — Por que não canta alguma coisa em vez de cacarejar desse jeito?

— Estou fazendo o melhor que posso — gritou a princesa. — Nunca chamei uma dessas coisas antes.

Mas, depois de um breve silêncio, ela começou a cantar.

Sou a filha de um rei.
E se eu consegui me importar
A lua que não tem uma dona
Viria em meus cabelos flutuar.

Ninguém ousa celebrar
O que eu escolho desejar.
Nunca tive fome,
Isso eu não posso negar.

Sou a filha de um rei.
E por dentro eu envelheço
A prisão da minha pessoa
Com esses grilhões eu pereço
E eu fugiria para sempre
E de porta em porta mendigaria,
Apenas para ver sua sombra
Uma vez, e nunca mais veria.

Assim ela cantou, e cantou de novo, e, em seguida, chamou:

— Lindo unicórnio, lindo, lindo, lindo. — E chamou por mais um tempo e, depois, ela disse com raiva: — Bem, já fiz o que podia. Estou indo para casa.

O príncipe bocejou e fechou sua revista.

— Você cumpriu o de costume — disse a ela —, e ninguém esperava mais que isso. Era só uma formalidade. Agora, podemos nos casar.

— Sim — confirmou a princesa —, agora podemos nos casar.

Os criados começaram a guardar tudo de novo, enquanto os dois com os alaúdes tocavam alegres músicas de casamento. A voz da princesa ficou um pouco triste e desafiadora quando disse:

— Se realmente existissem unicórnios, um teria vindo até mim. Chamei com o máximo de doçura possível e estava carregando a rédea dourada. E, claro, sou pura e intocada.

— Ao que me consta, é, sim — respondeu o príncipe com indiferença. — Como eu disse, você cumpriu o de costume. Você não satisfaz meu pai, mas eu também não o satisfaço. Isso exigiria um unicórnio.

Ele era alto e seu rosto era tão suave e agradável quanto um pudim de leite.

Quando eles e sua comitiva partiram, a unicórnio saiu da floresta, seguida por Molly e o mágico, e eles retomaram sua jornada. Muito tempo depois, vagando por outras terras onde não havia riachos nem nada verde, Molly perguntou por que ela não tinha respondido ao canto da princesa. Schmendrick aproximou-se para ouvir a resposta, embora tivesse permanecido ao lado da unicórnio. Ele nunca andava ao lado de Molly.

— A filha daquele rei nunca teria fugido para ver minha sombra — respondeu a unicórnio. — Se eu tivesse me mostrado, e ela tivesse me conhecido, ela teria ficado mais assustada do que se tivesse visto um dragão, pois ninguém faz promessas a um dragão. Lembro que, antigamente, nunca me importei se as princesas levavam a sério ou não o que cantavam. Atendi a todas elas e deitei minha cabeça em seu colo, e algumas delas montaram em minhas costas, embora a maioria estivesse com medo. Mas não tenho tempo para elas agora, princesas ou ajudantes de cozinha. Não tenho tempo.

Molly disse alguma coisa estranha em seguida, pois era uma mulher que nunca dormia uma noite inteira sem acordar várias vezes para ver se a unicórnio ainda estava lá e cujos sonhos eram todos sobre rédeas douradas e jovens ladrões gentis.

— São as princesas que não têm tempo — disse ela. — O céu gira e arrasta tudo junto com ele, princesas e mágicos e o pobre Simplão e todos, mas você fica parada. Você nunca vê nada apenas uma vez. Eu queria que você pudesse ser uma princesa por um tempinho, ou uma flor, ou um pato. Alguma coisa que não pode esperar.

Ela cantou uma estrofe de uma canção triste e lenta, parando após cada verso enquanto tentava se lembrar do próximo.

Quem tem escolhas não precisa escolher.
Nós, sem nenhuma, precisamos dela agora.

Podemos amar, mas o que vamos perder...
O que se foi, foi embora.

Schmendrick espiou por cima das costas da unicórnio para o território de Molly.

— Onde você ouviu essa canção? — questionou.

Era a primeira vez que falava com ela desde o amanhecer, quando ela se juntou à jornada. Molly fez que não com a cabeça.

— Não lembro. Sei que foi muito tempo atrás.

A terra ficava mais árida a cada dia que viajavam, e o rosto das pessoas que encontravam ficava amargo com a grama marrom; mas, aos olhos da unicórnio, Molly virava um território mais ameno, cheio de lagos e cavernas, onde flores velhas brotavam queimando do solo. Embaixo da sujeira e da indiferença, ela parecia ter apenas 37 ou 38 anos — não mais velha que Schmendrick, sem dúvida, apesar do rosto sem idade do mágico. Seus cabelos ressecados floresceram, sua pele ficou mais viva e sua voz era quase tão gentil com todas as coisas quanto quando ela falava com a unicórnio. Os olhos nunca se alegraram, assim como não poderiam enverdecer ou azular, mas também despertaram na terra. Ela entrou cheia de expectativa no reino do rei Bravio, com os pés descalços e cheios de bolhas, e cantava com frequência.

E, bem longe, do outro lado da unicórnio, Schmendrick, o Mágico, acompanhava em silêncio. Seu manto preto estava cheio de buracos e se desfazendo, assim como ele. A chuva que renovava Molly não caía sobre ele, que parecia cada vez mais ressecado e deserto, como a própria terra. A unicórnio não conseguia curá-lo. Um toque de seu chifre poderia tê-lo trazido de volta da morte, mas ela não tinha poder sobre o desespero nem sobre a magia que ia e vinha.

Então, viajaram juntos, seguindo a escuridão que fugia em direção a um vento que tinha gosto de pregos. A casca do país havia rachado, e sua carne descascou em trincheiras e ravinas ou encolheu em colinas cobertas de crostas. O céu estava tão alto e pálido que desaparecia durante o dia, e a unicórnio às vezes pensava que os três deviam parecer tão cegos e indefesos quanto lesmas à luz do sol, com seu tronco ou sua pedra úmida tombados longe deles. Mas ela ainda era uma unicórnio, com o jeito próprio de uma unicórnio de ficar mais bela em momentos e lugares malignos. Até o fôlego dos sapos que resmungavam nas valas e nas árvores mortas parava quando a viam.

Os sapos foram mais hospitaleiros que o povo taciturno do país de Bravio, cujas aldeias jaziam nuas como ossos entre colinas semelhantes a facas, onde nada crescia, e eles próprios tinham corações inconfundivelmente tão azedos quanto um bom limão. Seus filhos apedrejavam estranhos na cidade, e seus cães os perseguiam vez ou outra. Vários deles nunca retornaram, pois Schmendrick desenvolveu uma habilidade de caça rápida e um gosto por vira-latas. Esse fato enfureceu os moradores da cidade, pois aquilo não era um roubo comum. Não entregavam nada de mão beijada e sabiam que seus inimigos eram aqueles que roubavam.

A unicórnio estava cansada de seres humanos. Observando seus companheiros dormindo, vendo as sombras de seus sonhos passarem pelo rosto, ela sentia nas costas o peso de saber seus nomes. Então, corria até o amanhecer para aliviar a dor, mais rápida que a chuva, rápida como a perda, correndo para alcançar o tempo em que não conhecia nada além da doçura de ser ela mesma. Muitas vezes, entre o ímpeto de uma respiração e o alcance de outra, ela lembrava que Schmendrick e Molly estariam mortos muito tempo antes, e o rei Bravio também, e que teria conhecido o Touro Vermelho e o dominado — tanto tempo antes que os netos das estrelas que tinham visto tudo acontecer estavam murchando agora, virando carvão — e que ela ainda seria a única unicórnio que restava no mundo.

Então, numa noite de outono sem corujas, eles contornaram uma serra e avistaram o castelo. Ele esgueirava-se no céu do outro lado de um vale longo e profundo — fino e retorcido, cheio de torres espinhosas, escuro e irregular como o sorriso de um gigante. Molly soltou uma risada alta, mas a unicórnio estremeceu, pois para ela as torres tortas pareciam estar tateando em sua direção através do crepúsculo. Além do castelo, o mar cintilava como ferro.

— A fortaleza de Bravio — murmurou Schmendrick, balançando a cabeça em espanto. — A terrível fortaleza de Bravio. Dizem que uma bruxa construiu o castelo para ele, que não quis pagar pelo trabalho, por isso ela lançou uma maldição no castelo. Jurou que um dia ele afundaria no mar com Bravio, quando sua ganância faria o mar transbordar. Então, a bruxa deu um grito assustador, como elas costumam fazer, e desapareceu em uma nuvem sulfurosa. Bravio mudou-se imediatamente para lá. Disse que nenhum castelo de tirano estaria completo sem uma maldição.

— Não o culpo por não pagar para ela — disse Molly Pavor com desdém. — Eu poderia pular naquele lugar sozinha e espalhá-lo como uma pilha de folhas. De qualquer forma, espero que a bruxa tenha algo interessante para fazer enquanto espera a maldição acontecer. O mar é maior que a ganância de qualquer um.

Pássaros ossudos avançavam com esforço no céu, gritando: "Me-ajuda, me-ajuda, me-ajuda!", e pequenas formas pretas saltitavam nas janelas sem luz do castelo do rei Bravio. Um cheiro úmido e vagaroso encontrou a unicórnio.

— Onde fica o Touro? — perguntou ela. — Onde Bravio guarda o Touro?

— Ninguém guarda o Touro Vermelho — respondeu o mágico baixinho. — Ouvi dizer que ele vagueia à noite e se deita durante o dia em uma grande caverna embaixo do castelo. Saberemos em breve, mas isso não é problema nosso agora. O perigo mais próximo está *ali*.

Ele apontou para o vale, onde algumas luzes começaram a tremeluzir.

— É Bravília — disse ele.

Molly não respondeu, mas tocou a unicórnio com a mão fria como uma nuvem. Ela costumava pousar as mãos na unicórnio quando estava triste, cansada ou com medo.

— É a cidade do rei Bravio — explicou Schmendrick —, a primeira que ele tomou quando atravessou o mar, a que está há mais tempo sob seu domínio. Tem um nome perverso, embora ninguém que eu tenha conhecido saiba dizer exatamente o porquê. Ninguém entra em Bravília, e nada sai de lá além de contos para fazer as crianças se comportarem: monstros, lobisomens, conciliábulos de bruxas, demônios em plena luz do dia e coisas assim. Mas acho que há algo maligno em Bravília. A Mamãe Fortuna nunca passava lá, e uma vez ela disse que nem mesmo Bravio estaria seguro enquanto Bravília estivesse de pé. Então, tem coisa aí.

Ele espreitava Molly com atenção enquanto falava, pois seu único prazer amargo naqueles dias era vê-la assustada, apesar da presença branca da unicórnio. Mas ela respondeu com bastante calma, pendendo as mãos ao lado do corpo:

— Ouvi dizer que Bravília é chamada de "a cidade que nenhum homem conhece". Talvez seu segredo estivesse esperando que uma mulher o descobrisse... uma mulher e uma unicórnio. Mas o que há de ser feito com você?

Então, Schmendrick sorriu.

— Não sou homem — respondeu ele. — Sou um mágico sem mágica, e isso é ser ninguém no fim das contas.

As luzes fosforescentes de Bravília ficavam mais fortes enquanto a unicórnio as observava, mas nem mesmo uma pederneira cintilava no castelo do rei Bravio. Estava escuro demais para ver homens se movendo nas muralhas, mas, do outro lado do vale, ela conseguia ouvir o estrondo suave de armaduras e o barulho de lanças batendo nas pedras. As sentinelas haviam se encontrado e marchavam para longe de novo. O cheiro do Touro Vermelho pairava ao redor da unicórnio enquanto ela descia o estreito caminho cheio de espinhos que levava a Bravília.

VII

A cidade de Bravília tinha o formato de uma pegada: dedos longos saindo de uma pata larga e terminando nas garras escuras de um escavador. E, de fato, onde as outras cidades do reino do rei Bravio pareciam arranhar a terra ruim como pardais, Bravília estava enraizada bem profundamente. Suas ruas eram pavimentadas com suavidade, seus jardins brilhavam e suas casas imponentes pareciam ter crescido da terra, como árvores. Luzes brilhavam em todas as janelas, e os três viajantes conseguiam ouvir vozes, cães latindo e pratos sendo esfregados até rangerem. Pararam perto de uma cerca viva alta, curiosos.

— Acham que pegamos o caminho errado em algum lugar, e isso não é Bravília? — sussurrou Molly. De um jeito bobo, ela passou a mão pelos trapos e farrapos sem esperança. Em seguida, suspirou: — Sabia que devia ter trazido um vestido bonito.

Exausto, Schmendrick coçou a nuca.

— É Bravília — respondeu. — Tem que ser Bravília, e, ainda assim, não há cheiro de feitiçaria, nenhum ar de magia obscura. Mas por que então existem lendas, por que existem fábulas e contos de fadas? Muito confuso, especialmente quando se comeu apenas meio nabo no jantar.

A unicórnio não disse nada. Além da cidade, mais escuro que a escuridão, o castelo do rei Bravio sacudia como um lunático sobre pernas de pau, e, além do castelo, o mar deslizava. O cheiro do Touro Vermelho pairava na noite, frio entre os cheiros de comida e vida da cidade.

— Todas as pessoas boas devem estar dentro de casa, agradecendo aos céus — comentou Schmendrick. — Vou saudá-las.

Ele deu um passo à frente e jogou a capa para trás, mas ainda não havia aberto a boca quando uma voz ríspida surgiu do nada:

— Poupe seu fôlego, estranho, enquanto você o tem.

Quatro homens surgiram de trás da cerca viva. Dois deles estenderam suas espadas no pescoço de Schmendrick, enquanto outro mantinha Molly sob a mira de um par de pistolas. O quarto aproximou-se da unicórnio para agarrar sua crina, mas ela se empinou, brilhando com intensidade, e ele saltou para longe.

— Seu nome? — perguntou o homem que primeiro falou, questionando Schmendrick. Era de meia-idade ou mais, como todos eles, e vestia roupas finas e sem graça.

— Drick — disse o mágico, por causa das espadas.

— Drick — repetiu o homem com as pistolas. — Nome de estrangeiro.

— Claro — confirmou o primeiro homem. — Todos os nomes são estrangeiros em Bravília. Bem, sr. Drick — continuou, abaixando a espada ligeiramente até o ponto onde as clavículas de Schmendrick convergiam —, se você e a sra. Drick pudessem nos dizer, por gentileza, o que fazem aqui espreitando...

Schmendrick recobrou a voz naquele momento.

— Eu mal conheço a mulher! — gritou ele. — Meu nome é Schmendrick, Schmendrick, o Mágico, e estou com fome, cansado e aborrecido. Guardem essas coisas, ou cada um de vocês terá um escorpião enfiado no lado errado.

Os quatro homens entreolharam-se.

— Um mágico — disse o primeiro homem. — Exatamente do que precisamos.

Os dois outros assentiram com a cabeça, mas o homem que tentou capturar a unicórnio resmungou:

— Hoje em dia, qualquer um pode dizer que é mágico. Os velhos padrões sumiram, os velhos valores foram abandonados. Além disso, um verdadeiro mágico tem barba.

— Bem, se ele não for um mágico — comentou o primeiro homem com leveza —, vai desejar ser, logo, logo. — Ele embainhou a espada e fez uma reverência para Schmendrick e Molly. — Meu nome é Drinn — apresentou-se ele —, e possivelmente é um prazer recebê-los em Bravília. Acredito que você disse estar com fome. Isso vai ser facilmente remediado... e daí talvez você nos faça um favor com suas habilidades profissionais. Venham comigo.

De repente, ele ficou gracioso e cheio de gentilezas, conduzindo-os até uma estalagem iluminada, enquanto os outros três homens seguiam de perto. Mais moradores da cidade chegaram correndo, saindo ansiosamente de suas casas com jantares pela metade e o chá fumegante. Quando Schmendrick e Molly se sentaram, havia quase cem pessoas espremidas nos longos bancos da estalagem, acotovelando-se na porta e caindo pelas janelas. A unicórnio, sem ser notada, caminhava devagar atrás deles: uma égua branca com olhos estranhos.

O homem chamado Drinn sentou-se à mesma mesa com Schmendrick e Molly, conversando enquanto comiam e enchendo as taças com um vinho preto e aveludado. Molly Pavor bebeu muito pouco. Ficou sentada em silêncio, olhando para os rostos ao redor e notando que nenhum parecia mais jovem que o rosto de Drinn, embora alguns fossem muito mais velhos. Todos os rostos de Bravília eram muito parecidos de um certo modo, mas ela não conseguia descobrir por quê.

— E agora — disse Drinn quando a refeição terminou —, agora, vocês devem me permitir explicar por que os recebemos de forma tão incivilizada.

— Ora, não precisa. — Schmendrick deu uma risadinha. O vinho deixou-o risonho e tranquilo, iluminando seus olhos verdes até ficarem dourados. — O que eu quero saber é o motivo dos rumores de que Bravília está cheia de demônios e lobisomens. A coisa mais absurda que já ouvi.

Drinn sorriu. Era um homem empelotado, com mandíbulas duras e vazias como as de uma tartaruga.

— É a mesma coisa. Veja só. A cidade de Bravília está sob uma maldição.

De repente, a sala ficou muito silenciosa e, à luz amarelada, os rostos dos moradores da cidade pareciam tão rígidos e pálidos quanto queijo. Schmendrick riu de novo.

— Uma bendição, você quer dizer. Neste ossuário que é o reino do velho Bravio, vocês são como uma terra completamente diferente... uma fonte, um oásis. Concordo com você que há encantamento aqui, mas eu brindo a esse encantamento.

Drinn deteve o mágico quando ele ergueu o copo.

— Não esse brinde, meu amigo. Vai beber por uma desgraça de cinquenta anos? Esse é o tempo que tem nossa aflição, quando o rei Bravio construiu seu castelo perto do mar.

— Quando a bruxa o construiu, eu acho. — Schmendrick balançou o dedo para ele. — Afinal, vamos dar crédito a quem é de direito.

— Ah, você conhece essa história — disse Drinn. — Então, também deve saber que Bravio se recusou a pagar a bruxa quando a tarefa foi concluída.

O mágico assentiu com a cabeça.

— Sim, e ela o amaldiçoou por sua ganância... amaldiçoou o castelo, na verdade. Mas o que isso teve a ver com Bravília? A cidade não fez nada de errado à bruxa.

— Não — respondeu Drinn. — Mas também não lhe fez bem algum. Ela não podia desfazer o castelo... ou não quis, pois se considerava uma pessoa artística e se gabava de que seu trabalho estava anos à frente de seu tempo. De qualquer forma, ela foi até os anciãos de Bravília e exigiu que eles obrigassem Bravio a pagar o que lhe era devido. "Olhem pra mim e vejam vocês mesmos", ela rouquejou. "Esse é o verdadeiro teste de uma cidade ou de um rei. Um senhor que engana uma bruxa velha e feia enganará seu próprio povo cada vez mais. Impeçam-no enquanto podem, antes que se acostumem com ele."

Drinn tomou um gole de vinho e, pensativo, encheu a taça de Schmendrick mais uma vez.

— Bravio não lhe pagou nada — continuou —, e Bravília, infelizmente, não lhe deu atenção. Ela foi tratada com educação e encaminhada às autoridades competentes. Foi quando ficou furiosa e gritou que, em nossa ânsia de não fazer inimigos, tínhamos feito dois. — Ele fez uma pausa, fechando os olhos com pálpebras tão finas que Molly teve certeza de que ele conseguia ver através delas, como um pássaro. Com os olhos fechados, ele explicou: — Foi então que ela amaldiçoou o castelo de Bravio e amaldiçoou nossa cidade também. Assim, a ganância dele trouxe ruína sobre todos nós.

No silêncio suspirante, a voz de Molly Pavor retiniu como um martelo em uma ferradura, como se ela estivesse de novo repreendendo o coitado do capitão Simplão.

— Bravio tem menos culpa que vocês — zombou ela do povo de Bravília —, pois ele era apenas um ladrão, e vocês eram muitos. Vocês mereceram seu apuro por sua avareza, não pela do seu rei.

Drinn abriu os olhos e lançou para ela um olhar raivoso.

— *Nós* não merecemos nada — protestou ele. — Foi a nossos pais e avós que a bruxa pediu ajuda, e eu admito que foram, à sua maneira, tão culpados quanto Bravio. Teríamos lidado com o assunto de um jeito bem diferente.

E cada rosto de meia-idade na sala fechou-se em uma careta, ficando ainda mais velho.

Um dos velhos falou com uma voz que oscilava entre um chiado e um miado.

— Você teria feito exatamente o que fizemos. Havia colheitas a fazer e gado para cuidar, como ainda há. Havia Bravio com quem conviver, como ainda há. Sabemos muito bem como vocês teriam se comportado. Vocês são nossos filhos.

Drinn encarou-o, e outros homens começaram a gritar com maldade, mas o mágico os acalmou, perguntando:

— Qual foi a maldição? Tem alguma coisa a ver com o Touro Vermelho?

O nome ressoou de um jeito frio, mesmo na sala iluminada, e Molly de repente se sentiu solitária. Num impulso, ela acrescentou uma pergunta própria, embora não tivesse nada a ver com a conversa.

— Alguém de vocês já viu um unicórnio?

Foi então que ela aprendeu duas coisas: a diferença entre silêncio e silêncio absoluto; e que ela estava certa em fazer aquela pergunta. Os rostos de Bravília tentaram não se mover, mas se moveram. Drinn disse com cuidado:

— Nós nunca vemos o Touro e nunca falamos dele. Nada que lhe diga respeito pode ser da nossa conta. Quanto a unicórnios, não existe nenhum. Nunca existiu. — Ele serviu o vinho preto de novo. — Vou lhes contar as palavras da maldição. — Ele cruzou as mãos diante do corpo e começou a cantar:

Vocês a quem Bravio sempre domina,
Vão partilhar da festa e da ruína.
Verão toda sua fortuna aflorar
Até a torrente a torre derrubar.
Apenas um de Bravília, mais ninguém
Poderá mandar o castelo ao além.

Alguns outros juntavam-se a ele enquanto ele recitava a antiga maldição. Suas vozes eram tristes e distantes, como se não estivessem no salão, mas sim cambaleando ao vento, bem lá em cima, sobre a chaminé da estalagem, indefesos como folhas mortas.

O que aconteceu com o rosto deles?, perguntou-se Molly. *Eu quase consigo identificar.* O mágico estava sentado ao lado dela em silêncio, girando a taça de vinho nas mãos longas.

— Quando essas palavras foram ditas pela primeira vez — explicou Drinn —, Bravio já não estava havia muito tempo no país, e tudo ainda era suave e florido… tudo, exceto a cidade de Bravília, que era então o que esta terra se tornou: um lugar árido, ressequido, onde os homens botavam grandes pedras nos telhados das cabanas para evitar que fossem levados pelo vento. — Ele sorriu com amargura para os homens mais velhos. — Colheitas a fazer, gado para cuidar! Plantavam-se repolhos, nabos e algumas batatas pálidas, e em toda Bravília havia apenas uma vaca exausta. Estrangeiros achavam que a cidade estava amaldiçoada por ter ofendido alguma bruxa vingativa ou outra coisa.

Molly sentiu a unicórnio passar pela rua, depois se virar e voltar, inquieta como as tochas nas paredes, que se curvavam e se contorciam. Quis correr até ela, mas, em vez disso, perguntou baixinho:

— E depois, quando isso se tornou realidade?

— Desde aquele momento, não conhecemos nada além de abundância — respondeu Drinn. — Nossa terra árida ficou tão gentil que jardins e pomares brotam sozinhos… não precisamos plantar nem cuidar deles. Nossos rebanhos se multiplicam, nossos artesãos ficam mais inteligentes durante o sono, o ar que respiramos e a água que bebemos nos impedem de conhecer a doença. Toda a tristeza se dispersa ao nosso redor… e isso acontecia enquanto o resto do reino, antes tão verde, se reduzia a cinzas nas mãos de Bravio. Durante cinquenta anos, ninguém além dele e de nós prosperou. É como se todos os outros tivessem sido amaldiçoados.

— “Vão partilhar da festa e da ruína” — murmurou Schmendrick. — Entendo, entendo. — Ele bebeu outra taça de vinho preto e gargalhou. — Mas o velho rei Bravio ainda governa, e governará até que o mar transborde. Vocês não sabem qual é a verdadeira maldição. Vou lhes contar os meus problemas. — Lágrimas soltas de repente cintilaram em seus olhos. — Para começar, minha mãe nunca gostou de mim. Ela fingia, mas eu sabia...

Drinn interrompeu-o, e, naquele momento, Molly percebeu o que havia de estranho no povo de Bravília. Todos eles estavam bem vestidos e agasalhados, mas os rostos que apareciam por trás das roupas finas eram rostos de pessoas pobres, gélidas como fantasmas e famintas demais para comer.

— “Apenas um de Bravília, mais ninguém, poderá mandar o castelo ao além” — recitou Drinn. — Como podemos nos alegrar com nossa boa sorte quando sabemos que ela vai terminar, e que um de nós vai acabar com ela? Cada dia nos torna mais ricos e nos aproxima um dia a mais de nossa ruína. Mágico, durante cinquenta anos vivemos com parcimônia, evitamos apegos, nos desfizemos de todos os hábitos, preparando-nos para o mar. Não aproveitamos um momento de alegria em nossa riqueza... ou em qualquer outra coisa... pois a alegria é apenas mais uma coisa a perder. Tenham pena de Bravília, estrangeiros, pois em todo este mundo miserável não pode haver cidade mais infeliz.

— Perdidos, perdidos, perdidos — choramingavam os habitantes da cidade. — Miseráveis, miseráveis somos nós.

Molly Pavor encarou-os sem dizer nada, mas Schmendrick tomou a palavra com respeito:

— É uma boa maldição, um trabalho profissional. Eu sempre digo, não importa o que você faça, procure um especialista. Compensa no longo prazo.

Drinn franziu a testa, e Molly cutucou Schmendrick. O mágico piscou várias vezes, aturdido.

— Ah. Bem, então, o que desejam de mim? Devo avisá-los de que não sou um feiticeiro muito habilidoso, mas ficarei feliz em suspender essa maldição de vocês, se puder.

— Eu não achei que você fosse mais do que é — respondeu Drinn —, mas, do jeito que é, deveria se sair tão bem quanto qualquer um. Acho que deixaremos a maldição do jeito que ela é. Se fosse suspensa, talvez não ficássemos pobres de novo, mas não ficaríamos mais ricos de forma constante, e isso seria igualmente ruim. Não, nossa verdadeira tarefa é impedir que a torre de Bravio caia, e, como o herói que vai destruí-la só pode vir de Bravília, não deve ser impossível. Para começar, não permitimos que estrangeiros se instalem aqui. Nós os mantemos afastados, pela força se necessário, mas, com mais frequência, pela astúcia. Aqueles contos sombrios de Bravília dos quais você falou, nós mesmos os inventamos e os espalhamos o máximo que pudemos para garantir que teríamos poucos visitantes.

Orgulhoso, ele sorriu com suas bochechas ocas.

Schmendrick apoiou o queixo nos nós dos dedos e observou Drinn com um sorriso murcho.

— E os filhos de vocês? — perguntou. — Como podem impedir que um deles cresça e cumpra a maldição? — Ele olhou ao redor da estalagem, estudando sonolento cada rosto enrugado que o encarava, e disse devagar: — Pensando bem, não há jovens nesta cidade, certo? Que horas vocês mandam as crianças para a cama em Bravília?

Ninguém lhe respondeu. Molly conseguia ouvir o sangue estalando nos ouvidos e olhos, e a pele se contraindo como água puxada pelo vento.

— Não temos filhos — disse Drinn. — Não tivemos nenhum desde que a maldição foi lançada sobre nós. — Ele tossiu, cobrindo a boca com o punho, e acrescentou: — Parecia a maneira mais óbvia de frustrar a bruxa.

Schmendrick jogou a cabeça para trás e riu sem fazer barulho, riu para fazer as tochas dançarem. Molly percebeu que o mágico estava bastante bêbado. A boca de Drinn desapareceu, e seus olhos endureceram como porcelana rachada.

— Não vejo graça em nosso apuro — disse ele baixinho. — Nenhuma mesmo.

— Nenhuma — gorgolejou Schmendrick, curvando-se sobre a mesa e derramando seu vinho. — Nenhuma, me perdoe, nenhuma, nenhuma mesmo. — Sob o olhar furioso de duzentos olhos, ele conseguiu se recompor e responder seriamente a Drinn: — Então, para mim, parece que vocês não têm preocupações. Nada que possa preocupar vocês, de qualquer forma. — Uma risadinha lhe escapou dos lábios, como vapor de uma chaleira.

— É o que parece. — Drinn inclinou-se para a frente e tocou o pulso de Schmendrick com dois dedos. — Mas eu não lhe contei toda a verdade. Vinte e um anos atrás, uma criança nasceu em Bravília. De quem era o filho, nunca soubemos. Eu mesmo o encontrei quando atravessava o mercado numa noite de inverno. Estava deitado em um bloco de açougueiro, sem chorar, embora houvesse neve, mas aquecido e rindo embaixo de um cobertor de gatos vira-lata. Estavam todos ronronando, juntos, e o som era carregado de sabedoria. Fiquei parado ao lado do estranho berço por um longo tempo, refletindo enquanto a neve caía e os gatos ronronavam profecias.

Ele parou, e Molly Pavor sugeriu com ansiedade:

— Você levou a criança para casa, é claro, e a criou como se fosse sua.

Drinn pousou as mãos sobre a mesa, com as palmas voltadas para cima.

— Eu afugentei os gatos — continuou ele — e fui para casa sozinho. — O rosto de Molly assumiu a cor da névoa. Drinn deu de ombros levemente. — Reconheço o nascimento de um herói quando o vejo. Presságios e augúrios, cobras no berçário. Se não fosse pelos gatos, eu poderia ter arriscado levar a criança, mas eles deixaram tudo tão óbvio, tão mitológico. O que eu podia fazer, conhecendo o destino de Bravília? — Seu lábio contraiu-se como se um anzol tivesse sido cravado nele. — Acontece que eu errei, mas foi por excesso de ternura. Quando voltei ao nascer do sol, o bebê havia desaparecido.

Schmendrick estava desenhando com o dedo naquela poça de vinho e talvez não tenha ouvido absolutamente nada.

— Claro, ninguém jamais admitiu ter deixado a criança no mercado — prosseguiu Drinn — e, embora tenhamos revistado todas as casas, do porão ao pombal, nunca mais a encontramos. Eu poderia ter concluído que lobos haviam levado o pirralho ou mesmo que eu havia sonhado com todo aquele encontro, os gatos e tudo o mais... mas, no dia seguinte, um arauto do rei Bravio chegou cavalgando até a cidade, ordenando que nos alegrássemos. Depois de trinta anos de espera, o rei finalmente tivera um filho. — Ele desviou o olhar da expressão no rosto de Molly. — Nosso enjeitado, aliás, era um menino.

Schmendrick lambeu a ponta do dedo e olhou para cima.

— Lír — sussurrou ele, pensativo. — Príncipe Lír. Mas não havia outra maneira de explicar seu aparecimento?

— Provavelmente, não — bufou Drinn. — Qualquer mulher que se dispusesse a se casar com Bravio, ele recusaria. Ele espalhou a história de que o menino era um sobrinho que ele bondosamente adotou após a morte de seus pais. Mas Bravio não tem parentes nem família. Há quem diga que nasceu de uma nuvem carregada, assim como Vênus nasceu do mar. Ninguém daria ao rei Bravio um filho para criar.

O mágico estendeu sua taça com calma e a encheu quando Drinn se recusou a fazê-lo.

— Bem, ele conseguiu um em algum lugar, que bom para ele. Mas como conseguiu botar as mãos no seu bebezinho dos gatos?

— Ele anda em Bravília à noite — respondeu Drinn. — Não com frequência, mas de vez em quando. Muitos de nós o vimos... o alto Bravio, cinza como madeira encharcada, rondando sozinho sob uma lua de ferro, pegando moedas caídas, pratos quebrados, colheres, pedras, lenços, anéis, maçãs pisadas, qualquer coisa, tudo, sem nenhum motivo. Foi Bravio quem pegou a criança. Tenho tanta certeza disso quanto tenho de que o príncipe Lír é aquele que derrubará a torre e afundará Bravio e Bravília juntos.

— Espero que sim — interrompeu Molly. — Espero que o príncipe Lír seja aquele bebê que você deixou para morrer, e espero que ele afogue sua cidade, e espero que os peixes arranquem toda a carne de vocês como quem come espigas de milho...

Schmendrick chutou o tornozelo dela com toda a força que pôde, pois os ouvintes estavam começando a chiar como brasas, e alguns estavam se levantando.

— Então, o que desejam de mim? — perguntou ele novamente.

— Você está a caminho do castelo de Bravio, creio eu.

Schmendrick assentiu com a cabeça.

— Ah! — exclamou Drinn. — Então, um mágico inteligente acharia simples fazer amizade com o príncipe Lír, que tem fama de ser um jovem ansioso e curioso. Um mágico inteligente talvez tenha familiaridade com todos os tipos de poções e pós estranhos, fantoches e feitiços, ervas, venenos e unguentos. Um mágico inteligente... veja bem, eu disse "inteligente", nada mais... um mágico inteligente talvez seja capaz, nas circunstâncias adequadas... — Ele deixou o resto passar sem ser dito, mas não menos explicado.

— Por uma refeição. — Schmendrick levantou-se, derrubando sua cadeira, apoiando-se na mesa com as duas mãos, respirando com dificuldade. — Esse é o preço-padrão nesses dias? Jantar com vinho é o preço de um príncipe envenenado? Terá que trazer uma oferta melhor à mesa, meu amigo Drinn. Eu não faria isso com um limpador de chaminés por um preço desses.

Molly Pavor agarrou o braço dele, gritando:

— O que você está falando?

O mágico afastou a mão dela, mas ao mesmo tempo baixou uma pálpebra em uma lenta piscadela. Drinn recostou-se na cadeira, sorrindo.

— Eu nunca regateio com um profissional — disse. — Vinte e cinco moedas de ouro.

Eles regatearam por meia hora, Schmendrick exigindo cem peças de ouro, e Drinn se recusando a oferecer mais de quarenta. Por fim, chegaram a setenta, metade a ser paga à vista e a outra metade quando Schmendrick retornasse. Drinn contou o dinheiro na hora, retirando-o de uma bolsa de couro em seu cinto.

— Você passará a noite em Bravília, é claro — disse. — Eu mesmo ficaria feliz em hospedá-lo.

Mas o mágico negou com a cabeça.

— Acho que não. Vamos até o castelo, já que estamos muito perto dele agora. Quanto mais cedo eu for, mais cedo eu volto, certo?

E ele abriu um sorriso astuto e conspirador.

— O castelo de Bravio é sempre perigoso — alertou Drinn. — Mas nunca é mais perigoso que à noite.

— Falam isso de Bravília também — retrucou Schmendrick. — Não deve acreditar em tudo que ouve, Drinn. — Ele caminhou até a porta da estalagem, e Molly o seguiu. Ali, ele se virou e sorriu para o povo de Bravília, curvado em seus trajes elegantes. — Gostaria de deixá-los com este último pensamento — disse-lhes. — A maldição mais profissional já proferida, coaxada ou trovejada pode não ter efeito em um coração puro. Boa noite.

Lá fora, a noite enrodilhava-se na rua, fria como uma cobra e coberta com estrelas. Não havia lua. Schmendrick saiu com toda a coragem, rindo sozinho e tilintando suas moedas de ouro. Sem olhar para Molly, ele disse:

— Otários. Supor de forma tão leviana que todos os mágicos se envolvem com a morte. Agora, se quisessem que eu quebrasse a maldição… ah, eu poderia ter feito isso por nada mais que uma refeição, poderia ter feito isso por uma única taça de vinho.

— Fico feliz que não tenha feito isso — disse Molly, raivosa. — Eles merecem o destino que têm, merecem até pior. Deixar uma criança aqui fora, na neve...

— Bem, se não tivessem feito isso, ele não teria crescido e se tornado um príncipe. Você nunca esteve em um conto de fadas antes? — A voz do mágico estava gentil e embriagada, e seus olhos brilhavam tanto quanto seu dinheiro novo. — O herói precisa fazer uma profecia se tornar realidade, e o vilão é quem tem que detê-lo... embora em outro tipo de história, muitas vezes seja o contrário. E um herói precisa estar em apuros desde o momento em que nasce, ou então não é um herói de verdade. É um grande alívio descobrir mais sobre o príncipe Lír. Eu estava esperando que essa história revelasse um protagonista.

A unicórnio estava lá como uma estrela que aparece de repente, movendo-se um pouco à frente deles, uma vela de barco na escuridão.

— Se Lír é o herói, ela é o quê? — perguntou Molly.

— É diferente. Bravio, Lír, Drinn, você e eu... estamos em um conto de fadas e devemos seguir para onde ele vai. Mas ela é real. Ela é real. — Schmendrick bocejou, soluçou e estremeceu, tudo ao mesmo tempo. — É melhor nos apressarmos. Talvez devêssemos ter passado a noite lá, mas o velho Drinn me deixa nervoso. Tenho certeza de que o enganei por completo, mas mesmo assim.

Parecia a Molly, sonhando e acordando enquanto caminhava, que Bravília estava se estendendo como uma pata para segurar os três, enrolando-se em volta deles e os sacudindo gentilmente para a frente e para trás, de modo que seguissem seus rastros repetidamente. Em cem anos, chegaram à última casa e ao fim da cidade; em outros cinquenta anos, percorreram os campos úmidos, os vinhedos e os pomares atarracados. Molly sonhou que ovelhas olhavam de soslaio para eles do alto das árvores e que vacas frias pisavam em seus pés e os empurravam para fora do caminho que se encolhia. Mas a luz do unicórnio pairou adiante, e Molly a seguiu, acordada ou dormindo.

O castelo do rei Bravio espreitava no céu, um pássaro preto e cego que pescava no vale à noite. Molly conseguia ouvir o bater de suas asas. Então, a respiração da unicórnio agitou-se em seu cabelo, e ela ouviu Schmendrick perguntando:

— Quantos homens?

— Três — disse a unicórnio. — Estavam atrás de nós desde que saímos de Bravília, mas agora estão se aproximando com rapidez. Ouça bem.

Passos suaves demais para sua rapidez, vozes abafadas demais para terem boas intenções. O mágico esfregou os olhos.

— Talvez Drinn tenha começado a se sentir culpado por pagar pouco ao seu envenenador — murmurou. — Talvez sua consciência o tenha mantido acordado. Tudo é possível. Talvez eu tenha penas.

Ele tomou Molly pelo braço e a puxou para uma depressão na beira da estrada. A unicórnio deitou-se ali perto, imóvel como o luar.

Adagas brilhando como rastros de peixes em um mar escuro. Uma voz, de repente alta e irritada.

— Vou falar uma coisa, nós os perdemos. Passamos por eles um quilômetro lá atrás, quando ouvi aquele farfalhar. Que eu me dane se andar mais um passo.

— Fique quieto! — sussurrou uma segunda voz com ferocidade. — Quer que eles escapem e nos traiam? Você ficou com medo do mágico, mas é melhor ter medo do Touro Vermelho. Se Bravio descobrir nossa metade da maldição, ele vai mandar o Touro para nos pisotear até virarmos migalhas.

O primeiro homem respondeu num tom mais baixo:

— Não que eu esteja com medo. Um mágico sem barba não é mágico de verdade. Mas estamos perdendo nosso tempo. Eles saíram da estrada e atravessaram o campo assim que perceberam que estávamos seguindo. Poderíamos continuar a perseguição aqui a noite toda e nunca os encontrar.

Outra voz, mais exausta que as duas primeiras.

— Nós os perseguimos a noite toda. Olhem lá. O alvorecer está chegando.

Molly percebeu que havia se contorcido inteira embaixo da capa preta de Schmendrick e enterrado o rosto em um tufo de grama morta e espinhosa. Não ousou levantar a cabeça, mas abriu os olhos e viu que o ar estava ficando estranhamente leve. O segundo homem disse:

— Você é um tonto. Faltam umas boas duas horas para o amanhecer e, além disso, estamos indo para o oeste.

— Nesse caso — respondeu a terceira voz —, vou para casa.

Passos começaram a pisar com rapidez na estrada. O primeiro homem gritou:

— Espere, não vá! Espere, eu vou com você! — Para o segundo homem, ele murmurou às pressas: — Não vou para casa, só quero refazer nossa trilha um pouco. Ainda acho que os ouvi, e deixei cair meu estojo de isqueiro em algum lugar.

Molly conseguiu ouvi-lo se afastando enquanto falava:

— Covardes malditos! — xingou o segundo homem. — Esperem um pouco, então, vocês vão esperar até eu tentar o que Drinn me disse? — Os passos que se afastavam hesitaram, e ele gritou: — Mais quente que verão, mais satisfatório que comida, mais doce que mulher e mais caro que a vida...

— Depressa — disse a terceira voz. — Depressa. Olhem para o céu. Que maluquice é essa?

Até a voz do segundo homem estava ficando nervosa.

— Não é maluquice. Drinn trata seu dinheiro tão bem que não aguenta ficar separado dele. O relacionamento mais tocante que alguém já viu. Esse é o jeito que ele o chama. — Ele continuou mais rápido, tremendo um pouco. — Mais forte que a água e mais gentil que a paloma, diga o nome de quem você ama.

— Drinn. — As moedas de ouro retiniram na bolsa de Schmendrick. — Drinn-drinn-drinn-drinn.

Então, tudo aconteceu ao mesmo tempo.

A capa preta esfarrapada chicoteou o rosto de Molly enquanto Schmendrick rolava de joelhos, tateando desesperadamente em busca da bolsa. Ela zumbia como uma cascavel em sua mão. Ele atirou-a longe no mato, e os três homens já estavam correndo juntos em sua direção, com as adagas tão vermelhas como se já tivessem perfurado o alvo. Além do castelo do rei Bravio, um brilho ardente surgia, rompendo a noite como um grande ombro. O mágico permaneceu empertigado, ameaçando os atacantes com demônios, metamorfoses, doenças paralisantes e golpes secretos de judô. Molly pegou uma pedra no chão.

Com um grito antigo, vívido e terrível de ruína, a unicórnio saiu de seu esconderijo. Seus cascos vieram cortantes como uma chuva de navalhas, sua crina se enfurecia e em sua testa ela envergava uma nuvem relampejante. Os três assassinos largaram as adagas e cobriram os rostos, e até Molly Pavor e Schmendrick se encolheram diante dela. Mas a unicórnio não tinha visto nenhum deles. Louca, dançante, branca como o mar, ela relinchou seu desafio novamente.

E o brilho respondeu com um rugido como o som do gelo quebrando na primavera. Os homens de Drinn fugiram, tropeçando e gritando.

O castelo de Bravio estava em chamas, balançando com violência em meio a um vento frio repentino. Molly disse em voz alta:

— Mas tem que ser o mar, deve mesmo ser.

Ela pensou ter visto uma janela, por mais distante que estivesse, e um rosto cinzento. Então, o Touro Vermelho chegou.

VIII

Ele era da cor do sangue, não do sangue que brota do coração, mas do sangue que se agita embaixo de uma ferida antiga que nunca cicatrizou de verdade. Uma luz terrível jorrava dele como suor, e seu rugido causava deslizamentos de terra que despencavam uns dentro dos outros. Seus chifres eram tão pálidos quanto cicatrizes.

Por um momento, a unicórnio o encarou, congelada como uma onda prestes a quebrar. Então, a luz de seu chifre se apagou, e ela se virou e fugiu. O Touro Vermelho rugiu de novo e desceu aos saltos atrás dela.

A unicórnio nunca teve medo de nada. Era imortal, mas podia ser assassinada: por uma harpia, por um dragão ou uma quimera, por uma flecha perdida disparada contra um esquilo. Mas os dragões só podiam matá-la — nunca poderiam fazê-la esquecer o que ela era, ou eles próprios esquecerem que, mesmo morta, ainda seria mais bonita.

que eles. O Touro Vermelho não a conhecia, e, ainda assim, conseguiu sentir que era ela quem ele procurava, e não uma égua branca. O medo infundiu-se nela, que fugiu correndo, enquanto a ignorância furiosa do Touro preenchia o céu e se espalhava pelo vale.

As árvores lançaram-se contra ela, que desviava de uma e outra loucamente. Logo ela, que deslizava de forma tão suave pela eternidade sem esbarrar em nada. Atrás dela, as árvores se estilhaçavam como vidro sob a velocidade do Touro Vermelho. Ele rugiu mais uma vez, e um grande galho atingiu a unicórnio no ombro com tanta força que a fez cambalear e cair. Ela se levantou de imediato, mas agora raízes se acumulavam embaixo de seus cascos enquanto ela corria, e outras se enterravam com o ímpeto de toupeiras para atravessar o caminho. Videiras atacavam-na como cobras estranguladoras, trepadeiras criavam teias entre as árvores, galhos mortos caíam ao seu redor. Ela caiu uma segunda vez. Os cascos do Touro na terra ecoavam através dos seus ossos, e a unicórnio berrava.

Ela devia ter encontrado uma maneira de sair das árvores, pois estava correndo na planície dura e árida que se estendia além das prósperas pastagens de Bravília. Agora, tinha espaço para correr, e um leve galope de unicórnio pode deixar um caçador esporando seu cavalo esbaforido para trás. Ela se movia na velocidade da vida, passando de um corpo para outro ou deixando uma espada cair; mais rápida que qualquer coisa de posse de pernas ou asas. Mas, sem olhar para trás, ela sabia que o Touro Vermelho estava se aproximando dela, chegando como a lua, a taciturna e inchada lua do caçador. Ela conseguia sentir o choque dos chifres lívidos em seu flanco, como se ele já tivesse atacado.

Espigas de milho maduros e afiados se juntaram para formar uma cerca na altura do seu peito, mas ela os pisoteou. Os campos de trigo prateados ficaram frios e pegajosos quando o Touro soprou neles; roçavam nas pernas da unicórnio como neve. Ela ainda corria, balindo e derrotada, ouvindo o cantarolar gélido da borboleta: “Eles passaram por todas as estradas há muito tempo, e o Touro Vermelho correu bem atrás deles." Havia assassinado todos eles.

De repente, o Touro ficou de frente para ela, como se tivesse sido erguido do jeito que se faz com uma peça de xadrez, lançado pelos ares, pousando de novo para barrar seu caminho. Não atacou imediatamente, e ela não correu. O Touro era enorme quando ela havia fugido dele pela primeira vez, mas, durante a perseguição, ficou tão vasto que ela não conseguia imaginá-lo por completo. Naquele momento parecia descrever a curva do céu injetado de sangue, as pernas como grandes redemoinhos, a cabeça rodopiando como a aurora boreal. As narinas dele enrugaram-se e ribombavam enquanto ele a procurava, e a unicórnio percebeu que o Touro Vermelho era cego.

Se tivesse corrido atrás dela naquele momento, ela o teria encontrado, pequena e desesperada com seu chifre apagado, mesmo que ele a tivesse pisoteado em pedaços. Ele era mais rápido que ela, era melhor enfrentá-lo agora do que ser pega correndo. Mas o Touro avançou devagar, com uma espécie de delicadeza sinistra, como se estivesse tentando não a assustar, e de novo ela saiu em disparada diante dele. Com um grito baixo e triste, ela se virou e correu de volta pelo mesmo caminho por onde tinha vindo: de volta pelos campos destruídos e pela planície, em direção ao castelo do rei Bravio, escuro e curvado como sempre. E o Touro Vermelho foi atrás dela, seguindo seu medo.

Schmendrick e Molly foram jogados para longe como pedaços de madeira quando o Touro passou — Molly caiu sem fôlego e desmaiada no chão, e o mágico foi arremessado em um emaranhado de espinhos que lhe custou metade de sua capa e um oitavo de sua pele. Eles levantaram-se quando puderam e saíram mancando em perseguição, apoiando-se um no outro. Nenhum dos dois disse palavra.

O caminho através das árvores foi mais fácil para eles que o que a unicórnio encontrou, pois o Touro Vermelho já havia passado ali. Molly e o mágico escalaram grandes troncos de árvores não apenas esmagados, mas pisoteados até se enterrarem pela metade no chão, e ficavam de quatro para engatinhar por baixo de fendas das quais não conseguiam ver o fundo no escuro. *Nenhum casco poderia ter feito isso*, pensou Molly, atordoada; a terra havia se despedaçado, encolhendo-se com o peso do Touro. Ela pensou na unicórnio, e seu coração empalideceu.

Quando chegaram à planície, eles a viram — distante e fraca, um tufo de água branca ao vento, quase invisível às luzes ofuscantes do Touro Vermelho. Molly Pavor, um pouco louca de cansaço e medo, viu-os se movendo do mesmo modo que estrelas e pedras se movem pelo espaço: sempre caindo, sempre se seguindo, sempre sozinhos. O Touro Vermelho nunca alcançaria a unicórnio, não até que o Agora alcançasse o Novo, o Passado alcançasse o Início. Molly sorriu com serenidade.

Mas a sombra fulgurante pairou sobre a unicórnio até que o Touro pareceu estar completamente ao redor dela. Ela empinou o corpo, desviou e saltou em outra direção, apenas para encontrar o Touro ali, com a cabeça abaixada e as mandíbulas babando trovões. Ela virou-se de novo e voltou a se virar, recuando e andando de lado, fazendo pequenas investidas astuciosas para um lado ou para o outro; e todas as vezes o Touro Vermelho a detinha, parando diante dela. Ele não atacava, mas não abria para ela nenhum caminho para ir, exceto um.

— Ele está conduzindo a unicórnio — disse Schmendrick baixinho. — Se ele quisesse matá-la, já teria matado. Ele a está conduzindo do mesmo jeito que conduziu os outros: para o castelo, para Bravio. Por que será?

— Faça alguma coisa — disse Molly.

Sua voz estava estranhamente calma e casual, e o mágico respondeu no mesmo tom:

— Não há nada que eu possa fazer.

A unicórnio fugiu mais uma vez, incansável de uma forma lamentável, e o Touro Vermelho deixou que ela tivesse espaço para correr, mas nenhum para se voltar. Quando ela o encarou pela terceira vez, estava perto o bastante para Molly ver suas pernas traseiras tremendo como as de um cachorro assustado. Nesse momento, ela se pôs de pé, batendo as patas no chão com força e inclinando para trás as orelhas pequenas e finas, mas não conseguia emitir nenhum som, e seu chifre não voltou a brilhar. Ela encolheu-se quando o rugido do Touro Vermelho fez o céu ondular e rachar, mas mesmo assim não recuou.

— Por favor — pediu Molly Pavor. — Faça alguma coisa, por favor.

Schmendrick virou-se para ela, e seu rosto estava tomado de impotência.

— O que eu posso fazer? O que eu posso fazer com a minha magia? Truques de chapéu, truques de moedas ou aquele em que eu bato pedras em uma tigela para fazer uma omelete? Acha que isso entreteria o Touro Vermelho ou devo tentar o truque com as laranjas cantantes? Vou tentar o que você sugerir, pois sem dúvida eu ficaria feliz em ser de alguma utilidade prática.

Molly não respondeu. O Touro avançou, e a unicórnio foi se agachando cada vez mais, até que pareceu que estava prestes a se partir em duas.

— Eu sei o que fazer — anunciou Schmendrick. — Se pudesse, eu a transformaria em alguma outra criatura, algum animal humilde demais para o Touro se importar. Mas apenas um grande mágico, um bruxo como Nikos, que foi meu professor, teria esse tipo de poder. Transformar um unicórnio... qualquer um que conseguisse fazer isso poderia fazer malabarismos com as estações do ano e embaralhar os anos como se fossem cartas de baralho. E eu não tenho mais poder que você; menos, pois você consegue tocá-la, e eu não consigo. — Então, continuou de repente: — Olhe. Acabou.

A unicórnio estava parada bem quieta diante do Touro Vermelho, com a cabeça baixa e sua brancura reduzida a um cinza untuoso. Parecia emaciada e pequena, e até mesmo Molly, que a amava, não conseguia deixar de enxergar que um unicórnio é um animal ridículo quando seu brilho se apaga. Cauda como a de um leão, pernas de veado, pés de cabra, a crina fria e fina como espuma sobre a minha mão, o chifre carbonizado, os olhos... ah, os olhos! Molly agarrou o braço de Schmendrick e cravou as unhas nele com toda a força que pôde.

— Você tem magia — disse. Ela ouviu a própria voz, tão profunda e clara quanto a de uma sibila. — Talvez não consiga encontrá-la, mas ela está aí. Você invocou o Robin Hood, e não existe Robin Hood, mas ele veio, e ele era real. E isso é magia. Você terá todo o poder de que precisa se ousar procurá-lo.

Schmendrick olhou para ela em silêncio, encarando-a fixamente como se os olhos verdes dele estivessem começando a buscar sua magia nos olhos de Molly Pavor. O Touro caminhou devagar na direção da unicórnio, não mais perseguindo-a, mas dominando-a com o peso de sua presença, e ela seguia adiante, dócil, obediente. Ele seguia como um cão pastor, guiando-a na direção da torre denteada do rei Bravio e do mar.

— Ai, por favor! — A voz de Molly estava falhando agora. — Por favor, não é justo, isso não pode estar acontecendo. Ele vai conduzi-la até Bravio, e ninguém nunca mais a verá, ninguém. Por favor, você é um mágico, não vai permitir isso. — Os dedos dela enterraram-se ainda mais fundo na carne do braço de Schmendrick. — Faça alguma coisa! — Ela choramingou. — Não deixe que ele a leve, faça alguma coisa!

Schmendrick tentava sem sucesso abrir os dedos cerrados dela.

— Não vou fazer porcaria nenhuma — disse ele entre dentes —, até que você solte meu braço.

— Ai — sussurrou Molly Pavor. — Sinto muito.

— Desse jeito, você pode cortar a circulação de uma pessoa, sabia? — bronqueou o mágico.

Ele esfregou o braço e deu alguns passos à frente, na direção do Touro Vermelho. Ali estava ele, parado, com os braços cruzados e a cabeça erguida, embora cambaleasse de vez em quando, porque estava muito cansado.

— Talvez desta vez — Molly o ouviu murmurar —, talvez desta vez. Nikos dizia… o que era que Nikos dizia? Não lembro. Faz tanto tempo. — Havia uma tristeza estranha e antiga em sua voz que Molly nunca tinha ouvido antes. Então, uma alegria surgiu como uma chama quando ele disse: — Bem, quem sabe, quem sabe? Se não for o momento, talvez eu possa fazer com que seja. Isso é muito reconfortante, amigo Schmendrick. Pela primeira vez, não vejo uma maneira de você deixar as coisas piores do que já estão. — E ele riu baixinho.

Como era cego, o Touro Vermelho não percebeu a figura alta na estrada até estar quase em cima dela. Então, ele parou, farejando o ar, a tempestade agitando-se em sua garganta, mas uma certa confusão surgiu no movimento de sua cabeçorra. A unicórnio parou ao mesmo tempo que ele, e Schmendrick ficou sem fôlego ao vê-la tão dócil.

— Corra! — gritou para ela. — Corra agora!

Mas ela não olhava nem para ele, nem para o Touro, apenas para o chão.

Ao som da voz de Schmendrick, o ronco do Touro ficou mais alto e ameaçador. Ele parecia ansioso para sair do vale com a unicórnio, e o mágico achou que sabia o porquê. Além do brilho grandioso do Touro Vermelho, ele conseguia ver duas ou três estrelas amareladas e um laivo cauteloso de uma luz mais quente. O amanhecer estava próximo.

— Ele não gosta da luz do dia — falou Schmendrick para si mesmo. — Algo que vale a pena saber.

Mais uma vez ele gritou para a unicórnio sair em disparada, mas sua única resposta veio na forma de um rugido como um rufar de tambores. A unicórnio disparou em uma corrida desabalada, e Schmendrick teve que sair do caminho dela ou seria atropelado. Logo atrás dela vinha o Touro, conduzindo-a com rapidez agora, assim como o vento conduz a névoa fina e dispersa. A força de sua passagem lançou Schmendrick para cima e o jogou em outro lugar, caindo e rolando para não ser pisoteado, seus olhos ficaram cegos e a cabeça em chamas. Ele pensou ter ouvido Molly Pavor gritar.

Apoiando-se em um joelho, ele viu que o Touro Vermelho havia conduzido a unicórnio quase até a margem da floresta. Se tentasse escapar apenas mais uma vez… mas ela era do Touro e não dela própria. O mago teve um vislumbre dela, pálida e perdida entre os chifres esbranquiçados, antes que os ombros vermelhos e selvagens surgissem em sua visão. Então, cambaleando, enjoado e abatido, ele fechou os olhos e deixou que sua desesperança o percorresse, até que algo que já havia despertado nele antes acordou em algum lugar. Ele berrou de medo e alegria.

Ele nunca soube ao certo quais palavras a magia pronunciou dessa segunda vez. Elas deixaram-no como águias, e ele as deixou seguir; e quando a última partiu, o vazio voltou com o estalo de um trovão que o jogou de cara no chão. Aconteceu rápido assim. Desta vez, antes mesmo de se levantar, ele sabia que o poder havia surgido e desaparecido.

À frente, o Touro Vermelho estava parado, farejando alguma coisa no chão. Schmendrick não conseguia ver a unicórnio. Ele correu o mais rápido que pôde, mas foi Molly quem primeiro se aproximou o suficiente para ver o que o Touro estava farejando. Ela levou os dedos à boca, como uma criança.

Aos pés do Touro Vermelho havia uma jovem garota, envolta em um pequeno amontoado de luz e sombra. Ela estava nua, e sua pele tinha a cor da neve ao luar. Cabelos finos e emaranhados, brancos como uma cachoeira, desciam quase até a parte inferior das costas. Seu rosto estava escondido atrás dos braços.

— Ah — arfou Molly. — Ah, o que você fez? — E, sem se importar com qualquer perigo, ela correu até a garota e se ajoelhou ao lado dela.

O Touro Vermelho levantou a enorme cabeça cega e a balançou lentamente na direção de Schmendrick. Ele parecia estar minguando e desaparecendo à medida que o céu cinzento clareava, embora ainda fulgurasse de forma tão ofuscante quanto a lava em movimento. O mágico questionou-se qual seria o verdadeiro tamanho do Touro e sua cor quando estava sozinho.

Mais uma vez, o Touro Vermelho farejou a forma imóvel, agitando-a com seu hálito congelante. Então, sem fazer barulho, saltou para as árvores e desapareceu de vista em três passos gigantescos. Schmendrick teve uma última visão dele quando chegou à borda do vale: nenhuma forma, mas uma escuridão rodopiante, a escuridão vermelha que se vê quando se fecha os olhos de dor. Os chifres viraram as duas torres mais afiadas do castelo louco do velho rei Bravio.

Molly Pavor encaixou a cabeça da garota branca em seu colo e sussurrou várias vezes:

— O que você fez?

O rosto da garota, silenciosa durante o sono e quase sorridente, era o mais bonito que Schmendrick já tinha visto. Aquilo o deixava sentido e o acalorava ao mesmo tempo. Molly alisou o cabelo da estranha, e Schmendrick notou na testa, acima e entre os olhos fechados, uma pequena marca elevada, mais escura que o restante da pele. Não era uma cicatriz nem um hematoma. Parecia uma flor.

— O que quer dizer com o que eu fiz? — perguntou ele para Molly, que gemia. — Só a salvei do Touro por magia, foi o que eu fiz. Por magia, mulher, pela minha verdadeira magia!

Agora ele estava desesperado de alegria, pois queria dançar e ficar quieto ao mesmo tempo, tremia com gritos e discursos, e, ainda assim, não havia nada que quisesse dizer. Ele terminou gargalhando como um tolo, abraçando-se até engasgar e se esparramando ao lado de Molly quando suas pernas cederam.

— Me dê sua capa — pediu Molly.

O mágico abriu um sorriso para ela, piscando. Ela estendeu a mão e, com urgência, puxou a capa rasgada dos ombros dele. Em seguida, enrolou-a em volta da garota adormecida tanto quanto possível. A garota brilhava através do tecido como o sol através das folhas.

— Sem dúvida você está se perguntando como planejo devolvê-la à sua forma original — sugeriu Schmendrick. — Nem precisa. O poder virá até mim quando eu precisar... agora sei disso. Vai chegar o momento em que vou invocá-lo, mas esse momento ainda não chegou. — Por impulso, ele agarrou Molly Pavor e abraçou sua cabeça com seus longos braços. — Mas você estava certa — gritou —, você estava certa! Ela está lá, e ela é minha!

Molly afastou-se dele com uma bochecha vermelha e as orelhas esmagadas. A menina suspirou em seu colo, parou de sorrir e desviou o rosto da alvorada. Molly disse:

— Schmendrick, seu coitado, seu mágico, você não vê...

— Não vejo o quê? Não há nada para ver. — Mas, de repente, sua voz ficou fria e cautelosa, e os olhos verdes começaram a ficar assustados. — O Touro Vermelho veio buscar um unicórnio, então ela precisava virar outra coisa. Você me implorou para mudá-la... O que a preocupa agora?

Molly balançou a cabeça daquele jeito hesitante de uma velha e explicou:

— Eu não sabia que você pretendia transformá-la em uma garota humana. Teria sido melhor se você...

Ela não terminou a frase e desviou o olhar dele. Uma das mãos continuou acariciando os cabelos da garota branca.

— A magia escolheu a forma, não eu — comentou Schmendrick. — Um charlatão pode escolher este ou aquele engodo, mas um mágico é um portador, um burro que carrega seu mestre para onde ele precisa ir. O mágico invoca, mas a magia escolhe. Se ela transforma uma unicórnio em um ser humano, então essa era a única coisa a fazer. — Seu rosto estava febril, com um delírio ardente que o fazia parecer ainda mais jovem. — Sou um portador — cantou ele. — Uma morada, um mensageiro...

— Você é um idiota — vociferou Molly Pavor. — Está me ouvindo? Pode ser um mágico, tudo bem, mas é um mágico estúpido.

Mas a menina tentava acordar, com as mãos abrindo e fechando, e as pálpebras remexendo como o peito de um pássaro. Enquanto Molly e Schmendrick observavam, a garota soltou um som suave e abriu os olhos.

Eram mais distantes que o normal, um pouco mais aprofundados e tão escuros quanto o fundo do mar, iluminados como o mar, por criaturas estranhas e brilhantes que nunca sobem à superfície. *A unicórnio podia ter sido transformada em um lagarto*, pensou Molly, *ou em um tubarão, um caracol, um ganso, e de alguma forma seus olhos ainda teriam denunciado a mudança. Para mim, em todo caso. Eu saberia.*

A garota ficou imóvel, seus olhos encontraram os de Molly e os de Schmendrick. Então, num só movimento, ela se levantou, e a capa preta caiu de volta no colo de Molly.

Por um momento ela girou em círculos, olhando para suas mãos, que ela mantinha erguidas, altas e inúteis perto do peito. Balançava e cambaleava como um macaco fazendo uma brincadeira, e a expressão em seu rosto era boba e perplexa, como da vítima de um bufão. E, mesmo assim, ela não conseguia fazer nenhum movimento que não fosse bonito. Seu terror aprisionado era mais adorável que qualquer alegria que Molly já tivesse visto, e aquilo era o mais terrível.

— Burro — disse Molly. — Mensageiro.

— Eu posso retorná-la à forma original — respondeu o mágico com voz rouca. — Não se preocupe com isso. Eu posso retorná-la à forma original

Brilhando ao sol, a garota branca manquitolava de um lado para o outro com pernas jovens e fortes. Tropeçou de repente e caiu, e foi uma queda feia porque não sabia como amparar quedas com as mãos. Molly correu até ela, mas a garota se agachou, olhando fixamente, e falou em voz baixa:

— O que vocês fizeram comigo?

Molly Pavor começou a chorar.

Schmendrick aproximou-se com o rosto frio e molhado, mas a voz calma.

— Transformei você em um ser humano para salvá-la do Touro Vermelho. Não havia nada além disso que eu pudesse fazer. Assim que possível, vou devolvê-la à sua forma original.

— O Touro Vermelho — sussurrou a garota. — Ah! — Ela tremia muito, como se algo estivesse sacudindo e martelando sua pele por dentro. — Ele era forte demais, forte demais. Sua força não tinha fim nem começo. Ele é mais velho que eu.

Seus olhos arregalaram-se, e Molly teve a impressão de que o Touro se movia dentro deles, cruzando suas profundezas como um peixe em chamas e desaparecendo. A menina começou a tocar o rosto com timidez, recuando ao sentir as próprias feições. Seus dedos curvados roçaram a marca em sua testa, ela fechou os olhos e soltou um uivo fino e penetrante de perda, cansaço e desespero absoluto.

— O que vocês fizeram comigo? — gritou ela. — Vou morrer aqui! — Ela arranhou o corpo liso, e sangue escorreu por seus dedos. — Vou morrer aqui! Vou morrer!

Mas não havia medo em seu rosto, embora transparecesse na voz, nas mãos e nos pés, inclusive nos cabelos brancos que caíam sobre seu novo corpo. Seu rosto permanecia calmo e imperturbável.

Molly agachou-se sobre ela, o mais perto que ousou, implorando para que ela não se machucasse. Mas Schmendrick disse:

— Fique calma. — As duas palavras estalaram como galhos outonais. Ele continuou: — A magia sabia o que estava fazendo. Fique calma e escute.

— Por que não deixou o Touro me matar? — gemeu a garota branca. — Por que não me deixou para a harpia? Teria sido mais gentil do que me trancar nesta jaula.

O mágico estremeceu, lembrando-se da acusação zombeteira de Molly Pavor, mas falou com uma tranquilidade desesperada:

— Em primeiro lugar, é uma forma bastante atraente — disse ele. — Você não poderia ter feito muito melhor e ainda permanecer humana.

Ela olhou para si mesma: de lado, para os ombros e ao longo dos braços, depois para baixo, para o corpo arranhado e coberto de vergões. Então apoiou-se em um pé para inspecionar a sola do outro, ergueu os olhos para ver as sobrancelhas prateadas, puxou as bochechas para baixo para ter um vislumbre do nariz e até olhou atentamente para as veias verde-mar dentro dos pulsos, elas mesmas tão vívidas quanto lontras jovens. Por fim, virou o rosto para o mágico, e ele recuperou o fôlego de novo. *Eu fiz mágica*, pensou ele, mas a tristeza brilhou violenta em sua garganta, como um anzol se prendendo.

— Tudo bem — disse ele. — Não faria diferença para você se eu a tivesse transformado em um rinoceronte, que é onde todo o mito bobo começou. Mas nessa forma humana você tem alguma chance de alcançar o rei Bravio e descobrir o que aconteceu com seu povo. Como um unicórnio, você apenas sofreria o destino deles... a menos que pense que poderia derrotar o Touro se o encontrasse uma segunda vez.

A moça fez que não com a cabeça.

— Não — respondeu ela —, nunca. Em outro momento, eu não aguentaria tanto tempo. — Sua voz era muito baixa, como se seus ossos tivessem sido quebrados. Ela continuou: — Meu povo desapareceu, e eu os seguirei em breve, não importa a forma em que vocês me prenderem. Mas eu teria escolhido qualquer outro lugar para minha prisão, não este. Um rinoceronte é tão feio quanto um ser humano, e ele também vai morrer, mas pelo menos ele nunca vai achar que é bonito.

— Não, ele nunca vai achar isso — concordou o mágico. — Por isso continua sendo um rinoceronte e nunca será bem-vindo, nem mesmo na corte de Bravio. Mas uma jovem, uma garota para quem pode não significar nada o fato de ela não ser um rinoceronte... uma garota assim, enquanto o rei e seu filho tentam desvendá-la, pode solucionar seu enigma até chegar ao fim. Os rinocerontes não são animais em busca de aventuras, mas as jovens são.

O céu estava quente e coalhado de nuvens, o sol já havia derretido em uma poça cor de leão, e na planície de Bravília nada se movia além do vento forte e rançoso. A garota nua com a marca da flor na testa encarou o homem de olhos verdes em silêncio, e a mulher observava os dois. Na manhã fulva, o castelo do rei Bravio não parecia nem escuro, nem amaldiçoado, apenas sujo, decadente e mal projetado. Seus finos pináculos não se pareciam em nada com os chifres de um touro, mas sim com aqueles do chapéu de um bobo da corte. *Ou com os chifres de um dilema*, pensou Schmendrick. *Eles nunca têm apenas dois.*

— Ainda sou eu mesma — comentou a menina branca. — Este corpo está morrendo. Consigo sentir que apodrece ao meu redor. Como alguma coisa que vai morrer pode ser real? Como pode ser realmente bonito?

Molly Pavor colocou a capa do mágico sobre os ombros dela de novo, não por recato ou decência, mas por uma estranha pena, como se quisesse evitar que ela se visse.

— Vou lhe contar uma história — disse Schmendrick. — Quando criança, fui aprendiz do mágico mais poderoso de todos, o grande Nikos, de quem já falei antes. Mas nem mesmo Nikos, que conseguia transformar gatos em gados, flocos de neve em gotas de neve e unicórnios em homens, conseguiu me transformar em um trapaceiro de circo. Por fim, ele me disse: "Meu filho, sua inépcia é tão vasta, sua incompetência, tão profunda, que tenho certeza de que você está possuído por um poder maior que eu jamais conheci. Infelizmente, parece que está funcionando ao contrário no momento, e nem eu consigo encontrar uma maneira de consertá-lo. É provável que você encontre seu caminho para atingir seu poder no tempo certo, mas, francamente, você deveria viver o máximo que puder. Portanto, garanto que não envelhecerá a partir de hoje, mas viajará pelo mundo, dando voltas e voltas, eternamente ineficiente, até que por fim se dê conta de si mesmo e descubra o que você é. Não me agradeça. Eu fico apavorado com o seu destino."

A garota branca fitou-o com os olhos claros e púrpura do unicórnio — gentis e assustadores no rosto abandonado —, mas não disse nada.

— E se você encontrasse sua magia, o que aconteceria? — perguntou Molly.

— Então, o feitiço vai ser quebrado, e eu começarei a morrer, como comecei quando nasci. Até os maiores magos envelhecem, como os outros homens, e morrem. — Ele cambaleou e assentiu, e, em seguida, despertou de novo: um homem alto, magro e maltrapilho, cheirando a poeira e a bebida. — Eu disse que era mais velho do que pareço — falou.

— Nasci mortal, e fui imortal por um longo e tolo tempo, e, um dia, voltarei a ser mortal; então, sei algo que um unicórnio não pode saber. Tudo o que pode morrer é belo... mais belo que um unicórnio, que vive para sempre e que é a criatura mais linda do mundo. Você me entende?

— Não — respondeu ela.

O mágico abriu um sorriso exausto.

— Entenderá. Você está na história como todos nós agora e deve ir com ela, queira você ou não. Se quiser encontrar seu povo, se quiser voltar a ser uma unicórnio, então deve seguir o conto de fadas até o castelo do rei Bravio e onde quer que ele escolha levá-la. A história não pode terminar sem a princesa.

— Eu não vou — respondeu a garota. Ela afastou-se, seu corpo cauteloso e o cabelo frio caindo. — Não sou princesa, nem mortal, e não vou até lá. Nada além de coisas ruins aconteceram comigo desde que saí da minha floresta, e nada além de coisas ruins podem ter acontecido com unicórnios neste território. Me devolva minha forma verdadeira, e retornarei às minhas árvores, ao meu laguinho, ao meu lugar no mundo. Seu conto não tem nenhum poder sobre mim. Sou uma unicórnio. Sou a última unicórnio.

Ela já havia dito isso antes, muito tempo antes, no silêncio azul-esverdeado das árvores? Schmendrick continuou a sorrir, mas Molly Pavor disse:

— Devolva a forma original dela. Você disse que podia. Deixe que ela vá para casa.

— Não posso — respondeu o mágico. — Eu já disse, a magia não está sob meu comando, ainda não. Por isso eu também preciso ir até o castelo e conhecer o fardo ou a fortuna que me aguarda lá. Se eu tentasse desfazer a transformação agora, talvez eu a transformasse, na verdade, em um rinoceronte. Seria a melhor coisa que poderia acontecer. Quanto à pior... — Ele estremeceu e ficou em silêncio.

A garota virou-se e olhou para o castelo que se erguia sobre o vale. Não conseguia perceber nenhum movimento em nenhuma janela ou entre as torres oscilantes, nem qualquer sinal do Touro Vermelho. Mas sabia que ele estava lá, incubado nas raízes do castelo até a noite cair novamente: forte além da força, invencível como a própria noite. Pela segunda vez, ela tocou o lugar na testa onde seu chifre costumava estar.

Quando se virou de novo, eles haviam adormecido onde estavam sentados, o homem e a mulher. Os dois com a cabeça apoiada no ar e a boca aberta. Ela parou ao lado deles, observando-os respirar, com uma das mãos segurando a capa preta fechada na altura do pescoço. Muito fraco, pela primeira vez, o cheiro do mar chegou até ela.

IX

As sentinelas viram-nos chegando pouco antes do pôr do sol, quando o mar estava muito calmo e ofuscante. Eles estavam caminhando de um lado para o outro na segunda torre mais alta das torres tortas que brotavam do castelo e faziam com que ele parecesse uma daquelas árvores estranhas que crescem com as raízes no ar. De onde estavam parados, os dois homens conseguiam observar todo o vale de Bravília até a cidade e as colinas íngremes além, bem como a estrada que ia da borda do vale até o grande, embora descaído, portão principal do castelo do rei Bravio.

— Um homem e duas mulheres — informou a primeira sentinela.

Correu para o outro lado da torre, o que causou um movimento que fazia o estômago doer, já que a torre se inclinava tanto que metade do céu das sentinelas era o mar. O castelo ficava na beira de um penhasco que descia como uma lâmina de faca até uma fina costa amarela, erodida até revelar rochas verdes e pretas. Pássaros gorduchos acocoravam-se nas pedras, soltando risadinhas: "Eu-te-disse, eu-te-disse."

O segundo homem seguiu seu companheiro pela torre em um ritmo mais tranquilo e comentou:

— Um homem e uma mulher. A terceira figura, de capa... não sei bem o que é a terceira. — Os dois homens estavam vestidos com cotas de malha caseiras... anéis, tampinhas de garrafa e elos de corrente costurados em couros semicurados... e seus rostos ficavam invisíveis atrás de viseiras enferrujadas, mas a voz e o andar da segunda sentinela o identificavam como o mais velho. — Aquele da capa preta — repetiu ele. — Não se apresse tanto quanto aquele segundo.

Mas a primeira sentinela inclinou-se na direção do fulgor alaranjado do mar agitado, arrancando alguns pinos soltos de sua pobre armadura no parapeito.

— É mulher — declarou ele. — Eu duvidaria do meu próprio sexo antes de questionar o dela.

— E talvez possa mesmo — observou o outro em tom sarcástico —, já que não faz nada que seja próprio de um homem a não ser cavalgar com as pernas abertas. Estou avisando de novo: vá com calma ao chamar o terceiro de homem ou mulher. Espere um pouco e veja direito.

A primeira sentinela respondeu sem se virar:

— Se eu tivesse crescido sem nunca sequer sonhar que havia dois segredos distintos no mundo, se eu tivesse suposto que todas as mulheres que conheci eram exatamente iguais a mim, ainda assim saberia que aquela criatura era diferente de tudo que eu já tinha visto antes. Sempre lamentei nunca ter agradado você, mas agora, quando olho para ela, lamento nunca ter agradado a mim mesmo. Ah, desculpe.

Ele inclinou-se ainda mais sobre o muro, forçando os olhos em direção às três figuras lentas na estrada. Uma risada ecoou por trás de sua viseira.

— A outra mulher parece estar com os pés doloridos e mal-humorada — relatou. — O homem parece ser do tipo amável, embora claramente de vida errante. Um menestrel, provavelmente, ou um artista.

Ele não disse mais nada por um longo tempo, observando-os se aproximar.

— E o terceiro? — perguntou o mais velho imediatamente. — Sua fantasia de pôr do sol com cabelo interessante? Você a superou em um quarto de hora... já a viu mais perto que o amor ousa permitir? — Sua voz farfalhava em seu capacete como pequenos pés com garras.

— Acho que nunca conseguiria vê-la de perto — respondeu a sentinela —, por mais perto que chegasse. — A voz dele era baixa e lamentosa, ecoando com as chances perdidas. — Ela tem algo de novidade — explicou. — Tudo é pela primeira vez. Veja como se move, como anda, como vira a cabeça... tudo pela primeira vez, como se fosse a primeira vez que fizesse essas coisas. Veja como respira fundo e solta o ar de novo, como se ninguém mais no mundo soubesse que o ar é bom. É tudo para ela. Se dissessem que ela nasceu esta manhã, eu ficaria surpreso por ter tanta idade.

A segunda sentinela olhou de sua torre para os três andarilhos. O homem alto viu-o primeiro, e depois a mulher melancólica. Os olhos deles não refletiam nada além de sua armadura, sombria, corrompida e vazia. Mas então a garota com o manto preto arruinado levantou a cabeça, e ele se afastou do parapeito, tirando do olhar dela o reflexo da luva de lata. Num instante, ela passou para dentro da sombra do castelo com seus companheiros, e ele abaixou a mão.

— Talvez seja louca — disse ele com calma. — Nenhuma menina adulta tem essa aparência, a menos que seja louca. Seria um incômodo, mas muito preferível à possibilidade restante.

— Que é? — perguntou o mais jovem após um silêncio.

— Que ela realmente tenha nascido nesta manhã. Eu preferiria que ela fosse louca. Vamos descer agora.

Quando o homem e as mulheres chegaram ao castelo, as duas sentinelas estavam em pé, uma de cada lado do portão, com suas alabardas rombas e curvas cruzadas, e suas cimitarras enganchadas na frente deles. O sol havia se posto, e a armadura absurda deles ficava cada vez mais ameaçadora à medida que o mar desaparecia. Os viajantes hesitaram, olhando uns para os outros. Não tinham nenhum castelo escuro às costas, e seus olhos não estavam escondidos.

— Digam seus nomes — pediu a voz seca da segunda sentinela.

O homem alto deu um passo adiante.

— Sou Schmendrick, o Mágico — respondeu ele. — Esta aqui é Molly Pavor, minha ajudante... e esta é lady Amalteia.[21] — Ele se embaralhou no nome da garota branca, como se nunca o tivesse pronunciado antes. — Queremos uma audiência com o rei Bravio. Viemos de longe para vê-lo.

A segunda sentinela esperou que o primeiro falasse, mas o mais jovem estava olhando apenas para lady Amalteia. Com impaciência, ele ordenou:

— Explique seu assunto com o rei Bravio.

— Explicarei — retrucou o mágico — ao próprio Bravio. Que tipo de assunto real eu poderia confiar a vigias e porteiros? Leve-nos ao rei.

— Que tipo de assunto real um mago errante e tagarela poderia ter para discutir com o rei Bravio? — perguntou a segunda sentinela de um jeito sombrio, mas se virou e atravessou o portão do castelo, e os visitantes do rei o seguiram.

Por último, a sentinela mais jovem saiu caminhando devagar, com passos tão suaves quanto os de lady Amalteia, cujos movimentos ele imitava sem perceber. Ela ficou um momento parada diante do portão, olhando para o mar, e a sentinela fez o mesmo.

Seu camarada mais velho chamou-o com raiva, mas a jovem sentinela estava em uma tarefa diferente, respondendo a um novo capitão por seus descuidos. Ele entrou pelo portão somente depois que lady Amalteia decidiu entrar. Então, ele seguiu, cantarolando para si mesmo com um tom sonhador.

O que está havendo comigo?
O que está havendo comigo?

Dizer se estou feliz ou com medo, não consigo.
O que está havendo comigo?

Atravessaram um pátio de paralelepípedos onde a roupa lavada e fria roçava em seu rosto e passaram por uma porta menor para um corredor tão vasto que não conseguiam ver as paredes ou o teto na escuridão. Grandes pilares de pedra avançaram na direção deles enquanto eles avançavam com dificuldade pelo corredor e, em seguida, se afastaram sem nunca se deixarem realmente ver. A respiração ecoava naquele lugar enorme, e os passos de outras criaturas menores ressoavam tão claramente quanto os deles. Molly Pavor ficou bem próxima de Schmendrick.

Depois do grande corredor, havia outra porta e, depois dela, uma escada estreita. Havia poucas janelas e nenhuma luz. A escada enrolava-se cada vez mais conforme subia até parecer que cada degrau girava ao redor de si mesmo, e que a torre estava se fechando sobre todos eles como um punho quente e úmido. A escuridão olhou para eles e os tocou. Tinha um cheiro de chuva e de cachorro ao mesmo tempo.

Alguma coisa retumbou em algum lugar profundo e próximo. A torre tremeu como um navio encalhado e respondeu com um gemido baixo das pedras. Os três viajantes berraram, lutando para se manter em pé nos degraus trêmulos, mas seu guia continuou sem vacilar ou falar. O mais jovem sussurrou com seriedade para lady Amalteia:

— Está tudo bem, não tenha medo. É só o Touro.

O som não se repetiu.

A segunda sentinela parou de repente, tirou uma chave de um lugar secreto e a enfiou, aparentemente, direto na parede vazia. Uma parte do muro girou para dentro, e a pequena procissão adentrou uma câmara baixa e estreita, com uma janela e uma cadeira ao fundo. Não havia mais nada: nenhum outro móvel, nenhum tapete, nenhuma cortina, nenhuma tapeçaria de parede. Na sala havia cinco pessoas, a cadeira alta e a luz tênue da lua nova que nascia.

— Esta é a sala do trono do rei Bravio — informou a sentinela.

O mágico agarrou-o pelo cotovelo coberto de cota de malha e o virou até que ficassem frente a frente.

— Isto aqui é uma cela. Isto aqui é uma tumba. Nenhum rei vivo tem um trono aqui. Leve-nos até Bravio, se ele estiver vivo.

— Julgue por si mesmo — respondeu a voz apressada da sentinela. Ele desamarrou o capacete e o ergueu da cabeça grisalha. — Eu sou o rei Bravio — falou.

Seus olhos eram da mesma cor dos chifres do Touro Vermelho. Era mais alto que Schmendrick e, embora o rosto tivesse rugas profundas, não havia nada de afetuoso ou tolo nele. Era o rosto de uma lança: mandíbulas longas e frias, bochechas duras, pescoço magro e cheio de força. Talvez tivesse uns setenta anos, oitenta ou até mais.

A primeira sentinela adiantou-se com seu capacete debaixo do braço. Molly Pavor engasgou quando viu seu rosto, pois era o rosto amigável e amarrotado do jovem príncipe que havia visto em uma revista enquanto a princesa dele tentava chamar um unicórnio. O rei Bravio disse:

— Este é Lír.

— Olá — disse o príncipe Lír. — Prazer em conhecê-los.

Seu sorriso contorcia-se diante dos visitantes como um cachorrinho esperançoso, mas seus olhos — de um azul profundo e sombrio por trás de cílios curtos — repousaram em silêncio nos olhos de lady Amalteia. Ela o encarou, silenciosa como uma joia, sem o ver com mais verdade do que os homens enxergam os unicórnios. Mas o príncipe sentiu uma estranha e feliz certeza de que ela o havia olhado de cima a baixo, em cavernas que ele nunca soube que existiam, onde o olhar dela ecoava e cantava. Maravilhas começaram a despertar em algum lugar a sudoeste de sua décima segunda costela, e ele próprio, ainda imitando lady Amalteia, começou a brilhar.

— O que vocês querem comigo?

Schmendrick, o Mágico, pigarreou e fez uma reverência ao velho de olhos claros.

— Queremos prestar nossos serviços à Vossa Majestade. Em toda a parte, a lendária corte do rei Bravio tem...

— Não preciso de serviçais. — O rei virou-se, seu rosto e corpo de repente ficaram relaxados com a indiferença.

Ainda assim, Schmendrick sentiu uma curiosidade persistente na pele cor de pedra e nas raízes dos cabelos grisalhos. Com cautela, ele disse:

— Mas sem dúvida Vossa Majestade mantém alguma comitiva, alguns seguidores. A simplicidade é o mais rico adorno de um rei, eu admito, mas para um rei como Bravio...

— Meu interesse por você está se esvaindo — a voz sussurrante o interrompeu novamente —, e isso é muito perigoso. Em um momento, terei esquecido de você por completo e nunca mais serei capaz de lembrar o que fiz com você. O que eu esqueço não apenas deixa de existir, mas, antes de tudo, nunca existiu de verdade. — Ao dizer isso, seus olhos, assim como os de seu filho, se voltaram para encontrar os olhos de lady Amalteia.

— Minha corte — continuou ele —, já que você escolheu chamá-la assim, consiste em quatro soldados. Eu viveria sem eles se pudesse, pois custam mais do que valem, como todo o restante. Mas eles se revezam como sentinelas e cozinheiros e, à distância, dão a aparência de ser um exército. Quantos mais atendentes eu preciso?

— Mas os prazeres da corte — vozeou o mágico —, a música, a conversa, as mulheres e as fontes, as caçadas e as máscaras e os grandes banquetes...

— Não significam nada para mim — disse o rei Bravio. — Eu conheci tudo isso, e nada me fez feliz. Não ficarei com nada perto de mim que não me faça feliz.

Lady Amalteia passou em silêncio por ele, foi até a janela e olhou para o mar noturno.

Schmendrick tentou recuperar o fôlego e exclamou:

— Entendo perfeitamente Vossa Majestade! Quanto lhe parecem cansativos, obsoletos, insípidos e inúteis todos os costumes deste mundo! Vossa Majestade está entediado com a felicidade, saciado com as sensações, cansado das alegrias insípidas. É uma aflição de rei e, portanto, ninguém deseja mais os serviços de um mágico que um rei, porque apenas para um mágico o mundo é fluido para sempre, mutável por todo o infinito e novo pela eternidade. Só ele conhece o segredo da mudança, apenas ele sabe de verdade que todas as coisas estão à espreita, na ânsia de virarem algo mais, e é dessa tensão universal que ele extrai seu poder. Para um mágico, março é maio, a neve é verde e a grama é cinza, isto é aquilo, ou o que quer que Vossa Majestade diga. Contrate um mágico hoje mesmo!

Ele terminou apoiando um joelho no chão e com os dois braços abertos. O rei Bravio afastou-se dele com nervosismo, murmurando:

— Levante-se, levante-se, você me dá dor de cabeça. Além disso, já tenho um mágico real.

Schmendrick levantou-se forçosamente, com o rosto vermelho e vazio.

— Vossa Majestade não me disse antes! Como ele se chama?

— Seu nome é Mabruk — respondeu o rei Bravio. — Não falo dele com frequência. Nem meus soldados sabem que ele mora aqui no castelo. Mabruk é tudo o que você disse que um mago deveria ser, e muito mais do que duvido que você sonhe. É conhecido em seu ramo como "o mágico dos mágicos". Não vejo motivo para substituí-lo por algum errante, sem nome, bufarinheiro...

— Ah, mas eu vejo! — Schmendrick interrompeu em desespero. — Consigo pensar em um motivo, dito por Vossa Majestade mesmo há menos de um minuto. Esse maravilhoso Mabruk não deixa Vossa Majestade feliz.

Sobre o rosto feroz do rei recaiu uma lenta sombra de decepção e perfídia. Por um instante, pareceu um jovem desnorteado.

— Ora, ora, isso é verdade — murmurou o rei Bravio. — A magia de Mabruk não me diverte faz um bom tempo. Há quanto será? — Ele bateu palmas de forma ligeira, gritando: — Mabruk! Mabruk! Apareça, Mabruk!

— Estou aqui — disse uma voz profunda de um canto distante da sala.

Um velho com uma túnica escura com lantejoulas e um chapéu pontudo com lantejoulas estava ali, e ninguém conseguia dizer com certeza se ele não estava ali, na frente de todo mundo desde que entraram na sala do trono. Sua barba e sobrancelhas eram brancas, e o rosto era suave e sábio, mas seus olhos eram duros como pedras de granizo.

— O que Vossa Majestade deseja de mim?

— Mabruk — disse o rei Bravio —, este cavalheiro é da sua fraternidade. O nome dele é Schmendrick.

Os olhos gélidos do velho mago arregalaram-se um pouco, e ele perscrutou o homem maltrapilho.

— Ora, é isso mesmo! — exclamou com aparente prazer. — Schmendrick, meu caro rapaz, que bom ver você! Não vai se lembrar de mim, mas eu era um amigo muito, muito querido do seu tutor, o querido e velho Nikos. Ele tinha tantas esperanças em você, coitado. Ora, ora, é uma surpresa! E você realmente ainda está na profissão? Minha nossa, você é um sujeito determinado! Sempre digo que perseverança é nove décimos de qualquer arte... não que seja de grande ajuda ser nove décimos de artista, claro. Mas o que traz você aqui?

— Ele veio para tomar o seu lugar. — A voz do rei Bravio era monótona e definitiva. — Ele agora é meu mágico real.

O sobressalto de espanto de Schmendrick não passou despercebido ao velho Mabruk, embora o próprio mago parecesse pouco surpreso com a decisão do rei. Por um momento, claro que ele considerou o valor da ira, mas, em vez disso, escolheu um tom de diversão simpática.

— Como Vossa Majestade quiser, agora e sempre — cantarolou ele. — Mas talvez Vossa Majestade esteja interessado em aprender um pouco da história de seu novo mágico. Tenho certeza de que o querido Schmendrick não se importará que eu mencione que ele já é uma espécie de lenda no ramo. De fato, entre os adeptos, ele é mais lembrado como "Tolice de Nikos". Sua incapacidade completa e charmosa de dominar o encantamento mais simples, a maneira criativa com a rima mais infantil de teurgia, sem falar em...

Bravio fez um movimento ligeiro com a lateral de uma das mãos, e, de repente, Mabruk ficou em silêncio. O príncipe Lír soltou uma risadinha. O rei disse:

— Não preciso ser persuadido de sua inaptidão para o cargo. Um único olhar para ele me diz isso, assim como um simples olhar deixa claro que você é um dos grandes magos do mundo.

Mabruk inflou suavemente, acariciando a barba gloriosa e franzindo a testa tranquila.

— Mas isso também não significa nada para mim — continuou o rei Bravio. — No passado, você realizou todos os milagres que eu pedi, e tudo o que eles fizeram foi estragar meu gosto por milagres. Nenhuma tarefa é vasta demais para seus poderes... e, ainda assim, quando o feito miraculoso é alcançado, nada muda. Deve ser porque um grande poder não é capaz de me dar o que eu realmente quero. Um mestre mágico não me fez feliz. Vou ver o que um mágico incompetente pode fazer. É só isso, Mabruk. — E, com um gesto de cabeça, dispensou o velho mago.

A aparência de afabilidade de Mabruk desapareceu como uma faísca na neve, e com o mesmo som. Seu rosto inteiro assumiu a aparência dos seus olhos.

— Não serei despachado tão facilmente assim — disse em um tom bem suave. — Não por um capricho, nem mesmo pelo capricho de um rei, e não por conta de um bufão. Cuidado, Bravio! Ninguém irrita Mabruk levianamente.

Um vento começou a soprar na câmara escura. Vinha tanto de um lugar quanto de outro — através da janela, da porta entreaberta —, mas sua verdadeira fonte era a figura encurvada do mago. O vento era frio e rançoso, um vento úmido e assobiante de pântano, e saltava aqui e ali na sala como um animal alegre descobrindo a fragilidade dos seres humanos. Molly Pavor encolheu-se contra o corpo de Schmendrick, que parecia desconfortável. O príncipe Lír pegou na espada e mexia nela, tirando-a e a encaixando na bainha.

Até o rei Bravio deu um passo para trás diante do sorriso triunfante do velho Mabruk. As paredes da sala pareceram descongelar e fugir, e o manto estrelado do mago virou uma noite imensa e uivante. Mabruk não disse nada, mas o vento estava começando a fazer um som perverso e rosnante à medida que ganhava força. Em outro momento, ele ficaria visível e explodiria em uma forma. Schmendrick abriu a boca, mas, se estava gritando um contrafeitiço, não foi ouvido e, por isso, não funcionou.

Na escuridão, Molly Pavor viu lady Amalteia virando-se de costas, estendendo a mão cujos dedos anelar e médio eram do mesmo comprimento. O lugar estranho em sua testa cintilava tanto quanto uma flor.

Então, o vento desapareceu como se nunca tivesse existido, e as paredes de pedra estavam de novo ao redor deles, a câmara sombria tão alegre quanto o meio-dia após a noite de Mabruk. O mago estava encolhido quase até o chão, olhando fixamente para lady Amalteia. Seu rosto sábio e benevolente parecia aquele de um homem afogado, e sua barba escorria finamente de seu queixo, como água estagnada. O príncipe Lír tomou-o pelo braço.

— Vamos lá, velho — disse, sem maldade. — Saia por aqui, vovô. Vou escrever uma carta de referência para você.

— Eu vou. Não por medo de você, seu pedaço de massa estragada... nem de seu pai louco e ingrato, nem de seu novo mágico... Que vocês sejam muito felizes com ele.

Os olhos dele encontraram os famintos olhos do rei Bravio, e ele gargalhou como uma cabra.

— Bravio, nem por tudo no mundo eu seria você — declarou. — Você deixou sua perdição entrar pela porta da frente, embora ela não vá partir por esse caminho. Eu me explicaria melhor, mas não estou mais aos seus serviços. É uma pena, pois chegará o momento em que ninguém, a não ser um mestre, poderá salvá-lo... e, nessa hora, você terá Schmendrick para convocar! Adeus, pobre Bravio, adeus!

Ainda rindo, ele desapareceu, mas sua hilaridade permaneceu para sempre nos cantos daquela câmara, como o cheiro de fumaça ou de poeira velha e fria.

— Bem — falou o rei Bravio sob o luar cinzento. — Bem. — Ele caminhou devagar em direção a Schmendrick e Molly, com os pés silenciosos e a cabeça balançando, quase brincalhão. — Fiquem parados — ordenou quando eles se moveram. — Quero ver seus rostos.

Sua respiração era rascante como uma faca passando por uma pedra de amolar enquanto ele passava os olhos de um para o outro.

— Mais perto! — resmungou, estreitando os olhos no escuro. — Cheguem mais perto... mais perto! Quero vê-los.

— Então, acenda uma luz — retrucou Molly Pavor.

A calma de sua voz a assustou mais que a fúria do velho mago. *É fácil ser corajosa por ela*, pensou, *mas, se eu começar a ser corajosa por minha conta, onde isso vai parar?*

— Nunca acendo luzes — respondeu o rei. — Para que servem as luzes?

Então virou-se para eles, murmurando para si mesmo:

— Um rosto é quase inocente, quase tolo, mas não tolo o bastante. O outro é um rosto igual ao meu, e isso deve significar perigo. Ainda assim, eu vi tudo isso no portão... por que então os deixei entrar? Mabruk estava certo, fiquei velho, tolo e tolerante. Ainda assim, vejo apenas Bravio quando fito seus olhos.

O príncipe Lír mexia-se com nervosismo enquanto o rei caminhava pela sala do trono em direção à lady Amalteia. Outra vez ela olhava pela janela, e o rei Bravio já estava bem perto quando ela se virou rapidamente, abaixando a cabeça de um jeito curioso.

— Não vou tocar em você — disse ele, e ela estacou.

— Por que você fica na janela? O que está olhando?

— Estou olhando para o mar — respondeu lady Amalteia.

Sua voz era baixa e trêmula; não de medo, mas de vida, como uma borboleta recém-saída da crisálida treme ao sol.

— Ah — disse o rei. — Sim, o mar é sempre bom. Não há nada que eu consiga olhar por muito tempo, exceto o mar.

No entanto, ele olhou fixamente para o rosto de lady Amalteia por um bom tempo, seu rosto sem refletir nada da luz dela, como o do príncipe Lír, mas absorvendo-a e a guardando em algum lugar. Seu hálito era tão embolorado quanto o vento do mago, mas lady Amalteia não se moveu.

De repente, ele gritou:

— O que há de errado com seus olhos? São cheios de folhas verdes, repletos de árvores, riachos e animaizinhos. Onde estou? Por que não consigo me ver em seus olhos?

Lady Amalteia não respondeu a ele. O rei Bravio virou-se para encarar Schmendrick e Molly. Seu sorriso de cimitarra deixou seu fio frio passando pela garganta deles.

— Quem é ela? — questionou.

Schmendrick tossiu várias vezes.

— Lady Amalteia é minha sobrinha — explicou ele. — Sou seu único parente vivo e, portanto, seu guardião. Sem dúvida, o estado de suas vestes deixa Vossa Majestade intrigado, mas é fácil de explicar. Em nossa jornada, fomos atacados por bandidos e foram roubados todos os nossos...

— Que bobagem você está tagarelando aí? O que há com as vestes dela?

O rei voltou-se de novo para olhar a garota branca, e Schmendrick de repente entendeu que nem o rei Bravio nem seu filho haviam notado que ela estava nua embaixo dos trapos de sua capa.

Lady Amalteia portava-se com tanta graça que fazia com que trapos e farrapos parecessem o único traje adequado para uma princesa; e, além disso, ela não sabia que estava nua. Era o rei de armadura que parecia nu diante dela.

O rei Bravio disse:

— O que ela veste, o que pode ter acontecido com vocês, o que vocês são uns para os outros... tudo isso felizmente não é da minha conta. Nesses assuntos, vocês podem até mentir para mim o quanto quiserem. Quero saber quem ela é. Quero saber como ela quebrou a magia de Mabruk sem dizer uma palavra. Quero saber por que há folhas verdes e filhotes de raposa nos olhos dela. Fale rápido e evite a tentação de mentir, especialmente sobre as folhas verdes. Responda-me.

Schmendrick não respondeu rapidamente; fez alguns pequenos sons de natureza séria, mas não havia nenhuma palavra sensata entre eles. Molly Pavor reuniu coragem para responder, mesmo suspeitando que era impossível contar a verdade ao rei Bravio. Algo em sua presença invernal atrapalhava todas as palavras, confundia significados e distorcia intenções sinceras em formas tão atormentadas quanto as torres de seu castelo. Ainda assim, ela falaria, mas outra voz foi ouvida na câmara sombria: a voz leve, gentil e ingênua do jovem príncipe Lír.

— Pai, que diferença faz? Ela está aqui agora.

O rei Bravio suspirou. Não foi um som suave, mas baixo e áspero; não era um som de rendição, mas a meditação estrondosa de um tigre pronto para dar o bote.

— Claro que você tem razão — disse ele. — Ela está aqui, eles estão todos aqui, e quer signifiquem minha ruína ou não, eu os observarei por um tempo. Um agradável ar de desastre os acompanha. Talvez seja o que eu quero.

Para Schmendrick, ele soltou sem rodeios:

— Como meu mágico, você me entreterá quando eu desejar ser entretido, de maneiras variadamente profundas e frívolas. Espera-se que você saiba quando será necessário e de que forma, pois não posso ficar identificando meus estados de espírito e desejos em seu benefício. Você não receberá salário, pois certamente não foi para isso que veio até aqui. Quanto à sua mulherzinha, sua assistente, seja qual for o nome que você escolher chamá-la, ela também me servirá se desejar permanecer no meu castelo. A partir desta noite, ela será cozinheira e serviçal ao mesmo tempo, faxineira e copeira também.

Ele fez uma pausa, aparentemente aguardando Molly protestar, mas ela apenas assentiu. A lua havia se afastado da janela, mas o príncipe Lír conseguia ver que o quarto escuro não estava mais escuro por isso. O brilho frio de lady Amalteia crescia mais lentamente que o vento de Mabruk, mas o príncipe entendeu muito bem que era muito mais perigoso. Queria escrever poemas embaixo daquela luz, e nunca havia desejado escrever poemas antes.

— Poderá entrar e sair quando quiser — disse o rei Bravio à lady Amalteia. — Talvez tenha sido tolice minha deixá-los entrar, mas não sou tão tolo a ponto de proibir esta ou aquela porta. Meus segredos guardam-se sozinhos... Os seus farão o mesmo? O que você está olhando?

— Estou olhando para o mar — disse lady Amalteia novamente.

— Sim, o mar é sempre bom — repetiu o rei. — Vamos olhá-lo juntos um dia. — Ele caminhou lentamente até a porta. — Será curioso ter uma criatura no castelo cuja presença faz com que Lír me chame de “pai” pela primeira vez desde que ele tinha cinco anos.

— Seis — disse o príncipe Lír. — Eu tinha seis anos.

— Cinco ou seis — disse o rei —, isso já não me deixava feliz havia muito tempo, e não me faz feliz agora. Nada mudou ainda porque ela está aqui.

Ele desapareceu de forma quase tão silenciosa quanto Mabruk, e os demais ouviram o barulho de suas botas de lata estalando nas escadas.

Molly Pavor caminhou gentilmente até lady Amalteia e ficou ao lado dela na janela.

— O que foi? — ela quis saber. — O que você está vendo?

Schmendrick inclinou-se no trono, observando o príncipe Lír com seus olhos verdes profundos. Lá longe, no vale de Bravília, o rugido frio foi ouvido de novo.

— Encontrarei um lugar para você — prometeu o príncipe Lír. — Está com fome? Vou pegar alguma coisa para você comer. Sei onde há algum tecido, cetim fino. Você poderia fazer um vestido.

Ninguém lhe respondeu. A noite pesada engoliu as palavras dele, e lhe pareceu que lady Amalteia não o ouviu nem o viu. Ela não se moveu, e, ainda assim, o príncipe teve certeza de que ela estava se afastando dele enquanto ele ficava ali parado, como a lua.

— Deixe-me ajudá-la — ofereceu o príncipe Lír. — O que posso fazer por você? — Deixe-me ajudá-la.

X

— O que posso fazer por você? — perguntou o príncipe Lír.

— Nada de mais por ora — respondeu Molly Pavor. — Água era tudo de que eu precisava. A menos que queira descascar batatas, o que não me incomodaria.

— Não, eu não quis dizer isso. Quer dizer, sim, eu descasco se você quiser, mas eu estava falando com ela. Digo, quando falo com ela, é isso que continuo perguntando.

— Sente-se e descasque algumas batatas para mim — sugeriu Molly. — Vai lhe dar algo para fazer com as mãos.

Estavam na copa, um quartinho úmido com um forte cheiro de nabos podres e beterrabas em fermentação. Havia uma dúzia de pratos de barro empilhados em um canto, e uma fogueirinha tremeluzia embaixo de um tripé, tentando ferver uma grande panela de água cinzenta.

Molly estava sentada a uma mesa rústica coberta de batatas, alhos-porós, cebolas, pimentões, cenouras e outros vegetais, a maioria deles murchos e manchados. O príncipe Lír estava diante dela, balançando lentamente os pés e entrelaçando os dedos grandes e macios.

— Matei outro dragão esta manhã — disse de imediato.

— Que bom — respondeu Molly. — Bem legal. Quantos são agora?

— Cinco. Este era menor que os outros, mas realmente me deu mais trabalho. Não consegui chegar perto a pé, então precisei ir com a lança, e meu cavalo ficou bem queimado. O engraçado sobre o cavalo...

Molly interrompeu-o.

— Sente-se, Vossa Alteza, e pare de fazer isso. Começo a me tremer toda só de olhá-lo.

Príncipe Lír sentou-se na frente dela, sacou uma adaga do cinto e começou a descascar batatas, mal-humorado. Molly olhou para ele com um sorriso leve e lento.

— Eu levei a cabeça para ela — disse o príncipe. — Lady Amalteia estava em seu quarto, como sempre. Arrastei aquela cabeça até o topo das escadas para deixá-la aos pés dela. — Ele suspirou e cortou o dedo com a adaga. — Maldição. Não me importava. Por toda a subida até o topo das escadas havia uma cabeça de dragão, o presente mais admirável que se pode dar a alguém. Mas quando ela olhou para aquilo, de repente, a coisa virou um amontoado triste e destruído de escamas e chifres, língua cartilaginosa e olhos ensanguentados. Eu me senti um açougueiro do interior que levou para sua garota um belo pedaço de carne fresca como prova de amor. Em, em seguida, ela me olhou, e eu senti pena por ter matado aquela coisa. Pena por matar um dragão! — Ele cortou uma batata borrachuda e se feriu de novo.

— Corte para longe de você, não para perto — aconselhou Molly. — Sabe, de verdade, eu acho que você poderia parar de matar dragões para lady Amalteia. Se cinco deles não a comoveram, é improvável que mais um o faça. Tente alguma outra coisa.

— Mas o que resta neste mundo que eu não tenha tentado? — questionou o príncipe Lír. — Nadei em quatro rios, todos eles com cheia total, e nenhum com menos de um quilômetro e meio de largura. Escalei sete montanhas nunca antes escaladas, dormi três noites no Pântano dos Enforcados e saí vivo daquela floresta onde as flores queimam os olhos e o canto dos rouxinóis é venenoso. Terminei meu noivado com a princesa com quem concordei em me casar... e se não acha que foi um ato heroico é porque não conhece a mãe dela. Derrotei exatamente 15 cavaleiros negros que esperavam em 15 vaus em seus pavilhões pretos, desafiando todos que tentavam atravessar. E há muito tempo perdi a conta das bruxas nas florestas espinhosas, dos gigantes, dos demônios disfarçados de donzelas, das colinas de vidro, dos enigmas fatais e das tarefas terríveis, das maçãs mágicas, dos anéis, das lâmpadas, das poções, das espadas, das capas, das botas, das gravatas e das toucas de dormir. Sem mencionar os cavalos alados, os basiliscos e as serpentes marinhas, e todo o resto dessa fauna.

Ele levantou a cabeça, e os olhos azul-escuros estavam confusos e tristes.

— E tudo isso em vão. Não posso tocá-la, não importa o que eu faça. Por ela, me tornei herói... eu, o preguiçoso Lír, esporte e vergonha do meu pai... mas eu poderia muito bem ter permanecido o idiota estúpido que eu era. Meus grandes feitos não significam nada para ela.

Molly pegou sua faca e começou a cortar pimentões.

— Então, talvez lady Amalteia não seja conquistada por grandes feitos.

O príncipe olhou para ela, franzindo a testa em perplexidade.

— Existe outra maneira de conquistar uma donzela? — perguntou com seriedade. — Molly, você conhece outra maneira? Vai me contar? — Ele inclinou-se sobre a mesa para segurar a mão dela. — Gosto muito de ser corajoso o bastante, mas voltarei a ser um covarde preguiçoso se você achar que seria melhor. Vê-la me faz querer lutar contra todo o mal e toda a feiura, mas também me faz querer ficar parado e infeliz. O que devo fazer, Molly?

— Não sei — respondeu ela, de repente envergonhada. — Gentileza, cortesia, boas obras, esse tipo de coisa. Um bom senso de humor. — Um pequeno gato cor de cobre e cinza com a orelha torta pulou no colo dela, ronronando de um jeito estrondoso e se apoiando em sua mão. Esperando mudar de assunto, ela perguntou: — E seu cavalo? Que graça tinha?

Mas o príncipe Lír estava olhando para o gatinho com a orelha torta.

— De onde ele veio? É seu?

— Não — respondeu ela. — Eu apenas o alimento e às vezes o ponho no colo. — Ela acariciou o pescoço fino do gato, que fechou os olhos. — Pensei que morasse aqui.

O príncipe fez que não com a cabeça.

— Meu pai odeia gatos. Diz que não existe essa coisa de gato… é apenas uma forma que todos os tipos de diabretes, duendes e demoninhos gostam de assumir para conseguir entrar facilmente nas casas dos homens. Ele o mataria se soubesse que você está com ele aqui.

— E o cavalo? — perguntou Molly de novo.

O rosto do príncipe Lír ficou sombrio outra vez.

— Isso foi estranho. Como ela não gostou do presente em si, pensei que poderia se interessar em saber como ele foi obtido. Então, contei a ela sobre a vista e a investida, você sabe, sobre o assobio e as asas nuas e o cheiro dos dragões, especialmente em uma manhã chuvosa, e o jeito como o sangue preto jorrava na ponta da minha lança. Mas ela não ouviu nada, nem uma palavra, até que eu falei da onda de fogo que quase queimou as pernas do meu pobre cavalo. Então… ah, então ela voltou de onde quer que tenha ido quando falei com ela e disse que precisava ir ver meu cavalo. Assim, eu a levei até o estábulo onde o pobre animal estava chorando de dor, e ela colocou as mãos nas pernas dele. E o cavalo parou de gemer. É um som terrível que fazem quando estão realmente machucados. Quando param, é como uma canção.

A adaga do príncipe estava cintilando entre as batatas. Lá fora, grandes rajadas de chuva caíam ao redor dos muros do castelo, mas aqueles na copa só conseguiam ouvi-las, pois não havia uma única janela na sala fria. Nem havia nenhuma luz, exceto o brilho tênue do fogo da cozinha. Isso fez com que o gato que cochilava no colo de Molly parecesse um montinho de folhas de outono.

— E, em seguida, o que aconteceu? — perguntou ela. — Quando lady Amalteia tocou em seu cavalo.

— Nada aconteceu. Nada mesmo. — O príncipe Lír de repente pareceu ficar bravo. Bateu a mão na mesa, e alhos-porós e lentilhas saltaram em todas as direções. — Você esperava que algo acontecesse? Ela esperava. Você esperava que as queimaduras da fera cicatrizassem instantaneamente... que a pele estalasse, e a carne empretecida voltasse a ficar inteira? Ela esperava... Juro pela minha esperança em ficar com ela! E quando as pernas do animal não se curaram sob seu toque, ela fugiu. Não sei onde está agora.

A voz dele suavizava-se enquanto falava, e a mão sobre a mesa fechou-se com tristeza ao lado. Ele levantou-se e foi até a panela olhá-la sobre o fogo.

— Está borbulhando — falou —, caso queira botar os vegetais. Ela chorou quando as pernas do meu cavalo não sararam... eu a ouvi chorar... e, ainda assim, não havia lágrimas em seus olhos quando ela fugiu. Tudo o mais estava ali, menos as lágrimas.

Molly deixou o gato gentilmente no chão e começou a juntar os veneráveis vegetais para levá-los à panela. O príncipe Lír a observava enquanto ela se movia de um lado para o outro, ao redor da mesa e pelo chão orvalhado. Ela cantarolava:

Se eu dançasse tão bonito
Como eu danço ao sonhar,
Tão graciosa a brilhar
Como a Morte disfarçada...

Ah, seria lindo, tenho o dito,
Mas eu bem que teria fome
De ser dez anos mais jovem,
Ou tão sábia, ou mesmo casada?

— Quem é ela? — perguntou o príncipe. — Que tipo de mulher é essa que acredita... que sabe, pois vi em seu rosto... que pode curar feridas com um toque e que chora sem lágrimas?

Molly continuou seu trabalho, ainda cantarolando para si.

— Qualquer mulher pode chorar sem lágrimas — respondeu ela olhando para trás —, e a maioria consegue curar com as mãos. Depende do ferimento. Ela é uma mulher, Vossa Majestade, e isso já é enigma o bastante.

Mas o príncipe levantou-se para bloquear sua passagem, e ela parou, com seu avental cheio de ervas e os cabelos caindo sobre os olhos. O rosto do príncipe Lír inclinou-se em sua direção: cinco dragões mais velho, mas bonito e ainda boboca. Ele disse:

— Você canta. Meu pai lhe dá o trabalho mais cansativo que existe, e mesmo assim você canta. Nunca ninguém cantou neste castelo, nem nunca houve gatos, nem cheiro de comida boa. É lady Amalteia quem causa isso, pois ela me faz sair cavalgando pela manhã em busca de perigo.

— Eu sempre fui uma boa cozinheira — respondeu Molly com suavidade. — Vivendo na floresta verde com Simplão e seus homens por dezessete anos...

O príncipe Lír continuou como se ela não tivesse falado:

— Quero servi-la, como você faz, ajudá-la a encontrar o que ela veio aqui encontrar. Desejo ser tudo o que ela mais precisa. Diga isso a ela. Você dirá?

Enquanto falava, passos silenciosos se refletiram em seus olhos, e o farfalhar de um vestido de cetim contorceu seu rosto. Lady Amalteia estava parada à porta.

Uma temporada no domínio frio do rei Bravio não a havia ofuscado ou escurecido. Em vez disso, o inverno havia aguçado sua beleza até que invadisse o observador como uma flecha farpada que não podia ser retirada. Seus cabelos brancos estavam presos com uma fita azul, e seu vestido era lilás, cor que não lhe caía bem. Molly Pavor era uma costureira medíocre, e o cetim a deixava nervosa. Mas lady Amalteia parecia ainda mais adorável pelo trabalho malfeito, pelas pedras frias e em meio ao cheiro de nabos. Havia chuva em seus cabelos.

O príncipe Lír fez uma reverência para ela; uma reverência rápida e torta, como se alguém tivesse lhe acertado o estômago.

— Milady — murmurou. — Você realmente deveria cobrir a cabeça quando sair com esse clima.

Lady Amalteia sentou-se à mesa, e o pequeno gato de cor outonal imediatamente saltou diante dela, ronronando de um jeito rápido e suave. Ela estendeu a mão, mas o gato se esgueirou para longe, ainda ronronando. Não parecia assustado, mas não a deixou tocar em seu pelo cor de ferrugem. Lady Amalteia acenou, chamando-o para perto, e o felino se contorceu todo, como um cachorro, mas não se aproximou.

O príncipe Lír anunciou com voz rouca:

— Preciso ir. Há um ogro de algum tipo devorando donzelas da aldeia a dois dias de viagem daqui. Dizem que só pode ser morto por alguém que empunhe o Grande Machado do duque Alban. Infelizmente, o próprio duque Alban foi um dos primeiros a ser consumido... estava vestido como uma donzela da aldeia na ocasião, para enganar o monstro... e não há dúvidas de quem detém o Grande Machado agora. Se eu não voltar, pensem em mim. Adeus.

— Adeus, Vossa Alteza — despediu-se Molly.

O príncipe fez outra reverência e deixou a copa para cuidar de sua nobre missão, olhando para trás apenas uma vez.

— Você é cruel com ele — disse Molly.

Lady Amalteia não ergueu os olhos. Estava oferecendo a palma da mão aberta para o gato de orelha torta, mas ele permaneceu onde estava, tremendo de desejo de ir até ela.

— Cruel? — perguntou ela. — Como posso ser cruel? Isso é para os mortais. — Mas então ela ergueu os olhos, e eles estavam cheios de tristeza e com alguma coisa muito próxima da zombaria, e disse: — A gentileza também.

Molly Pavor ocupou-se da panela, mexendo a sopa e temperando-a, agitada e entorpecida. Em voz baixa, ela comentou:

— Você poderia, no mínimo, falar uma palavra gentil para ele. O rapaz passou por grandes provações por você.

— Mas que palavra devo dizer? — perguntou lady Amalteia. — Eu não disse nada para ele, mas, a cada dia, ele vem até mim com mais cabeças, mais chifres, peles e caudas, mais joias encantadas e armas enfeitiçadas. O que ele fará se eu falar?

— Lír quer que você pense nele — explicou Molly. — Cavaleiros e príncipes conhecem apenas uma maneira de serem lembrados. Não é culpa dele. Acho que ele faz muito bem.

Lady Amalteia voltou os olhos para o gato de novo. Seus dedos longos torciam uma costura do vestido de cetim.

— Não, ele não quer meus pensamentos — disse baixinho. — Ele me quer, tanto quanto o Touro Vermelho, e sem mais compreensão que o animal. Mas me assusta ainda mais que o Touro, porque tem um coração gentil. Não, eu nunca direi uma palavra promissora a ele.

A marca pálida em sua testa era invisível na escuridão da copa. Ela tocou-a e, em seguida, retirou a mão rapidamente, como se a marca a ferisse.

— O cavalo morreu — disse ao gatinho. — Não pude fazer nada.

Molly virou-se rapidamente e pousou as mãos nos ombros de lady Amalteia. Por baixo do tecido fino, a carne era fria e dura como qualquer uma das pedras do castelo do rei Bravio.

— Ah, milady — sussurrou —, isso é porque você não está em sua verdadeira forma. Quando você a recuperar, tudo voltará: seu poder, sua força, sua certeza. Tudo isso voltará para você.

Se ousasse, teria pegado a menina branca nos braços e a embalado como se fosse uma criança. Nunca havia sonhado com uma coisa dessas antes.

Mas lady Amalteia respondeu:

— O mágico me deu apenas a aparência de um ser humano, mas não o espírito. Se eu tivesse morrido naquele momento, ainda continuaria sendo um unicórnio. O velho sabia, o mago. Para contrariar Bravio, ele não disse nada, mas sabia.

Seus cabelos escaparam sozinhos da fita azul e caíram rapidamente pelo pescoço e ombros. O gato quase foi conquistado por essa ânsia; levantou uma pata para brincar com ela, mas depois recuou de novo e se sentou sobre as patas traseiras, o rabo enrolado em volta das patas dianteiras e a cabeça inclinada para o lado. Seus olhos eram verdes, salpicados de dourado.

— Mas foi muito tempo atrás — disse a garota. — Agora sou duas... eu mesma e essa outra que você chama de "milady". Pois ela está aqui de um jeito tão verdadeiro quanto estou agora, embora antes ela fosse apenas um véu sobre mim. Ela anda pelo castelo, dorme, se veste, faz suas refeições e tem pensamentos próprios. Se não tem poder para curar ou acalmar, ainda assim tem outra magia. Os homens falam com ela, dizendo "lady Amalteia", e ela responde para eles ou não. O rei está sempre observando-a com seus olhos claros, imaginando o que ela é, e o filho do rei se fere por amá-la e imagina quem ela é. E todos os dias ela procura no mar e no céu, no castelo e no pátio, na fortaleza e no rosto do rei, por alguma coisa que ela nem sempre consegue lembrar. O que é, o que é que ela está procurando neste lugar estranho? Ela sabia um momento atrás, mas esqueceu.

Ela virou o rosto para Molly Pavor, e seus olhos não eram os da unicórnio. Ainda eram adoráveis, mas de um jeito que tinha um nome, assim como uma mulher humana é linda. Sua profundidade podia ser sondada e aprendida, e seu nível de escuridão era bastante descritível. Molly viu medo, perda e perplexidade quando olhou para dentro deles e para si mesma; e nada mais.

— Unicórnios — disse. — O Touro Vermelho expulsou todos eles, menos você. Você é a última unicórnio. Veio até aqui para encontrar os outros e libertá-los. E assim será.

Devagar, o mar profundo e secreto voltou aos olhos de lady Amalteia, preenchendo-os até que se tornaram tão velhos, escuros, misteriosos e indescritíveis quanto o mar. Molly observou o que estava acontecendo e ficou com medo, mas segurou os ombros curvados com ainda mais força, como se suas mãos pudessem atrair o desespero como um para-raios. E enquanto o fazia, um som estremeceu o chão da copa, um que ela já ouvira antes: um som como o de grandes dentes, dentes molares, rangendo. O Touro Vermelho estava se revirando enquanto dormia. *Será que ele sonha?*, pensou Molly.

— Devo ir até ele — anunciou lady Amalteia. — Não há outra maneira nem tempo a perder. Nesta forma ou na minha, devo enfrentá-lo de novo, mesmo que todo o meu povo esteja morto e não haja nada a ser salvo. Preciso ir até ele antes que eu esqueça para sempre, mas não conheço o caminho e estou sozinha.

O gatinho balançou o rabo e fez um som estranho que não era nem um miado nem um ronronar.

— Eu vou com você — declarou Molly. — Eu também não sei o caminho até o Touro, mas deve haver um. Schmendrick irá também. Ele abrirá o caminho para nós se não conseguirmos encontrá-lo.

— Não espero nenhuma ajuda do mágico — respondeu lady Amalteia com desdém. — Eu o vejo todos os dias fazendo papel de bobo da corte para o rei Bravio, divertindo-o com seus fracassos, cometendo erros até mesmo nos truques mais triviais. Ele diz que é tudo o que é capaz de fazer até que seu poder fale dentro dele de novo. Mas ele nunca falará. Schmendrick não é mais um mágico, mas sim o bufão do rei.

De repente, a expressão de Molly ficou magoada, e ela se virou para inspecionar a sopa de novo. Respondendo mesmo com a garganta áspera, ela disse:

— Ele está fazendo isso por você. Enquanto você fica pensativa, deprimida e vira outra pessoa, ele brinca e faz piadas para Bravio, distraindo-o para que você tenha tempo de encontrar seu povo, se é que poderão ser encontrados. Mas não vai demorar muito para que o rei se canse dele, como se cansa de todas as coisas, e o jogue em suas masmorras, ou em algum lugar mais escuro. Não é certo zombar dele. — Sua voz era um murmúrio fino e triste de criança quando disse: — Mas isso nunca vai acontecer com você. Todo mundo ama você.

Elas tiveram um momento para olhar uma para a outra, as duas mulheres: uma, bela e estrangeira no cômodo frio e baixo; a outra, parecendo bastante à vontade naquele ambiente — um besourinho raivoso com sua própria beleza de cozinha. Então, elas ouviram botas rascando, armaduras estalando e vozes impetuosas de velhos. Os quatro soldados do rei Bravio chegaram em tropa à copa.

Eles tinham todos pelo menos setenta anos de idade, magros e mancos, frágeis como neve encrustada, mas todos vestidos da cabeça aos pés com a cota de malha barata do rei Bravio e portando suas armas tortas. Entraram saudando Molly Pavor com alegria e perguntando o que ela havia feito para o jantar, mas ao ver lady Amalteia todos os quatro ficaram muito quietos e fizeram grandes reverências que os deixaram ofegantes.

— Milady — disse o mais velho dos homens —, seus servos às ordens. Somos homens gastos, homens esgotados… mas se quiser ver milagres, só precisa pedir o impossível para nós. Ficaremos jovens de novo se desejar.

Os três camaradas murmuraram em concordância.

Mas lady Amalteia sussurrou em resposta:

— Não, não, vocês nunca mais serão jovens. — Então, ela fugiu deles, com o cabelo selvagem e ofuscante escondendo seu rosto, e o vestido de cetim farfalhando.

— Como ela é sábia! — declarou o soldado mais velho. — Ela entende que nem mesmo sua beleza consegue lutar contra o tempo. É uma sabedoria rara e triste para alguém tão jovem. Essa sopa está com um cheiro delicioso, Molly.

— O cheiro é saboroso demais para este lugar — resmungou um segundo homem enquanto todos se sentavam ao redor da mesa. — Bravio odeia boa comida. Ele diz que nenhuma refeição é boa o suficiente para justificar todo o dinheiro e esforço desperdiçados em prepará-la. "É uma ilusão", diz ele, "e uma despesa. Viva como eu, sem ser enganado. Brraaaaaá!" — Ele deu de ombros e fez uma careta, e os outros gargalharam.

— Viver como Bravio — disse outro soldado enquanto Molly colocava a sopa fumegante em sua tigela. — Esse será meu destino no próximo mundo se eu não me comportar neste.

— Por que continuam a serviço dele, então? — questionou Molly. Ela sentou-se com os soldados e apoiou o queixo nas mãos. — Ele não lhes paga salário algum e ainda ousa alimentar vocês tão pouco quanto possível. Manda vocês no pior clima para roubar para ele em Bravília, pois ele não gasta um centavo da riqueza em seu caixa-forte. Ele proíbe tudo, de luzes a alaúdes, de fogueiras a feiras, de cantos a pecados, de livros a cerveja, e conversas sobre a primavera a jogos que se fazem com pedaços de barbante. Por que não abandoná-lo? O que no mundo mantém vocês aqui?

Os quatro velhos olharam nervosamente uns para os outros, tossindo e suspirando. O primeiro disse:

— É a nossa idade. Para onde mais poderíamos ir? Estamos velhos demais para vagar pelas estradas procurando trabalho e abrigo.

— É a nossa idade — continuou o segundo soldado. — Quando a gente envelhece, qualquer coisa que não nos perturbe é um conforto. O frio, a escuridão e o tédio há muito perderam suas arestas para nós, mas o calor, o cantar, a primavera... não, tudo isso seria uma perturbação. Há coisas piores do que viver como Bravio.

— Bravio é mais velho que nós — acrescentou o terceiro homem. — Com o tempo, o príncipe Lír será rei deste território, e eu não vou embora deste mundo até que esse dia chegue. Sempre gostei do rapazinho, desde que ele era pequeno.

Molly percebeu que não estava com fome. Ela olhou ao redor para o rosto dos velhos e escutou os sons que seus lábios enrugados e gargantas encolhidas faziam enquanto tomavam sua sopa; e, de repente, ficou feliz que o rei Bravio sempre fizesse suas refeições sozinho. Era inevitável para Molly passar a cuidar de qualquer um que ela alimentasse.

Ela perguntou aos homens com cautela:

— Vocês já ouviram uma história de que o príncipe Lír não é sobrinho adotivo de Bravio?

Os soldados não demonstraram nenhuma surpresa com a pergunta.

— Sim — respondeu o mais velho —, nós conhecemos essa história. Talvez seja verdade, pois o príncipe certamente não tem nenhuma semelhança com o rei. Mas e daí? É melhor um estranho roubado governar a terra do que um verdadeiro filho do rei Bravio.

— Mas se o príncipe foi roubado de Bravília — disparou Molly —, então ele é o homem que fará com que a maldição deste castelo se torne realidade! — E ela repetiu a rima que Drinn havia recitado na estalagem em Bravília:

Apenas um de Bravília, mais ninguém
Poderá mandar o castelo ao além.

Mas os velhos balançaram a cabeça, sorrindo com dentes tão cariados quanto seus capacetes e corseletes estavam enferrujados.

— Não o príncipe Lír — disse o terceiro homem. — O príncipe pode matar mil dragões, mas não destruirá castelos nem derrubará reis. Não é de sua natureza. Ele é um filho obediente que busca... infelizmente... apenas ser digno do homem que chama de pai. Não o príncipe Lír. A rima deve estar falando de alguma outra coisa.

— E mesmo que o príncipe Lír fosse o escolhido — acrescentou o segundo homem —, mesmo que a maldição o tivesse marcado como seu mensageiro, ainda assim ele falharia. Pois o Touro Vermelho se encontra entre o rei Bravio e qualquer desgraça.

Um silêncio tomou conta da sala e ali permaneceu, obscurecendo todos os rostos com sua sombra selvagem e resfriando a boa sopa quente com seu hálito. O gatinho outonal parou de ronronar no colo de Molly, e o tênue fogo da cozinha se apagou. As paredes frias da copa pareceram ficar mais próximas umas das outras.

O quarto soldado, que não havia falado nada antes, bradou através da escuridão para Molly Pavor:

— Essa é a verdadeira razão por que continuamos a serviço de Bravio. Ele não quer que a gente vá embora, e o que o rei Bravio deseja ou não deseja é a única preocupação do Touro Vermelho. Somos servos de Bravio, mas somos prisioneiros do Touro Vermelho.

A mão de Molly estava firme enquanto ela acariciava o gato, mas sua voz estava embargada e rouca quando falou:

— O que é o Touro Vermelho para o rei Bravio?

— Não sabemos — respondeu o soldado mais velho. — O Touro sempre esteve aqui. Ele serve a Bravio como seu exército e seu baluarte, é sua força e a fonte da própria força, e deve ser seu único companheiro também, pois tenho certeza de que ele desce ao covil do Touro cedo, por alguma escada secreta. Mas se ele obedece a Bravio por escolha ou compulsão, e se o Touro ou o rei é o mestre… isso nunca soubemos.

O quarto homem, que era o mais novo, inclinou-se para Molly Pavor, seus olhos claros e úmidos de repente ficaram ansiosos.

— O Touro Vermelho é um demônio — comentou ele —, e o pagamento por servir a Bravio um dia será o próprio Bravio.

Outro homem interrompeu-o, insistindo que a evidência mais clara mostrava que o Touro era o escravo encantado do rei Bravio, e que continuaria assim até que quebrasse o feitiço que o prendia e destruísse seu antigo senhor. Eles começaram a gritar e a derramar a sopa.

Porém, Molly perguntou, não em voz alta, mas de um jeito que fez todos ficarem quietos:

— Vocês sabem o que é um unicórnio? Já viram um?

De tudo o que estava vivo no pequeno cômodo, apenas o gato e o silêncio pareciam olhar para ela com alguma compreensão. Os quatro homens piscaram, arrotaram e esfregaram os olhos. Profundo e inquieto, o Touro adormecido se mexeu de novo.

Terminada a refeição, os soldados saudaram Molly Pavor e deixaram a copa, dois para suas camas, dois para continuar a vigília noturna na chuva. O mais velho dos homens esperou até que os outros fossem embora antes de sussurrar para Molly:

— Tenha cuidado com lady Amalteia. Quando ela chegou aqui, sua beleza era tanta que até mesmo este castelo amaldiçoado também se tornou bonito... como a lua, que é apenas uma pedra brilhante. Mas ela está aqui faz tempo até demais. Agora está tão bonita como sempre, mas os cômodos e telhados que a contêm estão de alguma forma mais malvados por sua presença.

Ele deu um longo suspiro, que se transformou em um gemido.

— Estou familiarizado com esse tipo de beleza — comentou ele —, mas nunca tinha visto esse outro tipo antes. Tenha cuidado com ela. Ela deveria ir embora daqui.

Sozinha, Molly enfiou o rosto no pelo desgranhado do gatinho. O fogo da cozinha tremulava baixo, mas ela não se levantou para alimentá-lo. Criaturas pequenas e rápidas corriam pelo cômodo, fazendo um som parecido com a voz do rei Bravio, e a chuva batia contra as paredes do castelo, soando como o Touro Vermelho. Então, como se fosse uma resposta, ela ouviu o Touro. O rugido dele quebrou as pedras embaixo dos pés dela, e Molly se agarrou desesperadamente à mesa para impedir que ela e o gato caíssem em cima da criatura. Ela berrou, e o gato disse:

— O Touro está saindo. Ele sai todo pôr do sol para caçar o estranho animal branco que escapou dele. Você sabe disso perfeitamente bem. Não seja boba.

O rugido faminto veio de novo, mais distante. Molly prendeu a respiração e olhou para o gatinho. Ela não ficou tão surpresa quanto outra pessoa poderia ter ficado; ultimamente, era mais difícil surpreendê-la do que a maioria das mulheres.

— Você sempre soube falar? — perguntou ela ao gato. — Ou foi a visão de lady Amalteia que lhe fez falar?

O gato lambeu a pata dianteira, pensativo.

— Foi a visão dela que me fez sentir vontade de conversar — respondeu por fim —, e vamos deixar por isso mesmo. Então, aquilo é uma unicórnio. Ela é muito bonita.

— Como sabe que ela é um unicórnio? — questionou Molly. — E por que você teve medo de deixá-la tocar em você? Eu vi. Você estava com medo dela.

— Duvido que terei vontade de falar por muito tempo — respondeu o gato sem rancor. — Eu não perderia tempo com tolices se fosse você. Quanto à sua primeira pergunta, nenhum gato recém-nascido pode ser enganado pelas aparências. Ao contrário dos seres humanos, que gostam delas. Quanto à sua segunda pergunta…

Aqui ele hesitou e, de repente, ficou muito interessado em se limpar; ele não falou até terminar de se lamber e ficar macio e, em seguida, se lamber de novo. Mesmo nesse momento, ele não olhou para Molly, mas examinou suas garras.

— Se ela tivesse me tocado — prosseguiu ele em voz baixa —, eu seria dela e não mais de mim mesmo, nunca mais. Eu quis que ela me tocasse, mas não consegui deixar. Nenhum gato permitirá. Deixamos que os seres humanos nos acariciem porque é agradável e os acalma… mas ela não. O preço é maior do que um gato pode pagar.

Então, Molly o pegou no colo, e ele ronronou em seu pescoço por tanto tempo que ela começou a temer que seu momento de fala tivesse passado. Mas depois o gato disse:

— Você tem muito pouco tempo. Em breve, ela não se lembrará mais de quem é, nem por que veio a este lugar, e o Touro Vermelho não rugirá mais à noite por ela. Pode ser que ela se case com o bom príncipe, que a ama.

O gato empurrou a cabeça com força na mão de Molly, que de repente parou.

— Faça isso! — ordenou ele. — O príncipe é muito corajoso, por amar uma unicórnio. Um gato consegue valorizar esse absurdo valente.

— Não — disse Molly Pavor. — Não, não pode ser. Ela é a última.

— Bem, então ela deve fazer o que veio fazer — retrucou o gato. — Precisa seguir o caminho do rei até o Touro.

Molly segurou-o com tanta força que ele deu um guincho de protesto igual ao de um rato.

— Você conhece o caminho? — perguntou ela de um jeito tão ansioso quanto o príncipe Lír havia exigido dela. — Mostre-me o caminho, diga-me para onde devemos ir. — Ela colocou o gato sobre a mesa e tirou suas mãos dele.

O animal não respondeu por um bom tempo, mas os olhos dele ficaram cada vez mais brilhantes: o dourado cintilava e cobria o verde. Sua orelha torta se contraiu, e a ponta preta da cauda também, e nada mais.

— Quando o vinho se bebe sozinho — disse —, quando a caveira fala, quando o relógio bate a hora certa… somente aí você encontrará o túnel que leva ao covil do Touro Vermelho. — Ele enfiou as patas embaixo do peito e acrescentou: — Há um truque para tanto, é claro.

— Aposto que sim — concordou Molly de um jeito sério. — Há um crânio velho, horrível e quebradiço preso no alto de um pilar no grande salão, mas ele não tem nada a dizer faz algum tempo. O relógio que fica ali perto está louco e bate quando quer… meia-noite a cada hora, dezessete horas às quatro, ou talvez nem um som por uma semana. E o vinho… Ah, gato, não seria mais simples apenas me mostrar o túnel? Você sabe onde fica, não sabe?

— Claro que sei — respondeu o gato com um bocejo brilhante e curvo. — Claro, seria tão mais simples para mim mostrar para você. Pouparia um monte de tempo e problema.

Sua voz estava assumindo um tom arrastado e sonolento, e Molly percebeu que, assim como o próprio rei Bravio, ele estava perdendo o interesse. Rapidamente, ela perguntou:

— Então, me diga uma coisa: o que aconteceu com os unicórnios? Onde eles estão?

O gato bocejou de novo.

— Perto e longe, longe e perto — murmurou. — Eles estão à vista dos olhos de Sua Senhoria, mas quase fora do alcance de sua memória. Eles estão se aproximando e estão se afastando.

Ele fechou os olhos.

A respiração de Molly era como uma corda, arranhando sua garganta áspera.

— Carambolas, por que você não me ajuda? — gritou ela. — Por que sempre tem que falar em enigmas?

Um olho abriu-se devagar, verde e dourado como a luz do sol na floresta. O gato disse:

— Eu sou o que sou. Eu lhe diria o que você quer saber se pudesse, pois você foi gentil comigo. Mas eu sou um gato, e nenhum gato em lugar algum deu uma resposta direta a alguém.

Suas últimas palavras transformaram-se em um ronronar profundo e regular, e ele estava dormindo com um olho parcialmente aberto. Molly segurou-o no colo e o acariciou, e ele ronronou dormindo, mas não voltou a falar mais nada.

XI

O príncipe Lír voltou para casa três dias depois de ter partido para matar o ogro desejoso por donzelas, com o Grande Machado do duque Albano pendurado atrás de si e a cabeça do tal ogro batendo no arco da sela. Não ofereceu nenhum prêmio a lady Amalteia, nem correu para encontrá-la com o sangue do monstro ainda marrom em suas mãos. Ele havia decidido, como explicou a Molly Pavor na copa naquela noite, nunca mais incomodar lady Amalteia com suas atenções, mas viver tranquilamente pensando nela, servindo-a com ardor até sua morte solitária, mas sem buscar sua companhia, sua admiração ou seu amor.

— Serei tão anônimo quanto o ar que ela respira — declarou —, tão invisível quanto a força que a mantém na terra. — Pensando um pouco, ele acrescentou: — De vez em quando, posso escrever um poema para ela e colocá-lo por baixo da porta ou simplesmente deixá-lo em algum lugar para que ela o encontre. Mas nem vou assiná-lo.

— É muito nobre de sua parte — disse Molly. Ela se sentiu aliviada pelo príncipe estar desistindo de fazer a corte, ao mesmo tempo se divertindo e um tanto triste. — As garotas gostam mais de poemas do que de dragões mortos e espadas mágicas — explicou ela. — De qualquer forma, quando eu era menina, sempre gostei mais. A razão por que fugi com Simplão…

Mas o príncipe Lír a interrompeu, dizendo com firmeza:

— Não, não me dê esperanças. Preciso aprender a viver sem esperança, como meu pai faz, e talvez finalmente nos entendamos. — Ele enfiou a mão nos bolsos, e Molly ouviu o barulho de papel estalando. — Na verdade, já escrevi alguns poemas sobre isso… esperança e ela, e assim por diante. Você pode dar uma olhada neles se quiser.

— Eu gostaria muito — disse Molly. — Mas você não sairá mais para lutar com cavaleiros negros e para cavalgar através de anéis de fogo?

As palavras tinham a intenção de provocar, mas ela percebeu, ao falar, que ficaria um pouco triste se fosse assim, pois as aventuras dele o deixaram muito mais bonito e o fizeram perder muito peso, além de lhe dar um toque da fragrância almiscarada da morte que impregna todos os heróis. Mas o príncipe negou com a cabeça, parecendo quase envergonhado.

— Ah, acho que vou continuar treinando — murmurou. — Mas não seria só para me exibir ou para ela descobrir. Foi assim no começo, mas você adquire o hábito de resgatar pessoas, quebrar encantamentos, desafiar o duque perverso em um combate justo… É difícil desistir de ser herói quando a gente se acostuma. Você gosta do primeiro poema?

— Certamente tem muito sentimento — respondeu ela. — Você realmente consegue rimar "floresceu" e "feneceu"?

— Precisa dar uma polida ainda — admitiu o príncipe Lír. — "Milagre" é a palavra que me preocupa.

— Eu mesma pensei em "milhafre"…

— Não, é a grafia. É um erre e dois eles, ou ao contrário?

— Um erre, pelo menos, eu acho — respondeu Molly. — Schmendrick — pois o mágico tinha acabado de passar pela porta —, quantos erres tem em "milagre"?

— Dois — respondeu ele, exausto. — O mesmo que em "vinagre".

Molly serviu-lhe uma tigela de caldo, e ele sentou-se à mesa. Seus olhos estavam severos e turvos como jade, e uma das pálpebras estava tremendo.

— Não posso continuar com isso por muito mais tempo — disse ele bem devagar. — Não é esse lugar horrível e não é ter que ficar à espreita dele o tempo todo... estou ficando muito bom nisso... é a palhaçada miserável e barata que ele me obriga a fazer para ele, horas a fio... a noite toda ontem à noite. Eu não me importaria se ele pedisse a verdadeira magia ou mesmo uma simples conjuração, mas são sempre os anéis e os peixinhos dourados, as cartas, os cachecóis e o barbante, exatamente como era no Circo da Meia-Noite. Não consigo fazer isso. Não por muito mais tempo.

— Mas era para isso que ele queria você — protestou Molly. — Se ele quisesse magia real, teria mantido o velho mágico, aquele Mabruk. — Schmendrick levantou a cabeça e lhe lançou um olhar quase divertido. — Eu não quis dizer isso — disse ela. — Além do mais, é só por pouco tempo, só até encontrarmos o caminho até o Touro Vermelho que o gato me falou.

Ela baixou a voz para um sussurro quando disse essas últimas palavras, e os dois olharam rapidamente para o príncipe Lír, mas ele estava sentado em um banquinho no canto, evidentemente escrevendo outro poema.

— Gazela — murmurou ele, batendo a pena contra os lábios. — Donzela, cidadela, quirela, cautela, paralela...

Ele escolheu "canela" e rabiscou rapidamente.

— Nunca encontraremos o caminho — comentou Schmendrick com muita calma. — Mesmo que o gato tenha dito a verdade, o que duvido, Bravio garantirá que nunca tenhamos tempo para investigar o crânio e o relógio. Por que acha que ele dá cada vez mais trabalho para você todos os dias se não for para evitar que fique rondando e bisbilhotando o grande salão? Por que acha que ele continua me fazendo entretê-lo com meus truques de circo? Por que acha que ele me escolheu como seu mago, para começar? Molly, ele *sabe*, eu tenho certeza. Ele sabe o que ela é, embora ainda não acredite muito nisso... mas, quando acreditar, saberá o que fazer. Ele sabe. Às vezes, vejo isso no rosto dele.

— A elevação do desejo e o colapso da perda — disse o príncipe Lír. — A amargura do lesco-lesco-luz. Cruz, mastruz, avestruz. Carambolas.

Schmendrick recostou-se à mesa.

— Não podemos ficar aqui e esperar que ele ataque. A única esperança que temos é escapar à noite... pelo mar, talvez, se eu conseguir um barco em algum lugar. Os soldados olharão para o outro lado, e o portão...

— Mas os outros! — exclamou ela baixinho. — Como podemos ir embora, quando ela veio de tão longe para encontrar os outros unicórnios, e sabemos que eles estão aqui? — No entanto, uma parte dela, pequena, terna e traiçoeira, ficou subitamente ansiosa para ser convencida do fracasso da missão, e ela sabia disso, e ficou com raiva de Schmendrick por isso. — Bem, mas e a sua magia? — perguntou ela. — E a sua pequena busca pessoal? Você vai desistir disso também? Ela vai morrer na forma humana, e você vai viver para sempre? Então, seria melhor você entregá-la para o Touro.

O mágico ficou atônito, o rosto tão pálido e enrugado quanto os dedos de uma lavadeira.

— De um jeito ou de outro, não importa muito — disse ele, quase para si mesmo. — Ela não é mais uma unicórnio, mas uma mulher mortal... alguém por quem aquele tolo vai suspirar e sobre quem escreverá poemas. Talvez Bravio não a descubra, no fim das contas. Ela vai ser a filha dele, e ele nunca saberá. Que engraçado. — Ele deixou a sopa de lado sem experimentá-la e apoiou a cabeça nas mãos. — Eu não poderia transformá-la novamente em unicórnio se encontrássemos os outros — disse ele. — Não há mágica dentro de mim.

— Schmendrick — começou Molly, mas, naquele momento, ele se levantou de um salto e saiu correndo da copa, embora ela não tivesse ouvido o rei chamá-lo.

O príncipe Lír não ergueu os olhos em momento algum, mas continuou tamborilando métricas e experimentando rimas. Molly pendurou uma chaleira sobre o fogo para fazer o chá das sentinelas.

— Tenho tudo, menos o último dístico — disse Lír de pronto. — Quer ouvir o poema agora ou prefere esperar?

— Você é quem sabe — respondeu ela, então ele leu, mas ela não ouviu uma palavra sequer.

Felizmente, os soldados chegaram antes que ele terminasse a leitura, e Lír era tímido demais para pedir a opinião de Molly na presença deles. Quando os homens foram embora, o príncipe estava trabalhando em outra coisa, e já era muito tarde quando ele lhe desejou boa-noite. Molly estava sentada à mesa, segurando o gato multicor.

O novo poema deveria ser uma sextina, e a cabeça do príncipe Lír balançava alegremente enquanto ele fazia malabarismos com as palavras finais e subia as escadas para seu quarto. *Deixarei o primeiro em sua porta*, pensou ele, *e guardarei os outros para amanhã.* Ele estava debatendo sua decisão original de não assinar seu trabalho e brincando com pseudônimos como "O Cavaleiro das Sombras" e "*Le Chevalier Mal-Aimé*", quando virou em um corredor e encontrou-se com lady Amalteia. Ela estava caminhando rapidamente no escuro e, quando o viu, fez um som estranho como um balido e ficou parada, três passos antes dele.

Usava uma túnica que um dos homens do rei havia roubado para ela em Bravília. Seus cabelos estavam soltos e os pés estavam descalços, e vê-la na escada fez tanta tristeza atravessar os ossos do príncipe Lír que ele largou os poemas e suas pretensões, e realmente se virou para correr. Mas ele era um herói em todos os sentidos e se voltou corajosamente para encará-la, dizendo de maneira calma e cortês:

— Boa noite, milady.

Lady Amalteia olhou para ele através da escuridão, estendendo a mão, mas puxando-a de volta antes de tocá-lo.

— Quem é você? — questionou ela. — Você é Rukh?

— Eu sou Lír — respondeu ele, subitamente assustado. — Não me conhece?

Mas ela recuou, e pareceu ao príncipe que os passos dela eram tão fluidos quanto os de um animal e que ela até havia abaixado a cabeça como uma cabra ou um cervo. Ele repetiu:

— Eu sou Lír.

— A velha — disse lady Amalteia. — A lua saiu. Ah!

Ela estremeceu uma vez e, em seguida, seus olhos o reconheceram. Mas todo o seu corpo ainda estava arisco e vigilante, e ela não se aproximou mais dele.

— Você estava sonhando, milady — comentou ele, recuperando a fala cavalheiresca. — Gostaria de poder saber qual foi seu sonho.

— Já sonhei com isso antes — respondeu ela, devagar. — Eu estava numa jaula, e havia outros... animais em jaulas, e uma velha. Mas não vou incomodá-lo, príncipe milorde. Já sonhei com isso muitas vezes antes.

Ela o teria deixado naquele momento, mas Lír falou com ela com uma voz que apenas os heróis têm, já que muitos animais desenvolvem um certo chamado quando viram mães.

— Um sonho que retorna com tanta frequência é como um mensageiro que vem para avisar sobre o futuro ou para lembrar coisas esquecidas prematuramente. Conte-me mais, se quiser, e eu tentarei decifrar para você.

Então, ela estacou, olhando para ele com a cabeça um pouco inclinada, ainda com o ar de uma criatura magra e peluda espiando por entre os arbustos. Mas sua expressão mantinha aquele olhar humano da perda, como se ela tivesse perdido algo de que precisava ou de repente percebesse que nunca o teve. Se ele tivesse piscado, ela teria ido embora, mas ele não piscou e a manteve ali, como havia aprendido a segurar grifos e quimeras imóveis com seu olhar firme. Os pés descalços dela feriam-no ainda mais profundamente que qualquer presa ou garra, mas ele era um verdadeiro herói.

Lady Amalteia explicou:

— No sonho, há carroças pretas e gradeadas, e animais que são e não são, e um ser alado que ressoa como metal ao luar. O homem alto tem olhos verdes e mãos ensanguentadas.

— O homem alto deve ser seu tio, o mágico — ponderou o príncipe Lír. — Essa parte está bem clara, de qualquer forma, e as mãos ensanguentadas não me surpreendem. Nunca me importei muito com a aparência dele, se me perdoa por dizê-lo. E acabou o sonho?

— Não consigo dizer se acabou — respondeu ela. — Ele nunca acaba. — O medo voltou aos olhos dela como uma grande pedra caindo em uma piscina: tudo estava nublado e rodopiando, e sombras rápidas se espalhavam por toda parte. Ela continuou: — Estou fugindo de um bom lugar onde eu estava segura, e a noite está queimando ao meu redor. Mas também é dia, e estou caminhando embaixo das faias na chuva morna e ácida, e há borboletas, e um som de mel, e estradas salpicadas, e cidades como espinhas de peixe, e a coisa voadora está matando a velha. Estou correndo, correndo em direção ao fogo congelante, não importa o quanto eu me vire, e minhas pernas são as pernas de um animal…

— Lady — interrompeu o príncipe Lír —, milady, com sua licença, já basta. — O sonho dela estava tomando forma entre eles, e, de repente, ele não queria mais saber o que aquilo significava. — Chega.

— Mas eu preciso continuar — disse lady Amalteia —, pois ele não acaba nunca. Mesmo quando acordo, não consigo distinguir o que é real e o que estou sonhando enquanto me movo, falo e janto. Lembro-me do que não pode ter acontecido e esqueço algo que está acontecendo comigo agora. As pessoas olham para mim como se eu as conhecesse, e eu as conheço no sonho, e o fogo sempre se aproxima, embora eu esteja acordada…

— Chega — repetiu ele em desespero. — Uma bruxa construiu este castelo, e falar de pesadelos aqui muitas vezes os torna realidade.

Não foi o sonho dela que lhe causou arrepios, mas o fato de ela não ter chorado ao contá-lo. Como herói, ele entendia mulheres que choravam e sabia como fazê-las parar de chorar, em geral matando alguma coisa, mas o terror calmo dela o confundia e o desguarnecia, enquanto o formato do rosto dela destruía a dignidade distante que ficava tão satisfeito em manter. Quando ele voltou a falar, sua voz era jovem e trêmula.

— Eu a cortejaria com mais graça se eu soubesse como. Meus dragões e meus feitos de armas cansam você, mas são tudo o que tenho a oferecer. Não estou sendo herói faz muito tempo e, antes de ser herói, eu não era nada, nada além do filho fraco e sem graça do meu pai. Talvez eu esteja apenas um pouco embotado de um jeito diferente agora, mas estou aqui, e é errado da sua parte desperdiçar minhas utilidades. Gostaria que quisesse algo de mim. Não precisaria ser um ato de coragem... apenas alguma coisa útil.

Então, lady Amalteia sorriu para ele pela primeira vez desde que viera se hospedar no castelo do rei Bravio. Era um sorriso breve, como a lua nova, uma curva fina de brilho na orla do invisível, mas o príncipe Lír se inclinou em direção a ele para se aquecer. Teria segurado o sorriso dela com as mãos e respirado com mais intensidade se ousasse fazê-lo.

— Cante para mim — pediu ela. — Seria valente levantar a voz neste lugar escuro e solitário, e também será útil. Cante para mim, cante alto... afogue meus sonhos, me impeça de lembrar o que quer que eu lembre. Cante para mim, príncipe milorde, se lhe agradar. Talvez não pareça uma tarefa de herói, mas eu ficaria feliz com ela.

Então, o príncipe Lír cantou com vigor, ali, na escadaria fria, e muitas criaturas úmidas e invisíveis se debateram e correram para se proteger diante da alegria diurna de sua voz. Ele cantou as primeiras palavras que lhe vieram à mente, e foram estas:

Quando eu era jovem e muito bem considerado
Eu não podia pedir nada que pelas moças era negado.
Mordiscava seus corações como a carne de lichia,
E eu nunca falei de amor, mas sabia que mentia.

E falava comigo mesmo, "Ah, nenhuma delas vê
O segredo que eu guardo, saboreio e seguro.
Espero por aquela que verá através desse muro,
E saberei quando amar pelo meu jeito de ser".

Os anos passaram como as nuvens lá no céu;
As moças passaram como a neve na brisa.
Eu encantei e enganei, ludibriei e dissimulei,
E pequei, e pequei, e pequei, e pequei.

Mas falava comigo mesmo: "Ah, nenhuma delas vê
Que há uma parte tão pura quanto o hidromel
Milady se atrasa, mas saberá que fui sempre fiel,
E saberei quando amar pelo meu jeito de ser".

Por fim, apareceu uma lady, sabida e terna,
Dizendo: "Você não é tudo o que pensam que é."
Eu a traí antes que ela acabasse de falar,
E ela engoliu veneno frio e pulou no mar.

E digo a mim mesmo, quando há palavra a dizer,
Quando por graça fico mais libertino e cálido,
"O amor pode ser forte, mais forte é o hábito,
E saberei quando amar pelo meu jeito de ser".

Lady Amalteia riu quando ele terminou, e aquele som pareceu fazer a escuridão tão, tão antiga do castelo sibilar para os dois.

— Foi útil — disse. — Obrigada, milorde.

— Nem sei por que eu cantei essa — comentou o príncipe Lír, atabalhoado. — Um dos homens do meu pai costumava cantar para mim. Não acredito nela de verdade. Acredito que o amor é mais forte que hábitos ou circunstâncias. Acho que é possível guardar-se para alguém por muito tempo e ainda lembrar por que estava esperando quando ela finalmente chega.

Lady Amalteia sorriu de novo, mas não respondeu, e o príncipe deu um único passo em sua direção. Maravilhado com sua ousadia, ele disse baixinho:

— Eu entraria em seu sono se pudesse e o guardaria lá, e mataria a coisa que persegue você como faria se ela tivesse a coragem de me enfrentar em plena luz do dia. Mas não posso entrar a menos que você sonhe comigo.

Antes que ela pudesse falar, se é que pretendia, eles ouviram passos abaixo deles na escada em caracol, e a voz velada do rei Bravio dizendo:

— Eu o ouvi cantando. O que ele queria com essa cantoria?

Então, Schmendrick, o mago real, com sua voz mansa e apressada:

— Majestade, era apenas uma canção heroica, uma *chanson de geste*, como a que ele costuma cantar quando cavalga para a glória ou traz a boa fama para casa. Fique tranquilo, Vossa Majestade...

— Ele nunca canta aqui — interrompeu o rei. — Tenho certeza de que ele canta o tempo todo sobre suas andanças tolas, porque é isso que os heróis fazem. Mas ele estava cantando aqui, e não sobre batalha e bravura, mas sobre amor. Onde ela está? Eu sabia que ele estava cantando sobre o amor antes mesmo de ouvi-lo, pois até as pedras tremeram como quando o Touro se movimenta na terra. Onde ela está?

O príncipe e lady Amalteia entreolharam-se na escuridão e, naquele momento, estavam lado a lado, embora nenhum dos dois se movesse. Com isso, veio o medo do rei, pois o que quer que tivesse nascido entre eles poderia ser algo que Bravio queria. Um patamar acima deles dava para um corredor; eles se viraram e correram juntos, embora não conseguissem enxergar além das respirações. Os pés dela eram tão silenciosos quanto a promessa que havia feito a ele, mas as botas pesadas dele soavam exatamente como botas no chão de pedra. O rei Bravio não os perseguiu, mas sua voz ecoou pelo corredor atrás deles, sussurrando sob as palavras do mago:

— Ratos, milorde, sem a menor dúvida. Felizmente, possuo um feitiço singular...

— Deixe que corram — disse o rei. — Me convém que eles concorram.

Quando pararam de correr, onde quer que tenham parado, eles se entreolharam de novo.

Então, o inverno uivou e avançou, não em direção a uma primavera, mas em direção ao breve e devorador verão do país do rei Bravio. A vida no castelo prosseguia no silêncio que preenche um lugar onde ninguém espera nada. Molly Pavor cozinhava e lavava, esfregava as pedras, consertava armaduras e afiava espadas, cortava madeira, moía farinha, escovava cavalos e limpava as baias, derretia ouro e prata roubados para os cofres do rei e fazia tijolos sem palha. E à noite, antes de ir para a cama, costumava ler os novos poemas do príncipe Lír para lady Amalteia, elogiá-los e corrigir sua ortografia.

Schmendrick ludibriava, fazia malabarismos e dissimulava como o rei lhe ordenara, odiando tudo isso e sabendo que Bravio sabia que ele odiava e se comprazia com o ódio. Ele nunca mais sugeriu a Molly que escapassem do castelo antes que Bravio tivesse certeza da verdade sobre lady Amalteia, mas não tentou mais descobrir o caminho secreto para o Touro Vermelho, mesmo quando lhe foi concedido tempo para gastar consigo mesmo. Parecia ter se rendido, não ao rei, mas a um inimigo muito mais antigo e cruel que finalmente o alcançou, naquele inverno, naquele lugar.

Lady Amalteia ficava cada dia mais bela ao passo que os dias ficavam cada vez mais sombrios. Os velhos soldados, descendo encharcados e tremendo de tanto andar em seus postos embaixo de chuva, ou de tanto roubar coisas para o rei, abriam a porta tão silenciosamente quanto flores quando a encontravam nas escadas ou nos corredores. Ela sorria para eles e falava com gentileza, mas, quando passava, o castelo parecia sempre mais escuro do que nunca, e o vento lá fora sacudia o céu espesso como um lençol num varal. Pois sua beleza era humana e condenada, e não havia conforto nela para os velhos. Só conseguiam apertar mais ainda suas capas encharcadas junto ao corpo e mancar até a pequena fogueira da copa.

Mas lady Amalteia e o príncipe Lír caminhavam, falavam e cantavam juntos com tanta alegria, como se o castelo do rei Bravio tivesse se tornado uma floresta verde, selvagem e sombreada com a primavera. Escalavam as torres tortas como colinas, faziam piqueniques em prados de pedra sob um céu pétreo e subiam e desciam escadas que se suavizaram e se transformaram em riachos. Ele contou a ela tudo o que sabia e o que pensava sobre tudo isso, e com alegria inventou uma vida e opiniões para ela, o que ela o ajudou a fazer ao ouvi-lo. Ela também não o estava enganando, pois realmente não se lembrava de nada antes do castelo e dele. Começava e terminava com o príncipe Lír — exceto pelos sonhos, e logo estes desapareciam, como ele havia dito que fariam.

Raramente ouviam o rugido de caça do Touro Vermelho à noite, mas quando o som ansioso chegava aos ouvidos dela, lady Amalteia ficava assustada, e os muros e o inverno cresciam ao redor deles de novo, como se a primavera fosse toda obra dela, um presente de júbilo para o príncipe. Ele a teria abraçado em tais momentos, mas sabia havia tempo que lady Amalteia tinha medo de ser tocada.

Certa tarde, ela estava na torre mais alta do castelo, observando o retorno do príncipe Lír de uma expedição contra o cunhado do ogro que ele havia matado, pois ele ainda fazia viagens ocasionais, como havia dito a Molly que faria. O céu estava nublado sobre o vale de Bravília, da cor de sabão sujo, mas não estava chovendo. Bem abaixo, o mar deslizava em direção ao horizonte esfumaçado em faixas duras de prata, verde e marrom como um kelpy, aquele monstro aquático. Os pássaros feios estavam inquietos: voavam com frequência, dois ou três juntos, circulavam rapidamente sobre a água e, em seguida, voltavam para se pavonear na areia, rindo e inclinando a cabeça para o castelo do rei Bravio no penhasco.

— Eu-te-disse, eu-te-disse!

A maré estava baixa e prestes a virar.

Lady Amalteia começou a cantar, e sua voz se equilibrou e pairou no ar frio como outro tipo de pássaro.

Sou a filha de um rei.
E por dentro eu envelheço
O prisioneiro da minha pessoa
Grilhões na minha pele, pereço
E eu fugiria para sempre
E de porta em porta mendigaria...

Ela não se lembrava de ter ouvido a música antes, mas as palavras a beliscavam e a puxavam como crianças, tentando arrastá-la de volta para algum lugar que queriam ver de novo. Ela sacudiu os ombros para se afastar delas.

— Mas não sou velha — disse ela para si mesma — e não sou prisioneira. Sou lady Amalteia, amada de Lír, que entrou em meus sonhos para que eu não duvidasse de mim mesma, nem mesmo enquanto durmo. Onde eu poderia ter aprendido uma canção de tristeza? Sou lady Amalteia e conheço apenas as canções que o príncipe Lír me ensinou.

Ela levantou a mão para tocar a marca em sua testa. O mar rodopiava, calmo como o zodíaco, e os pássaros feios gritavam. Ela ficou um pouco incomodada porque a marca não desaparecia.

— Vossa Majestade — falou, embora não tivesse saído nenhum som.

Ela ouviu uma risada farfalhante atrás de si e se virou para encontrar o rei. Ele usava uma capa cinza sobre a cota de malha, mas a cabeça estava descoberta. As linhas pretas em seu rosto mostravam onde as unhas da idade haviam riscado a pele dura, mas ele parecia mais forte que o filho, e mais selvagem.

— Você é rápida pelo que é — disse ele —, mas lenta, eu acho, para o que costumava ser. Dizem que o amor deixa os homens rápidos e as mulheres lentas. Finalmente, vou alcançá-la se você amar mais ainda.

Sem responder, lady Amalteia sorriu para ele. Nunca sabia o que dizer ao velho de olhos claros que ela raramente via, exceto como um movimento à beira da solidão que ela compartilhava com o príncipe Lír. Então, uma armadura brilhou nas profundezas do vale, e Amalteia ouviu o som de um cavalo cansado tropeçando nas pedras.

— Seu filho está voltando para casa — comentou ela. — Vamos observá-lo juntos.

O rei Bravio aproximou-se devagar para ficar ao lado dela no parapeito, mas não deu mais que uma olhada para a pequena silhueta brilhante que retornava.

— Não, que preocupação você ou eu temos com Lír, diga a verdade? — perguntou ele. — Ele não é nada meu, nem por nascimento nem por pertencimento. Peguei-o onde outra pessoa o havia deixado, pensando que eu nunca tinha sido feliz e nunca tinha tido um filho. No começo foi bem agradável, mas essa sensação morreu rapidamente. Todas as coisas morrem quando eu as pego. Não sei por que morrem, mas sempre foi assim, exceto por um bem querido que não ficou frio e sem graça enquanto eu o guardava... a única coisa que sempre me pertenceu. — Seu rosto sombrio deu o salto repentino e ansioso de uma armadilha acionada. — E Lír não a ajudará em nada a encontrá-lo — confirmou ele. — Ele nunca sequer soube o que é.

Sem aviso, o castelo inteiro cantou como uma corda dedilhada enquanto a fera adormecida em suas raízes se mexia com seu peso terrível. Lady Amalteia recuperou o equilíbrio facilmente, já que estava acostumada, e disse baixinho:

— O Touro Vermelho. Mas por que você acha que vim para roubar o Touro? Não tenho nenhum reino para manter e nenhum desejo de conquista. O que eu faria com ele? Quanto ele come?

— Não zombe de mim! — respondeu o rei. — O Touro Vermelho não é mais meu do que o garoto, e ele não come e não pode ser roubado. Ele serve a qualquer um que não tenha medo... e eu não tenho mais medo com o que me resta. — No entanto, lady Amalteia enxergou pressentimentos deslizando diante do rosto longo e cinzento, escondendo-se nas sombras das sobrancelhas e dos ossos. — Não zombe de mim — repetiu ele. — Por que vai fingir que esqueceu sua missão e que eu devo lembrá-la? Sei o que você veio buscar, e você sabe muito bem que está em minha posse. Pegue, então, pegue se puder... mas não ouse se render agora!

As rugas pretas estavam todas afiadas, como facas.

O príncipe Lír cantava enquanto cavalgava, embora lady Amalteia ainda não conseguisse ouvir as palavras. Ela disse com tranquilidade ao rei:

— Milorde, em todo o seu castelo, em todo o seu reino, em todos os reinos que o Touro Vermelho lhe trouxer, há apenas uma coisa que desejo... e o senhor acabou de me dizer que ele não é seu para dar ou manter. Seja lá o que preza que não seja ele, desejo que realmente tenha alegria com isso. Bom dia, Vossa Majestade.

Ela moveu-se em direção à escadaria da torre, mas Bravio se pôs no caminho, e Amalteia parou, encarando-o com olhos tão escuros quanto pegadas de cascos na neve. O rei cinza abriu um sorriso, e uma estranha gentileza por ele a fez regelar por um instante, porque, de repente, ela imaginou que de alguma forma eles eram parecidos. Então, Bravio disse:

— Eu conheço você. Quase reconheci você assim que a vi na estrada, chegando à minha porta com sua cozinheira e seu palhaço. Desde então, não há nenhum movimento seu que não a tenha traído. Um passo, um olhar, uma virada de cabeça, o movimento da garganta enquanto respira, até mesmo seu jeito de ficar perfeitamente imóvel. Tudo isso revelou quem você é. Você me fez questionar por um tempo e, do meu jeito, fico grato. Mas seu tempo acabou.

Ele olhou para trás na direção do mar e, de repente, pisou no parapeito com a graça impensada de um jovem.

— A maré está mudando — disse. — Venha cá e veja. Venha cá. — Ele falava bem baixinho, mas sua voz, de repente, continha o grito dos pássaros feios na praia. — Venha cá — repetiu com ferocidade. — Venha cá, não vou tocar em você.

O príncipe Lír cantava:

Te amarei enquanto eu puder,
Não importa quanto tempo isso possa levar...

A cabeça horrível em sua sela harmonizava em uma espécie de falsete baixo. Lady Amalteia foi até o rei.

As ondas estavam avançando sob o céu espesso e rodopiante, crescendo tão lentamente quanto as árvores à medida que se projetavam pelo mar. Elas se encolhiam conforme se aproximavam da costa, arqueando as costas cada vez mais alto, e, em seguida, saltavam para a praia com tanta fúria quanto animais presos dando o bote em uma parede e caindo para trás com um rosnado soluçante para saltar repetidamente, com as garras endurecidas e quebradiças, enquanto os pássaros feios gritavam com tristeza. As ondas eram cinza e verdes como pombos até quebrarem, e, em seguida, ficavam da cor dos cabelos que caíam sobre seus olhos.

— Lá — disse uma voz estranha e aguda perto dela. — Lá estão eles. — O rei Bravio estava sorrindo para ela e apontando para a água branca. — Lá estão eles — repetiu ele, rindo como uma criança assustada —, lá estão eles. Diga que não são seu povo, diga que você não veio aqui procurá-los. Diga agora que ficou o inverno todo no meu castelo por amor.

Ele não conseguiu esperar pela resposta dela, por isso se virou para olhar as ondas. Seu rosto mudou de um jeito inacreditável: alegria colorindo a pele sombria, arredondando as maçãs do rosto e afrouxando a boca de corda de arco.

— Eles são meus — disse baixinho —, pertencem a mim. O Touro Vermelho juntou-os para mim, um de cada vez, e eu pedi que ele conduzisse cada um deles para dentro do mar. Que lugar melhor poderia haver para manter unicórnios, e que outra jaula poderia contê-los? Pois o Touro os vigia, acordado ou dormindo, e intimidou seus corações há muito tempo. Agora, eles vivem no mar, e cada maré ainda os leva a um passo mais perto da terra, mas eles não ousam dar esse passo, não ousam sair da água. Eles têm medo do Touro Vermelho.

Perto dali, o príncipe Lír cantava:

Outros podem oferecer mais do que podem dar,
Tudo o que tiverem enquanto viverem lá...

Lady Amalteia pegou no parapeito e desejou que o príncipe fosse até ela, pois agora sabia que o rei Bravio havia enlouquecido. Abaixo deles ficava a praia de areia fina e amarelada, as pedras, a maré alta e nada mais.

— Gosto de observá-los. Eles me enchem de alegria. — A voz infantil estava quase cantando. — Tenho certeza de que é alegria. Da primeira vez que senti, eu pensei que morreria. Havia dois deles nas sombras da manhãzinha. Um estava bebendo água de um riacho, e o outro estava com a cabeça apoiada nas costas dele. Eu pensei que morreria. Disse ao Touro Vermelho: "Eu preciso disso. Preciso ter todos eles, todos que existem, porque minha necessidade é muito grande." Então, o Touro os pegou, um por um. Para o Touro, era tudo a mesma coisa. Teria sido a mesma coisa se eu tivesse pedido percevejos ou crocodilos. Ele só consegue diferenciar o que eu quero do que não quero.

O rei esqueceu-se dela por um momento enquanto se inclinava sobre o muro baixo, e, naquele momento, Amalteia poderia ter fugido da torre, mas ela continuou onde estava, pois um velho pesadelo estava despertando ao seu redor, embora fosse dia. A maré estilhaçava-se nas rochas e voltava a se juntar, e o príncipe Lír cavalgava cantando:

Mas te amarei enquanto eu puder,
E nunca perguntarei se você me ama.

— Acho que eu era jovem quando os vi pela primeira vez — continuou o rei Bravio. — Agora devo estar velho... pelo menos acumulei muito mais coisas do que tinha naquela época e voltei a deixá-las para trás. Mas eu sempre soube que nada valia o investimento do meu coração, porque nada dura, e eu estava certo, e por isso sempre fui velho. No entanto, cada vez que vejo meus unicórnios, é como naquela manhã na floresta, e sou realmente jovem, mesmo contra a minha vontade, e tudo pode acontecer em um mundo que contém tanta beleza.

No sonho, eu olhava para quatro pernas brancas e sentia a terra embaixo de cascos fendidos. Havia algo queimando a minha testa, como existe agora. Mas não havia unicórnios vindo com a maré. O rei está louco.

— Eu imagino o que será deles quando eu partir. O Touro Vermelho vai esquecê-los imediatamente, eu sei, e partirá em busca de um novo dono, mas imagino se vão retomar sua liberdade mesmo assim. Espero que não, pois desta forma serão meus para sempre.

Então, o rei se virou para olhá-la de novo, e seus olhos eram tão gentis e gananciosos quanto os olhos do príncipe Lír ficavam quando olhava para ela.

— Você é a última — disse Bravio. — Você escapou do Touro porque estava no formato de uma mulher, mas eu sempre soube. Aliás, como conseguiu mudar? Seu mágico não pode ter feito isso. Não acho que ele consiga transformar creme em manteiga.

Se ela tivesse soltado o parapeito, teria caído, mas respondeu com calma:

— Milorde, eu não entendo. Realmente não vejo nada na água.

O rosto do rei estremeceu como se lady Amalteia estivesse olhando para ele através do fogo.

— Você ainda se nega? — sussurrou ele. — Ousa negar a si mesma? Não, é tão falso e covarde, é como se você fosse realmente humana. Vou lançá-la lá embaixo, para o seu povo, com minhas mãos se você negar a si mesma.

Ele deu um passo na direção dela, que o observou com os olhos arregalados, incapaz de se mover.

O tumulto do mar encheu sua cabeça, juntamente com o canto do príncipe Lír e o choroso lamento de morte do homem chamado Rukh. O rosto cinzento do rei Bravio pairava sobre ela como um martelo, murmurando:

— Deve ser assim, não posso estar enganado. Mas os olhos dela são tão estúpidos quanto os dele... olhos de qualquer um que nunca viu unicórnios, nunca viu nada além de si mesmo no espelho. Que engodo é esse, como pode ser? Não há folhas verdes nos olhos dela agora.

Então, ela cerrou os olhos, mas prendeu mais dentro de si do que deixou do lado de fora. A criatura com asas de bronze e rosto de bruxa passou, rindo e tagarelando, e a borboleta dobrou suas asas para atacar. O Touro Vermelho movia-se em silêncio pela floresta, empurrando os galhos nus com chifres claros. Ela soube quando o rei Bravio se afastou, mas não abriu os olhos.

Demorou muito tempo, ou apenas um pouco mais tarde, para que ouvisse a voz do mágico atrás dela.

— Fique quieta, fique quieta, acabou.

Ela não sabia que estava emitindo sons.

— No mar — continuou ele. — No mar. Bem, não se sinta tão mal por isso. Eu também não os vi, nem desta vez, nem de nenhuma outra em que fiquei aqui observando a maré subir. Mas ele os viu... e se Bravio vê alguma coisa, é lá. — Ele gargalhou com um som semelhante ao de um machado descendo na madeira. — Não se sinta mal. Este é um castelo de bruxas, e é difícil olhar as coisas com atenção quando se vive aqui. Não basta estar pronto para ver, é preciso estar olhando o tempo todo. — Schmendrick gargalhou de novo. — Tudo bem. Vamos encontrá-los agora. Venha. Venha comigo.

Ela virou-se para ele, movendo a boca para formar palavras, mas nenhuma saiu. O mágico estudava o rosto dela com seus olhos verdes.

— Seu rosto está molhado — disse, preocupado. — Espero que seja respingo do mar. Se você se tornou humana o suficiente para chorar, então não haverá mágica no mundo... Ah, deve ser respingo. Venha comigo. Acho bom ser respingo.

XII

No grande salão do castelo do rei Bravio, o relógio bateu seis horas. Na verdade, eram 11 minutos depois da meia-noite, mas o salão estava um pouco mais escuro do que às seis horas ou ao meio-dia. No entanto, aqueles que viviam no castelo sabiam as horas pela diferença na escuridão. Havia horas em que o salão ficava frio simplesmente por falta de calor e sombrio por falta de luz; quando o ar estava viciado e parado, e as pedras fediam a água velha porque não havia janelas para deixar entrar o vento limpante, aí era dia.

Mas à noite, assim como algumas árvores preservam uma luz viva o dia todo, mantendo-a com a parte inferior de suas folhas até muito depois do pôr do sol, à noite o castelo ficava carregado e fervilhava de escuridão, vivo com a escuridão. Então, o grande salão ficava frio por um motivo; em seguida, os pequenos sons que dormiam durante o dia acordavam para tamborilar e arranhar nos cantos. Era noite quando o velho cheiro das pedras parecia subir de muito abaixo do chão.

— Acenda uma luz — pediu Molly Pavor. — Por favor, pode acender uma luz?

Schmendrick murmurou alguma coisa curta e profissional. Por um momento, nada aconteceu, mas, na sequência, um brilho estranho e amarelado começou a se espalhar pelo chão, estendendo-se pela sala em mil cacos que brilhavam e rangiam.

Os pequenos animais noturnos do castelo brilhavam como vaga-lumes. Disparavam aqui e ali no corredor, levantando sombras rápidas com sua luz enfermiça e deixando a escuridão ainda mais fria do que antes.

— Queria que não tivesse feito isso — disse Molly. — Você pode desligá-los? Os roxos, pelo menos, com as… com as pernas, eu acho.

— Não, não posso — respondeu Schmendrick, irritado. — Fique quieta. Onde está o crânio?

Lady Amalteia conseguia vê-lo sorrindo largo de um pilar, pequeno como um limão nas sombras e turvo como a lua da manhã, mas não comentou nada. Ela não falava desde que havia descido da torre.

— Ali — disse o mágico.

Ele caminhou até o crânio e olhou para suas órbitas rachadas e quebradiças por um bom tempo, balançando a cabeça lentamente e fazendo sons solenes para si mesmo.

Molly Pavor olhava com igual seriedade, mas com frequência lançava olhares de soslaio para lady Amalteia. Por fim, Schmendrick disse:

— Tudo bem. Não fiquem tão próximas.

— Existem mesmo feitiços para fazer um crânio falar? — perguntou Molly.

O mágico estendeu os dedos e lhe abriu um pequeno sorriso confiante.

— Existem feitiços para fazer tudo falar. Os magos mestres eram grandes ouvintes e criaram maneiras de encantar todas as coisas do mundo, vivas e mortas, para que falassem com eles. Essa é a principal vantagem de ser um mago: ver e ouvir. — Ele respirou fundo, de repente desviou o olhar e esfregou as mãos. — O restante é técnica. Bem. Lá vamos nós.

Subitamente, ele se virou para encarar o crânio, pousou com leveza uma das mãos na coroa pálida e se dirigiu a ele com uma voz profunda e autoritária. As palavras saíram de sua boca como soldados, seus passos ecoando com força enquanto cruzavam o ar escuro, mas o crânio nada respondeu.

— Eu só queria saber — disse o mágico com suavidade, então tirou a mão do crânio e falou com ele de novo. Desta vez, o som do feitiço foi razoável e persuasivo, quase lamentoso. O crânio permaneceu em silêncio, mas pareceu a Molly que um estado de alerta surgiu naquela fronte sem rosto e voltou a desaparecer.

À luz fugaz dos insetos radiantes, o cabelo de lady Amalteia brilhava como uma flor. Sem parecer nem interessada nem indiferente, mas quieta do jeito que um campo de batalha às vezes é silencioso, ela observava enquanto Schmendrick recitava um encantamento após o outro para um pedaço de osso cor de deserto que não falava uma palavra a mais do que ela. Cada feitiço era proferido em um tom mais desesperador que o anterior, mas o crânio não falava. E, ainda assim, Molly Pavor tinha certeza de que a cabeça sem pele estava ciente, ouvindo e se divertindo. Conhecia bem demais o silêncio da zombaria para confundi-lo com a morte.

O relógio bateu 29... pelo menos foi naquele momento que Molly perdeu a conta. As batidas enferrujadas ainda ressoavam no chão quando Schmendrick de repente sacudiu os dois punhos em direção ao crânio e gritou:

— Tudo bem, tudo bem, sua capa de joelho pretensiosa! Gostaria de tomar um murro no meio do olho?

Nas últimas palavras, a voz dele se desfez por completo em um rosnado de tristeza e raiva.

— Muito que bem — disse a caveira. — Grite. Acorde o velho Bravio. — Sua voz soava como galhos rangendo e batendo uns nos outros ao vento. — Grite mais alto — disse ele. — É provável que o velho esteja por aqui em algum lugar. Ele não dorme muito.

Molly deu um gritinho de alegria, e até lady Amalteia deu um passo para se aproximar. Schmendrick ficou com os punhos cerrados, sem nenhuma expressão de triunfo no rosto. O crânio continuou:

— Vamos lá. Me pergunte como encontrar o Touro Vermelho. Você não pode errar ao pedir meu conselho. Sou o vigia do rei, encarregado de guardar o caminho até o Touro. Nem o príncipe Lír conhece o caminho secreto, mas eu conheço.

Um pouco timidamente, Molly Pavor perguntou:

— Se o senhor está realmente de vigia aqui, por que não dispara nenhum alarme? Por que se oferece para nos ajudar em vez de convocar os soldados?

O crânio soltou uma risadinha estridente.

— Estou neste pilar faz muito tempo — respondeu. — Já fui o principal escudeiro de Bravio, até que ele cortou minha cabeça sem motivo. Foi na época em que ele estava sendo perverso para ver se era isso que realmente gostava de fazer. Não era, mas ele achou que podia usar minha cabeça de algum jeito, então a deixou aqui para servir de sentinela. Nessas circunstâncias, não sou tão leal ao rei Bravio quanto poderia ser.

— Responda ao enigma, então — disse Schmendrick em voz baixa. — Mostre-nos o caminho até o Touro Vermelho.

— Não — disse o crânio. Em seguida, gargalhou feito louco.

— Por que não? — gritou Molly em fúria. — Que tipo de jogo...?

As longas mandíbulas amarelas do crânio não se moviam, mas demorou um pouco até que a risada maldosa cessasse. Até mesmo as coisas noturnas que corriam de um lado para o outro pararam por um momento, presas em sua luz artificial, até pararem.

— Estou morto — disse o crânio. — Estou morto e pendurado no escuro, vigiando a propriedade de Bravio. Minha única pequena diversão é irritar e exasperar os vivos, e não tenho muita oportunidade para fazê-lo. É uma perda triste, porque, em vida, minha natureza era especialmente exasperante. Tenho certeza de que vocês me perdoarão se eu aproveitar um pouco de vocês. Tentem saber amanhã. Talvez amanhã eu mostre para vocês.

— Mas não temos tempo! — implorou Molly. Schmendrick cutucou-a, mas ela avançou, apressada, aproximando-se do crânio e apelando diretamente para aqueles olhos desalojados. — Não temos tempo. Talvez já estejamos atrasados demais.

— Eu tenho tempo — respondeu o crânio, pensativo. — Realmente não é tão bom ter tempo. Correria, confusão, desespero, isso perdido, aquilo deixado para trás, aqueles outros grandes demais para caber em um espaço tão pequeno... é assim que a vida devia ser. Vocês têm mesmo que chegar atrasados para algumas coisas. Não se preocupem.

Molly teria implorado mais, mas o mágico agarrou seu braço e a puxou de lado.

— Fique quieta! — pediu ele com voz rápida e feroz. — Nem mais uma palavra, nenhuma. A maldita coisa falou, não foi? Talvez seja tudo o que o enigma exige.

— Não é — informou o crânio. — Vou falar o quanto vocês quiserem, mas não vou lhes contar nada. Isso é bem podre, não é? Vocês deviam ter me visto quando eu estava vivo.

Schmendrick não prestou atenção.

— Onde está o vinho? — perguntou a Molly. — Vou ver o que posso fazer com o vinho.

— Não consegui encontrar nenhum — respondeu ela com nervosismo. — Procurei em todos os lugares, mas não acho que haja uma gota no castelo. — O mágico olhou feio para ela em completo silêncio. Ela insistiu: — Eu *procurei.*

Schmendrick levantou os dois braços devagar e os deixou cair ao lado do corpo.

— Bem — disse. — Bem, é isso, então, se não conseguirmos encontrar o vinho. Tenho minhas ilusões, mas não consigo fazer vinho do nada.

O crânio riu, estalando os ossos alegremente.

— A matéria não pode ser criada nem destruída — observou. — Pelo menos, não pela maioria dos mágicos.

De uma dobra do vestido, Molly tirou um pequeno frasco que brilhava um pouco na escuridão.

— Pensei que se tivesse um pouco de água para começar... — insinuou ela. Schmendrick e o crânio lançaram praticamente o mesmo olhar para ela. — Bem, isso já foi feito antes — disse ela em voz alta. — Agora, não vai precisar criar uma coisa do nada. Eu nunca pediria isso para você.

Ao ouvir a si mesma, ela olhou de soslaio para lady Amalteia, mas Schmendrick arrancou o frasco de sua mão e o estudou, pensativo, virando-o e murmurando palavras curiosas e débeis para si mesmo. Por fim, ele disse:

— Por que não? Como você diz, é um truque-padrão. Lembro-me de que houve uma grande moda disso naquela época, mas hoje em dia está um pouco ultrapassado. — Ele fez um movimento lento sobre o frasco, tecendo uma palavra no ar.

— O que você está fazendo? — perguntou o crânio, ansioso. — Ei, faça aqui mais perto, faça isso aqui. Não consigo ver nada.

O mágico virou-se, segurando o frasco contra o peito e se curvando sobre ele. Começou um canto sussurrante que fez Molly pensar nos sons que uma fogueira apagada continua a fazer muito depois que o último carvão se extinguiu.

— Você entende — disse ele, interrompendo-se —, não será nada de especial. *Vin ordinaire*, se muito.

Molly assentiu com a cabeça de um jeito solene.

— E geralmente é muito doce — prosseguiu Schmendrick —, e não tenho a menor ideia de como vou fazer com que ele beba. — Ele retomou o encantamento, ainda mais suavemente, enquanto o crânio reclamou, amargurado, que não conseguia ver nem ouvir nada.

Molly disse alguma coisa calma e esperançosa para lady Amalteia, que não olhou para ela nem respondeu.

O canto parou de repente, e Schmendrick levou o frasco aos lábios. Primeiro, ele cheirou, murmurando:

— Fraco, fraco, quase nenhum aroma. Ninguém jamais fez um bom vinho com magia. — Então, ele o inclinou para beber… depois o sacudiu, então olhou para ele. Daí, com um sorriso pequeno e horrível, virou-o de uma vez. Não sobrou nada, nada mesmo.

— Está feito — disse Schmendrick, quase animado. Ele passou a língua seca nos lábios secos e repetiu: — Está feito, finalmente está feito.

Ainda sorrindo, ele levantou o frasco de novo para lançá-lo longe pelo corredor.

— Não, espere… ei, não! — A voz estridente do crânio protestou de um jeito tão violento que Schmendrick parou antes que o frasco voasse de sua mão.

Ele e Molly viraram-se juntos para olhar o crânio, que — tão grande era sua angústia — tinha começado a se contorcer onde estava pendurado, batendo o occipital desgastado com força contra o pilar enquanto tentava se libertar.

— Não façam isso! — uivava ele. — Vocês devem estar loucos, jogando vinho fora desse jeito. Me deem se não quiserem, mas não joguem fora! — Ele balançava e sacolejava no pilar, choramingando.

Um olhar sonhador e curioso passou pelo rosto de Schmendrick, como uma nuvem de chuva pairando sobre um campo seco. Devagar, ele perguntou:

— E para que serve o vinho, se não tem língua para prová-lo, paladar forte para saboreá-lo, esôfago para sorvê-lo? Cinquenta anos morto, será que ainda se lembra, ainda deseja…?

— Cinquenta anos morto, o que mais posso fazer? — O crânio havia parado de soltar seus espasmos grotescos, mas a frustração havia tornado sua voz quase humana. — E lembro. Lembro mais que o vinho. Me dê um gole, só isso… me dê um gole… e eu vou saboreá-lo como você nunca será capaz, com toda a sua carne mole, todos os seus órgãos e papilas gustativas. Eu tive tempo para pensar. Sei como é o vinho. Me dê.

Schmendrick negou com a cabeça, sorrindo, e disse:

— Eloquente, mas eu também tenho me sentido um pouco vingativo ultimamente. — Pela terceira vez, ele levantou o frasco vazio, e o crânio gemeu em um sofrimento mortal.

Por pena, Molly Pavor começou a dizer:

— Mas ele não é... — porém o mágico pisou em seu pé.

— É claro — refletiu ele em voz alta —, se por acaso você se lembrar da entrada da caverna do Touro Vermelho tão bem quanto se lembra do vinho, ainda podemos barganhar. — Ele girou o frasco casualmente entre dois dedos.

— Combinado! — gritou o crânio no mesmo instante. — Combinado, por um golinho, mas me dê agora! Estou com mais sede de pensar em vinho do que nunca estive na vida, quando minha garganta ficava seca. Só me dê um gole agora, e vou lhe dizer tudo o que você quiser saber.

As mandíbulas enferrujadas estavam começando a se raspar de lado uma na outra. Os dentes cinzentos do crânio tremiam e estalavam.

— Dê para ele — sussurrou Molly para Schmendrick.

Ela ficou com medo de que as órbitas oculares vazias pudessem começar a se encher de lágrimas. Mas Schmendrick negou com a cabeça de novo.

— Vou dar tudo para você — disse ele ao crânio. — Depois que nos disser como podemos encontrar o Touro.

O crânio suspirou, mas não hesitou.

— O caminho é através do relógio — revelou ele. — É só passar pelo relógio, e você vai chegar lá. Agora, posso tomar o vinho?

— Pelo relógio. — O mágico virou-se para espiar um canto distante do grande salão, onde ficava o relógio.

Era alto, preto e fino, a sombra do pôr do sol de um relógio. O vidro sobre o mostrador estava quebrado, e o ponteiro das horas havia sumido. Atrás do vidro cinza, as engrenagens mal podiam ser vistas, se contorcendo e girando tão inquietas quanto peixes. Schmendrick continuou:

— Você quer dizer que, quando o relógio bate na hora certa, ele se abre, e aí se abre um túnel, uma escada escondida. — A voz dele era de suspeita, pois o relógio parecia fino demais para esconder qualquer passagem.

— Não sei nada disso — respondeu o crânio. — Se você esperar este relógio bater a hora, vai permanecer aqui até ficar tão careca quanto eu. Por que complicar um segredo simples? Você passa pelo relógio, e o Touro Vermelho estará do outro lado. Me dá.

— Mas o gato disse… — começou Schmendrick, e então se virou e caminhou em direção ao relógio.

A escuridão fazia com que ele parecesse estar descendo uma colina, ficando pequeno e curvado. Quando chegou ao relógio, continuou andando sem parar, como se ele não passasse de uma sombra. Mas ele bateu o nariz.

— Que estupidez — disse ele com frieza para o crânio quando retornou. — Acha mesmo que nos enganaria? O caminho para o Touro pode muito bem passar pelo relógio, mas tem alguma coisa que precisamos saber. Diga, ou vou derramar o vinho no chão para que você se lembre do cheiro e da aparência dele o quanto quiser. Rápido!

Mas o crânio estava gargalhando de novo, dessa vez fazendo um barulho cuidadoso, quase gentil.

— Lembra o que eu lhe disse sobre o tempo? Quando eu estava vivo, acreditava, como você, que o tempo era pelo menos tão real e sólido quanto eu mesmo, provavelmente até mais. Eu falava "uma hora" como se pudesse vê-la, e "segunda-feira" como se pudesse encontrá-la no mapa, e me deixei apressar minuto a minuto, dia a dia, ano a ano, como se estivesse realmente me mudando de um lugar para outro. Como todo mundo, eu vivia em uma casa cercada com segundos e minutos, fins de semana e dias de Ano-Novo, e nunca saí dela até morrer, porque não havia outra porta. Agora, eu sei que eu podia ter atravessado as paredes.

Molly piscou, confusa, mas Schmendrick estava assentindo com a cabeça.

— É mesmo — disse ele. — É assim que os verdadeiros mágicos fazem. Mas, então, o relógio...

— O relógio nunca baterá a hora certa — interrompeu o crânio. — Bravio embaralhou as engrenagens um dia, muito tempo atrás, quando estava tentando segurar o tempo enquanto ele passava. Mas o importante é que você entenda que não importa se o relógio marca dez horas, sete horas ou quinze horas. Você pode marcar seu próprio tempo e começar a contagem em qualquer lugar. Quando entender isso... então, qualquer momento será o momento certo para você.

Naquele momento, o relógio bateu quatro horas. A última batida ainda não havia terminado quando se ouviu um som de resposta vindo de baixo do grande salão. Não era nem o urro, nem o grunhido selvagem que o Touro Vermelho costumava fazer quando sonhava, era um som baixo e inquisitivo, como se o Touro tivesse acordado sentindo algo novo na noite. Cada tijolo zumbia como uma cobra, e a própria escuridão parecia estremecer enquanto as brilhantes criaturas noturnas corriam descontroladas para as laterais do salão. Molly soube, de repente e com certeza, que o rei Bravio estava próximo.

— Me dê o vinho — insistiu o crânio. — Eu cumpri minha parte do acordo.

Em silêncio, Schmendrick derramou o frasco vazio na boca vazia, e o crânio gorgolejou, suspirou e estalou.

— Ah — disse ele por fim —, ah, era de verdade, era *vinho* mesmo! Você é mais mágico do que eu imaginava. Você me entende agora, sobre o tempo?

— Entendo — respondeu Schmendrick. — Acho que entendo. — O Touro Vermelho fez aquele som curioso de novo, e o crânio bateu contra o pilar. O mágico disse: — Não, eu não sei. Não tem outro jeito?

— Como pode haver? — Molly ouviu passos, em seguida mais nada, depois o fluxo e refluxo fino e cauteloso de uma respiração. Ela não conseguia saber de onde vinha.

Schmendrick virou-se para ela, e seu rosto parecia estar manchado de dentro para fora, como o interior de uma cúpula de lanterna, com medo e confusão. Havia uma luz também, mas ela tremia como uma lanterna numa tempestade.

— Acho que eu entendo — comentou ele —, mas com certeza não entendo. Vou tentar.

— Ainda acho que é um relógio de verdade — opinou Molly. — Mas tudo bem. Eu consigo atravessar um relógio de verdade. — Em parte, ela falou para confortá-lo, mas sentiu um brilho no próprio corpo ao perceber que o que havia dito era verdade. — Eu sei aonde temos que ir — continuou ela —, e isso é tão bom quanto saber as horas em qualquer dia.

O crânio a interrompeu, dizendo:

— Vou te dar um conselho em troca, porque o vinho era muito bom. — Schmendrick olhou com uma expressão culpada. O crânio continuou: — Me esmague. Só precisa me derrubar no chão e me deixar quebrar em pedaços. Não pergunte por quê, apenas faça isso. — Ele estava falando muito rápido, quase sussurrando.

Juntos, Schmendrick e Molly berraram:

— O quê? Por quê?

O crânio repetiu seu pedido, e Schmendrick questionou:

— Do que você está falando? Por que diabos nós quebraríamos você?

— Só façam! — insistiu o crânio. — Façam.

O som da respiração aproximava-se de todas as direções, embora viesse apenas de um par de pés.

— Não — retrucou Schmendrick. — Você é maluco.

Ele virou as costas e começou a andar pela segunda vez em direção ao relógio escuro e fino. Molly pegou lady Amalteia pela mão fria e o seguiu, puxando a garota branca como uma pipa.

— Tudo bem — disse o crânio, cheio de tristeza. — Eu avisei vocês. — Com uma voz terrível, uma voz como granizo retinindo sobre ferro, ele começou a berrar no mesmo instante: — Socorro, rei! Guardas, venham cá! Eis aqui os ladrões, bandidos, assaltantes, sequestradores, arrombadores, assassinos, difamadores de reputação, plagiadores! Rei Bravio! Ei, rei Bravio!

Nesse momento, no alto e ao redor deles, passos ecoaram, e eles ouviram as vozes sibilantes dos velhos soldados gritando enquanto corriam. Nenhuma tocha acendeu, pois nenhuma luz podia ser acesa no castelo a menos que o próprio rei ordenasse, e Bravio ainda estava em silêncio. Os três ladrões ficaram confusos e perdidos, encarando o crânio, indefesos.

— Desculpem — disse o crânio. — Eu sou assim mesmo, traiçoeiro. Mas eu tentei... — Então, seus olhos esvaziados de repente avistaram lady Amalteia, e eles se arregalaram e brilharam, embora não fosse possível. — Ai, não — continuou, baixinho. — Não; você, não. Sou desleal, mas não sou tão desleal assim.

— Corram — vozeou Schmendrick, como havia dito muito tempo antes para a lenda selvagem e branca como o mar que ele havia acabado de libertar.

Fugiram pelo grande salão enquanto os soldados se trombavam fazendo alarde no escuro, e o crânio gritou:

— Unicórnio! Unicórnio! Bravio, Bravio, lá vai ela, procurando o Touro Vermelho! Olhe o relógio, Bravio... onde o senhor está? Unicórnio! Unicórnio!

Então, a voz do rei, sussurrando com selvageria em meio ao tumulto:

— Tolo, traidor, foi você quem contou para ela!

Seus passos rápidos e discretos soavam próximos, e Schmendrick se preparou para se virar e lutar, mas um grunhido foi ouvido, um estalo, um ruído de raspagem e, em seguida, o estalo de osso velho batendo em pedra velha. O mágico continuou correndo.

Quando estavam diante do relógio, havia pouco tempo para duvidar ou compreender. Os soldados estavam no salão agora, e seus passos metálicos mandavam ecos estrondosos de um lado para o outro entre as paredes, enquanto o rei Bravio sibilava e os amaldiçoava. Lady Amalteia nem sequer hesitou. Entrou no relógio e desapareceu quando a lua passou por trás das nuvens — escondida por elas, mas não nelas, sozinha a milhares de quilômetros.

Como se fosse uma dríade,[22] pensou Molly fora de si, *e o relógio fosse sua árvore.* Através do vidro escuro e salpicado, ela conseguia ver os pesos, o pêndulo e os sinos enferrujados, todos balançando e queimando enquanto ela encarava. Não havia nenhuma porta além pela qual lady Amalteia pudesse ter passado. Havia apenas um caminho enferrujado de engrenagem que conduzia seus olhos para dentro da chuva.

Os pesos balançavam de um lado para o outro, como algas.

O rei Bravio gritava:

— Parem-nos! Destruam o relógio!

Molly começou a virar a cabeça para dizer a Schmendrick que acreditava saber o que a caveira quis dizer, mas o mágico havia desaparecido, assim como o grande salão do rei Bravio. O relógio também sumiu, e ela estava parada ao lado de lady Amalteia em um lugar frio.

A voz do rei chegou até ela de muito longe, mais lembrada que ouvida. Molly continuou virando a cabeça e se viu encarando o rosto do príncipe Lír. Atrás dele, havia uma névoa brilhante, tremeluzindo como os flancos de um peixe e sem nenhuma semelhança com um mecanismo de relógio corroído. Não se via Schmendrick em lugar algum.

O príncipe Lír inclinou a cabeça com seriedade para Molly, mas foi com lady Amalteia que ele falou primeiro:

— E você teria ido sem mim — concluiu ele. — Você não ouviu absolutamente nada.

Ela respondeu ao príncipe, do jeito que não havia falado com Molly ou com o mágico. Em voz baixa e clara, ela retrucou:

— Eu teria voltado. Não sei por que estou aqui nem quem eu sou. Mas eu teria voltado.

— Não — disse o príncipe —, você nunca teria voltado.

Antes que ele pudesse dizer mais alguma coisa, Molly interrompeu, para sua surpresa, gritando:

— Isso não importa agora! Onde está Schmendrick? — Os dois olharam para ela com admiração cortês que qualquer um no mundo poderia identificar, e ela sentiu uma tremedeira da cabeça aos pés. — Onde ele está? — questionou ela. — Eu mesma voltarei, se você não voltar. — E se virou de novo.

Ele saiu da névoa, caminhando com a cabeça baixa, como se estivesse se apoiando contra um vento forte. Estava com a mão na têmpora e, quando a retirou, o sangue escorreu suavemente.

— Está tudo bem — disse ele quando viu que o sangue estava escorrendo nas mãos de Molly Pavor. — Está tudo bem, não é profundo. Não consegui passar até que aconteceu. — Ele fez uma reverência hesitante ao príncipe Lír. — Pensei que tinha sido você quem passou por mim na escuridão — revelou. — Diga, como passou pelo relógio tão facilmente? O crânio disse que você não sabia o caminho.

O príncipe pareceu confuso.

— Que caminho? — perguntou. — O que há lá para saber? Eu vi para onde ela foi e a segui.

A risada repentina de Schmendrick ecoou nas paredes irregulares que chegavam boiando em sua direção enquanto seus olhos se familiarizavam com essa nova escuridão.

— Claro — disse ele. — Algumas coisas têm, por natureza, um tempo próprio.

Ele riu de novo, fazendo que não com a cabeça, e o sangue escorreu. Molly rasgou um pedaço do vestido.

— Aqueles velhos coitados — continuou o mágico. — Eles não queriam me machucar, e eu não os teria machucado se pudesse. Nós nos esquivamos para lá e para cá, pedindo desculpas um ao outro, e Bravio gritava, e eu continuava trombando no relógio. Eu sabia que não era um relógio de verdade, mas parecia real, e eu me preocupei com ele. Então, Bravio apareceu com sua espada e me acertou. — Schmendrick fechou os olhos. — Bravio. Eu estava começando a gostar dele. Ainda gosto. Ele parecia tão apavorado.

As vozes fracas e distantes do rei e de seus homens pareciam estar ficando mais altas.

— Não entendo — disse o príncipe Lír. — Por que ele estava apavorado… meu pai? O que ele…?

Mas, naquele momento, do outro lado do relógio ao longe, eles ouviram um grito de triunfo sem palavras e o início de um grande estrondo. A névoa cintilante desapareceu imediatamente, e um silêncio obscuro recaiu sobre todos eles.

— Bravio destruiu o relógio — revelou Schmendrick nesse momento. — Agora, não há mais como voltar nem como sair, a não ser pelo caminho do Touro.

Um vento lento e forte começou a despertar.

XIII

O caminho era largo o suficiente para que todos pudessem caminhar lado a lado, mas eles foram em fila. Lady Amalteia caminhava na frente, por escolha própria. O príncipe Lír, Schmendrick e Molly Pavor, que vinham logo atrás, tinham apenas o cabelo dela como lanterna, mas ela própria não tinha luz alguma à sua frente. Porém, avançava com tanta facilidade que parecia já ter passado por ali antes.

Realmente não sabiam mesmo onde estavam. O vento frio parecia real, assim como a fria fedentina que o acompanhava, e a escuridão os deixava passar com muito mais má vontade que o relógio. O caminho em si era tão real que machucava os pés e estava parcialmente obstruído em alguns lugares por pedras e terra de verdade que haviam desmoronado nas laterais da caverna. Mas seu trajeto era o caminho impossível de um sonho: inclinado e enviesado, arredondando-se sobre si mesmo, ora caindo quase a pique, ora parecendo subir um pouco, ora se estendendo e descendo devagar e ora vagando de volta para levá-los, talvez, novamente para baixo do grande salão onde o velho rei Bravio ainda devia estar furioso por causa de um relógio derrubado e de um crânio estremecido. *Bruxaria, com certeza*, pensou Schmendrick, *e nada feito por uma bruxa é real, no fim das contas.* Em seguida, acrescentou: *Mas deve ser a última. Tudo isso será real o bastante se esta não for a última.*

Enquanto tropeçavam, ele contou rapidamente ao príncipe Lír a história de suas aventuras, começando com a própria história estranha e seu destino mais estranho ainda, recontando a ruína do Circo da Meia-Noite e sua fuga com a unicórnio e continuando com seu encontro com Molly Pavor, a jornada para Bravília e a história de Drinn sobre a dupla maldição sobre a cidade e a torre. Ali ele fez uma pausa, pois além se estendia a noite do Touro Vermelho: uma noite que terminava, para o bem ou para o mal, com magia — e com uma garota nua que lutava em seu corpo como uma vaca na areia movediça. Ele esperava que o príncipe estivesse mais interessado em saber sobre seu nascimento heroico do que sobre as origens de lady Amalteia.

O príncipe Lír ficou admirado e desconfiado, o que é algo difícil de administrar.

— Faz muito tempo que sei que o rei não é meu pai — revelou ele. — Mas eu tentei muito ser filho dele mesmo assim. Sou inimigo de qualquer um que conspire contra ele, e seria preciso mais do que a tagarelice de uma velha encarquilhada para me fazer causar sua queda. Quanto ao outro, acho que não existem mais unicórnios e sei que o rei Bravio nunca viu um. Como poderia um homem que viu um unicórnio pelo menos uma vez... quanto mais milhares a cada maré... ser tão triste quanto ele? Ora, se eu a tivesse visto apenas uma vez e nunca mais...

Agora, ele próprio fez uma pausa, um tanto confuso, pois também sentia que a conversa estava se encaminhando para uma angústia que nunca mais poderia ser vencida. O pescoço e os ombros de Molly estavam ouvindo com atenção, mas, se lady Amalteia podia ouvir o que os dois homens estavam conversando, não deu sinal algum.

— Ainda assim, o rei tem uma alegria escondida em algum lugar da vida — ressaltou Schmendrick. — Nunca viu um traço dela, de verdade... nunca viu rastros dela nos olhos dele? Eu vi. Pense por um momento, príncipe Lír.

O príncipe ficou em silêncio, e eles avançaram ainda mais na escuridão fétida. Nem sempre conseguiam dizer se estavam subindo ou descendo, nem, às vezes, se a passagem estava se curvando novamente, até que a proximidade retorcida de uma pedra em seus ombros de repente virou a inclinação sombria de uma parede frente ao seu rosto.

Não havia o menor som do Touro Vermelho, nem qualquer brilho da luz maligna, mas, quando Schmendrick tocou seu rosto úmido, o cheiro do Touro soltou-se de seus dedos.

O príncipe Lír disse:

— Às vezes, quando ele está na torre, tem alguma coisa em seu rosto. Não um brilho exatamente, mas uma claridade. Eu lembro. Eu era pequeno, e ele não ficava assim quando olhava para mim ou para qualquer outra coisa. E eu tinha um sonho. — Ele estava andando muito devagar agora, arrastando os pés. — Eu costumava ter um sonho, o mesmo sonho várias vezes, sobre parar na minha janela no meio da noite e ver o Touro, ver o Touro Vermelho... — Ele não terminou.

— Ver o Touro levando unicórnios para dentro do mar — continuou Schmendrick. — Não era sonho. Bravio agora os tem todos flutuando nas marés para seu deleite... todos, menos uma. — O mágico respirou fundo. — Aquela ali é a lady Amalteia.

— É — respondeu o príncipe Lír. — É, eu sei.

Schmendrick encarou-o.

— Como assim, "você sabe"? — questionou ele, irritado. — Como seria possível você saber que lady Amalteia é uma unicórnio? Ela não pode ter lhe contado, porque ela mesma não se lembra disso. Desde que você a cortejou, ela só pensa em ser uma mulher mortal. — Ele sabia muito bem que a verdade era o contrário, mas não fazia diferença para ele naquele momento. — Como sabe? — ele repetiu a pergunta.

Príncipe Lír parou mais uma vez e se virou para encará-lo. Estava escuro demais para Schmendrick enxergar qualquer coisa além do brilho frio e leitoso daqueles olhos arregalados.

— Eu não sabia o que ela era até este momento — respondeu. — Mas eu soube, na primeira vez que a vi, que ela era alguma coisa a mais do que eu podia ver. Unicórnio, sereia, lâmia, feiticeira, Górgona... nenhum nome que você dê a ela me surpreenderia ou me assustaria. Eu amo quem eu amo.

— É um sentimento muito bonito — elogiou Schmendrick. — Mas, quando eu a transformar de volta em sua forma verdadeira, para que ela possa lutar contra o Touro Vermelho e libertar seu povo...

— Eu amo quem eu amo — repetiu o príncipe Lír com firmeza. — Você não tem poder sobre nada que importa.

Antes que o mágico pudesse responder, lady Amalteia se pôs entre eles, embora nenhum dos homens a tivesse visto ou ouvido enquanto ela voltava pela passagem. Na escuridão, ela cintilava e tremia como água corrente quando disse:

— Não vou continuar além daqui.

Estava falando com o príncipe, mas foi Schmendrick quem disse:

— Não tem escolha. Só podemos continuar. — Molly Pavor aproximou-se: um olho ansioso e o início pálido de uma maçã do rosto. O mágico repetiu: — Só podemos continuar.

Lady Amalteia não olhava diretamente para ele.

— Ele não precisa me mudar — disse ela ao príncipe Lír. — Não deixe que ele faça sua mágica em mim. O Touro não se importa com seres humanos, podemos passar por ele e fugir. É uma unicórnio que o Touro quer. Diga a ele para não me transformar em uma unicórnio.

O príncipe Lír retorceu os dedos até eles estalarem.

— É verdade — confirmou Schmendrick. — Podemos muito bem escapar do Touro Vermelho desse jeito, assim como escapamos antes.

Mas, se o fizermos, nunca haverá outra chance. Todos os unicórnios do mundo continuarão sendo prisioneiros dele para sempre, exceto uma, e ela morrerá. Ela vai envelhecer e morrer.

— Tudo morre — retrucou ela, ainda para o príncipe Lír. — É bom que tudo morra. Eu quero morrer quando você morrer. Não deixe que ele me encante, não deixe que ele me torne imortal. Não sou uma unicórnio, nem uma criatura mágica. Sou humana e te amo.

Ele respondeu com gentileza:

— Não sei muito de encantamentos, exceto como quebrá-los. Mas sei que até mesmo os maiores bruxos ficam indefesos contra dois que se mantêm unidos... e, no fim das contas, este é apenas o coitado do Schmendrick. Não tenha medo. Não tenha medo de nada. Seja o que for, você é minha agora. Estou do seu lado.

Ela virou-se para finalmente olhar o mágico e, mesmo através da escuridão, ele conseguiu sentir o terror nos olhos dela.

— Não — disse ela. — Não, não temos força o bastante. Ele vai me mudar e, aconteça o que acontecer depois disso, você e eu nos perderemos. Eu não te amarei quando for uma unicórnio, e você me amará apenas porque não consegue evitar. Vou ser mais bela do que qualquer coisa no mundo e viver para sempre.

Schmendrick começou a falar, mas o som da voz dele fez com que ela se encolhesse como a chama de uma vela.

— Não vou aceitar. Não vou aceitar desse jeito. — Ela estava olhando do príncipe para o mágico, mantendo a voz firme como se fossem as bordas de um ferimento aberto. Ela disse: — Se sobrar um único momento de amor quando ele me transformar, você saberá, pois deixarei o Touro Vermelho me levar para o mar com os outros. Então, pelo menos estarei perto de você.

— Não há necessidade de tudo isso — falou Schmendrick de forma leve, fazendo-se rir. — Duvido que eu pudesse fazê-la voltar se você quisesse. O próprio Nikos nunca conseguiu transformar um ser humano em unicórnio... e você é um ser humano de verdade agora. Pode amar, temer, proibir que as coisas sejam o que são e exagerar. Então, deixe que acabe aqui, deixe que a busca acabe. O mundo ficou pior depois do desaparecimento dos unicórnios? E seria melhor se estivessem correndo por aí livremente? Uma boa mulher a mais no mundo vale cada unicórnio perdido. Que acabe. Case-se com o príncipe e viva feliz para sempre.

A passagem parecia estar ficando mais iluminada, e Schmendrick imaginou o Touro Vermelho se aproximando deles furtivamente, com uma cautela grotesca, batendo os cascos no chão com a destreza de uma garça. O brilho tênue da maçã do rosto de Molly Pavor desapareceu quando ela virou o rosto.

— Sim — disse lady Amalteia. — É meu desejo.

Mas, no mesmo momento, o príncipe Lír disse:

— Não.

A palavra escapou-lhe de forma tão repentina quanto um espirro, emergindo num guincho interrogativo... a voz de um jovem tolo mortalmente envergonhado por um presente rico e terrível.

— Não — repetiu ele, e dessa vez a palavra ressoou em outra voz, a voz de um rei: não Bravio, mas um rei cuja tristeza não era pelo que não tinha, mas pelo que não podia dar. — Milady, sou um herói. É um ofício, nada mais, como a tecelagem ou a fabricação de cerveja, e, como eles, tem seus próprios truques, manias e pequenas artes. Há maneiras de perceber bruxas e de conhecer fluxos de veneno, há certos pontos fracos que todos os dragões têm e certos enigmas que estranhos encapuzados tendem a lhe propor. Mas o verdadeiro segredo de ser um herói está em conhecer a ordem das coisas. O pastor de porcos não pode se casar com a princesa quando embarca em suas aventuras, nem o garoto pode bater à porta da bruxa quando ela está de férias. O tio perverso não pode ser descoberto e frustrado antes de fazer algo perverso. As coisas devem acontecer quando é momento de acontecer. As missões não podem ser simplesmente abandonadas, as profecias não podem ser deixadas ao léu para apodrecer como frutas não colhidas, os unicórnios podem ficar sem resgate por um bom tempo, mas não para sempre. O final feliz não pode vir no meio da história.

Lady Amalteia não respondeu para ele.

— Por que não? Quem disse isso? — perguntou Schmendrick.

— Os heróis — respondeu o príncipe Lír com tristeza. — Os heróis conhecem a ordem, os finais felizes... os heróis sabem que algumas coisas são melhores que outras. Os carpinteiros conhecem texturas, ripas e linhas retas.

Ele estendeu as mãos para lady Amalteia e deu um passo em sua direção. Ela não recuou, nem virou o rosto; na verdade, levantou ainda mais a cabeça, e foi o príncipe quem desviou o olhar.

— Foi você quem me ensinou — disse ele. — Eu nunca olhei para você sem ver doçura na maneira como o mundo avança, ou ao menos sem tristeza por sua deterioração. Virei herói para servi-la e tudo o que for semelhante a você. Também para encontrar uma maneira de iniciar uma conversa.

Mas lady Amalteia não lhe falava palavra.

Pálido como cal, o brilho aumentava na caverna. Eles conseguiam ver com clareza agora, cada um ficando pálido como gordura e sentindo a estranheza do medo. Até a beleza de lady Amalteia desaparecia sob aquela luz opaca e ávida. Ela parecia mais humana que qualquer um dos outros três.

— O Touro está chegando — comentou o príncipe Lír.

Ele virou-se e saiu pelo corredor, dando passos ousados e ansiosos como um herói. Lady Amalteia seguiu-o, caminhando de um jeito tão leve e orgulhoso como se ensinam as princesas a tentar andar. Molly Pavor permaneceu perto do mágico, pegando sua mão como ela costumava tocar no unicórnio quando estava sozinha. Ele sorriu para ela, parecendo bastante satisfeito consigo mesmo.

— Deixe-a ficar do jeito que está. Deixe-a assim — aconselhou Molly.

— Diga isso ao Lír — respondeu ele com alegria. — Fui eu quem disse que a ordem é tudo? Fui eu quem disse que ela deve desafiar o

Touro Vermelho porque assim será mais adequado e preciso? Não tenho nenhuma preocupação com resgates regulamentados e finais felizes oficiais. Lír tem.

— Mas você o levou a fazer isso — insistiu ela. — Você sabe que tudo o que Lír quer no mundo é que ela desista de sua missão e fique com ele. E lady Amalteia teria feito isso, mas você o lembrou que ele é um herói, e agora ele precisa fazer o que os heróis fazem. O príncipe a ama, e você o enganou.

— Eu? Nunca! — exclamou Schmendrick. — Fique quieta, ele vai te ouvir.

Molly sentiu-se cada vez mais tonta e tola com a proximidade do Touro. A luz e o cheiro viraram um mar pegajoso no qual ela se debatia como os unicórnios, sem esperança e eternos. O caminho começava a se inclinar para baixo, em direção à luz cada vez mais profunda, e, bem à frente, o príncipe Lír e lady Amalteia marchavam na direção do desastre, tão calmos quanto velas queimando. Molly Pavor soltou uma risadinha e continuou:

— Também sei por que você fez isso. Não conseguirá se tornar um mortal até transformá-la de volta. Não é isso? Você não se importa com o que acontece com ela ou com os outros, contanto que vire um verdadeiro mágico no final. Não é isso? Bem, você nunca será um mágico de verdade, mesmo que transforme o Touro em um sapo-boi, porque, se fizer, não vai passar de um truque. Você não se importa com nada além da magia, e que tipo de mágico é esse? Schmendrick, não estou me sentindo bem. Preciso me sentar.

Schmendrick deve tê-la carregado por um tempo, porque definitivamente ela não estava andando, e os olhos verdes do mágico estavam se revirando.

— Isso mesmo. Nada importa para mim além da magia. Eu mesmo reuniria unicórnios para Bravio se isso aumentasse meu poder em meio fio de cabelo. É verdade. Não tenho preferências nem lealdades. Tenho apenas a magia.

A voz dele era dura e triste.

— Sério? — perguntou ela, balançando como em um sonho em seu terror, observando a claridade fluindo. — Que terrível. — Ela ficou muito impressionada. — Você é desse jeito mesmo?

— Não — respondeu ele, naquele momento ou mais tarde. — Não, não é verdade. Como eu poderia ser desse jeito e ainda ter todos esses problemas? — Então, acrescentou: — Molly, você precisa andar agora. Ele está lá. Ele está lá.

Molly viu primeiro os chifres. A luz fez com que ela cobrisse o rosto, mas os chifres pálidos atingiram com pungência as mãos e as pálpebras até o fundo de sua mente. Ela viu o príncipe Lír e lady Amalteia parados diante dos chifres, enquanto o fogo brotava e florescia nas paredes da caverna e se erguia pela escuridão sem teto. O príncipe Lír desembainhou sua espada, mas ela ardeu em sua mão, e ele a deixou cair, estilhaçando-a como gelo. O Touro Vermelho bateu a pata, e todos caíram.

Schmendrick pensou em encontrar o Touro esperando em seu covil, ou em algum lugar amplo com espaço suficiente para a batalha. Mas ele havia subido em silêncio o corredor para encontrá-los; e agora estava diante deles, não apenas de uma parede em chamas até a outra, mas, de alguma forma, dentro das próprias paredes e além delas, curvando-se infinitamente. No entanto, não era uma miragem, mas sim o Touro Vermelho, ainda fumegando e fungando, balançando a cabeça cega. Suas mandíbulas fecharam-se, interrompendo sua respiração e produzindo um som terrível de chafurdação.

Agora. Agora é a hora, não importa se eu causar a ruína ou um bem maior. Será o fim. O mágico levantou-se devagar, ignorando o Touro, ouvindo apenas seu corpo encolhido, como se fosse uma concha. Mas nenhum poder se moveu ou falou dentro dele; Schmendrick não conseguia ouvir nada além do uivo distante e fino do vazio contra seu ouvido; assim como o velho rei Bravio devia ouvi-lo, acordando e dormindo, apenas aquele e nenhum outro som. *Ela não virá até mim. Nikos estava errado. Eu sou o que pareço.*

Lady Amalteia havia se afastado um passo do Touro, mas não mais, e o observava em silêncio enquanto ele batia as patas dianteiras e bufava com grandes e estrondosos jorros chuvosos de suas vastas narinas. Ele parecia confuso quanto a ela, quase tolo. Não rugia. Lady Amalteia estava sob a luz congelante, com a cabeça inclinada para trás para vê-lo por inteiro. Sem virar a cabeça, ela estendeu a mão para encontrar a do príncipe Lír.

Ótimo, ótimo. Não há nada que eu possa fazer, e estou feliz por isso. O Touro vai deixá-la passar, e ela irá embora com Lír. Tudo certo dessa forma. Lamento apenas pelos unicórnios. O príncipe ainda não havia notado a mão estendida dela, mas, em um momento, ele se viraria, veria e a tocaria pela primeira vez. *Nunca saberia o que ela lhe dera, nem ela saberia.* O Touro Vermelho abaixou a cabeça e atacou.

Ele avançou sem aviso, sem fazer nenhum som além do barulho dos cascos, e, se tivesse escolhido, poderia ter esmagado os quatro naquele ataque silencioso. Mas deixou que todos se dispersassem diante dele e se espremessem nas paredes enrugadas, e passou sem feri-los, embora pudesse facilmente tê-los arrancado com os chifres de seus abrigos rasos como se fossem cracas em um casco de navio. Maleável como fogo, ele se virou onde não havia espaço para girar e os encontrou novamente, o focinho quase tocando o chão, o pescoço inchando como uma onda. Foi então que ele rugiu.

Eles fugiram, e o Touro os perseguiu: não tão rapidamente quanto havia atacado, mas rápido o bastante para manter cada um sozinho, isolado, na escuridão selvagem. O chão fendeu-se embaixo dos pés deles, e eles berraram, mas não conseguiam nem ouvir a si mesmos. Cada rugido do Touro Vermelho causava grandes deslizamentos de pedras e terra que caíam sobre eles, que ainda se trombavam como insetos atordoados, e o Touro continuava em seu encalço. Em meio ao seu clamor enlouquecido, eles ouviram outro som: o gemido profundo do próprio castelo, enquanto ele se esticava em suas raízes, debatendo-se como uma bandeira ao vento de sua ira. E de forma muito suave, lá adiante no corredor, se erguia o cheiro do mar.

Ele sabe, ele sabe! Eu o enganei desse jeito uma vez, mas não acontecerá de novo. Mulher ou unicórnio, ele vai persegui-la até o mar desta vez, como lhe foi ordenado, e nenhuma magia minha vai desviá-lo de sua ordem. Bravio venceu.

Foi o que pensou o mágico enquanto corria, com toda a esperança perdida pela primeira vez em sua longa e estranha vida. O caminho alargou-se de repente, e eles emergiram em uma espécie de gruta que só podia ser o covil do Touro. O fedor de seu sono era tão forte e antigo ali que tinha uma doçura repugnante, e a caverna era vermelha como uma garganta, como se a luz dele tivesse se esfregado nas paredes e se incrustado nas rachaduras e fendas. Mais adiante, o túnel se estendia de novo, além do brilho fraco da água se partindo.

Lady Amalteia caiu de forma tão definitiva como uma flor que se rompe. Schmendrick saltou para um lado e girou para arrastar Molly Pavor com ele. Bateram com força em uma placa de rocha rachada e ali se agacharam juntos enquanto o Touro Vermelho passava furiosamente sem se virar. Mas ele estacou entre um passo e outro, e o silêncio repentino — quebrado apenas pela respiração do Touro e pelo rascar distante do mar — teria sido absurdo, não fosse por sua causa.

Ela estava deitada de lado com uma perna dobrada embaixo do corpo, movendo-se devagar, mas sem fazer barulho. O príncipe Lír estava entre o corpo dela e o Touro, sem armas, mas com as mãos erguidas, como se ainda segurassem uma espada e um escudo. Mais uma vez naquela noite sem fim, o príncipe disse:

— Não.

Ele parecia um verdadeiro tolo e estava prestes a ser pisoteado. O Touro Vermelho não conseguia enxergá-lo e o mataria sem nem saber que ele estava no caminho. Então, a surpresa, o amor e uma tristeza imensa abalaram Schmendrick, o Mágico, e se uniram dentro dele, preenchendo-o, preenchendo-o até que ele se sentiu transbordando e fluindo com algo que não era nenhum desses sentimentos. Não acreditava naquilo, mas, mesmo assim, aquela coisa veio até ele, pois já o havia tocado duas vezes e o deixado mais vazio do que antes. Dessa vez, era demais para ele segurar, ela transbordava pela pele, saltava dos dedos das mãos e dos pés, invadia da mesma forma os olhos, os cabelos e as cavidades de seus ombros. Era demais para segurar, demais até mesmo para usar, e, ainda assim, ele se flagrou chorando de dor de sua ânsia impossível. Ele pensou, ou disse, ou cantou *Eu não sabia que estava tão vazio para ficar assim tão cheio.*

Lady Amalteia permanecia onde havia caído, embora agora tentasse se levantar, e o príncipe Lír ainda a protegia, erguendo as mãos vazias contra a enorme forma que se agigantava sobre ele. A ponta da língua do príncipe saía de um canto da boca, fazendo-o parecer tão sério quanto uma criança desmontando um brinquedo. Muitos anos depois, quando o nome de Schmendrick virou um nome maior que o de Nikos e pior que os demônios ifrites[23] que se rendiam ao ouvi-lo, ele nunca mais conseguiu fazer a menor das mágicas sem ver o príncipe Lír diante dele, com os olhos semicerrados por conta da claridade e a língua para fora.

O Touro Vermelho pisou forte de novo, e o príncipe Lír caiu de cara no chão e se levantou sangrando. O ronco do Touro começou, e a cabeça cega e inchada começou a descer, como se fosse a metade da balança da perdição. O valente coração de Lír pendia entre os chifres pálidos, quase pingando de suas pontas, ele próprio praticamente esmagado e despedaçado; e sua boca se curvou um pouco, mas ele não se moveu. O som do Touro ficou mais alto quando os chifres se abaixaram.

Então, Schmendrick se pôs no espaço aberto e proferiu algumas palavras. Eram palavras curtas, sem distinção de melodia ou aspereza, e o próprio Schmendrick não conseguia ouvi-las por causa do urro terrível do Touro Vermelho. Mas ele sabia o que elas significavam, sabia exatamente como dizê-las e sabia que poderia dizê-las de novo quando quisesse, da mesma maneira ou de um jeito diferente. Agora, ele as falava com gentileza e alegria, e, ao fazê-lo, sentiu sua imortalidade cair dele como uma armadura, ou como uma mortalha.

À primeira palavra do feitiço, lady Amalteia soltou um grito fino e amargo. Ela tentou alcançar o príncipe Lír, mas ele estava de costas para ela, protegendo-a, e não ouviu. Molly Pavor, desolada, agarrou o braço de Schmendrick, mas o mágico continuou falando. Porém, mesmo quando a magia floresceu onde ela estava — branca como o mar, branca como o mar, tão infinitamente bela quanto o Touro era poderoso —, ainda assim, lady Amalteia se abraçou por mais um momento. Ela não estava mais lá, e, mesmo assim, seu rosto pairava como uma respiração na luz fria e fétida.

Teria sido melhor se o príncipe Lír não tivesse se virado até que ela tivesse partido, mas ele se virou. Ele viu a unicórnio, e ela resplandeceu para ele como em um espelho, mas foi a outra que ele chamou — a infame, a lady Amalteia. A voz dele foi o fim dela: ela desapareceu quando ele gritou seu nome, como se ele tivesse cantado para o dia raiar.

As coisas aconteceram com rapidez e lentidão, como acontece nos sonhos, em que, na verdade, é a mesma coisa. A unicórnio ficou parada, olhando para todos eles com uma expressão perdida e distante. Ela parecia ainda mais bonita do que Schmendrick se lembrava, pois ninguém consegue manter um unicórnio na cabeça por muito tempo; e, de qualquer maneira, ela não era mais como antes, assim como ele não era. Molly Pavor avançou em sua direção, falando de um jeito suave e tolo, mas a unicórnio não deu sinal de que a conhecia. O chifre maravilhoso continuava opaco como a chuva.

Com um rugido que fez as paredes de seu covil ressoarem e estalarem como uma lona de circo, o Touro Vermelho atacou pela segunda vez. A unicórnio fugiu pela caverna e entrou na escuridão. O príncipe Lír, ao se virar, deu um pequeno passo para o lado e, antes que pudesse se virar de novo, a perseguição do Touro o derrubou, atordoado e boquiaberto.

Molly teria ido até ele, mas Schmendrick a agarrou e a arrastou para trás do Touro e da unicórnio. Nenhum dos animais estava à vista, mas o túnel ainda trovejava com a passagem desesperada deles. Atordoada e perplexa, Molly cambaleou ao lado do estranho feroz que não a deixou cair nem diminuiu o passo. Acima da cabeça e ao redor, ela podia sentir o castelo gemendo, rangendo na rocha como um dente se soltando. A rima da bruxa ecoava em sua memória sem parar.

Apenas um de Bravília, mais ninguém
Poderá mandar o castelo ao além.

De repente, era areia refreando seus pés, e o cheiro do mar — frio como o outro cheiro, mas tão bom, tão agradável, que os dois pararam de correr e riram alto. Acima deles, no penhasco, o castelo do rei Bravio se estendia em direção a um céu matinal verde-acinzentado salpicado de nuvens finas e leitosas. Molly tinha certeza de que o próprio rei devia estar observando de uma das torres trêmulas, mas ela não conseguia enxergá-lo. Algumas estrelas ainda brilhavam no céu azul pesado sobre a água. A maré estava baixa, e a praia nua tinha o brilho cinzento e úmido de um marisco desnudo, mas bem ao fundo da praia o mar se curvava como uma abóbada, e Molly sabia que o refluir havia terminado.

A unicórnio e o Touro Vermelho estavam frente a frente no arco da abóbada, e as costas da unicórnio estavam voltadas para o mar. O Touro movia-se devagar, sem atacar, mas pressionando-a quase com gentileza em direção à água, sem nunca a tocar. Ela não resistiu a ele. Seu chifre estava escuro, sua cabeça se mantinha baixa, e o Touro a controlava como havia feito na planície de Bravília antes de ela se tornar lady Amalteia. Podia até ser aquela mesma alvorada desesperançada, exceto pelo mar ao fundo.

Ainda assim, ela não havia sido totalmente conquistada. Ela recuou até uma pata traseira realmente pisar na água. Com isso, saltou através do ardor lento do Touro Vermelho e correu pela praia, tão rápida e leve que o vento de sua passagem apagou as pegadas da areia. O Touro partiu atrás dela.

— Faça alguma coisa — disse uma voz rouca a Schmendrick, como Molly havia dito há muito tempo. O príncipe Lír estava atrás dele,

com rosto ensanguentado e olhos ensandecidos. Parecia o rei Bravio.
— Faça alguma coisa — repetiu. — Você tem poder? Você a transformou em unicórnio... faça alguma coisa para salvá-la, agora. Se não fizer, eu vou matá-lo.

Ele mostrou suas mãos ao mágico.

— Não posso — respondeu Schmendrick baixinho. — Nem toda a magia do mundo pode ajudá-la agora. Se ela não lutar com ele, deverá entrar no mar com os outros. Nem magia nem assassinato vai ajudá-la.

Molly ouviu as ondinhas batendo na areia — a maré estava começando a mudar. Ela não viu nenhum unicórnio caindo na água, embora tenha procurado por eles, desejando que estivessem ali. *E se for tarde demais? E se eles tivessem sido levados pela última maré vazante, para o mar mais profundo, aonde nenhum navio vai, por causa do Kraken e do dragão-do-mar, e por causa das selvas flutuantes de destroços que os enredam e afogam? Então, ela nunca os encontrará. Será que ela ficaria comigo?*

— Então, para que serve a magia? — questionou príncipe Lír em frenesi. — Para que serve a magia se não pode salvar uma unicórnio? — Ele agarrou o ombro do mágico com força para evitar uma queda.

Schmendrick não virou a cabeça. Com um toque de triste escárnio na voz, ele disse:

— É para isso que servem os heróis.

Eles não conseguiam ver a unicórnio por conta da imensidão do Touro, mas, de repente, ele voltou voando pela praia em direção a eles. Cego e paciente como o mar, o Touro Vermelho a seguiu, seus cascos abrindo grandes valas na areia úmida. Fumaça e fogo, respingos e tempestade, eles avançaram juntos, nenhum dos dois vencendo, e o príncipe Lír deu um suave grunhido de compreensão.

— Sim, claro — disse ele. — É exatamente para isso que servem os heróis. Os bruxos não fazem diferença, então dizem que nada adianta, mas os heróis são feitos para morrer pelos unicórnios.

Ele soltou o ombro de Schmendrick, abrindo um sorriso para si.

— Há uma falácia básica no seu raciocínio — começou Schmendrick, em um tom indignado, mas o príncipe nem chegou a ouvir.

A unicórnio passou por eles — sua respiração fluía azul-esbranquiçada e sua cabeça estava erguida demais —, e o príncipe Lír saltou no caminho do Touro Vermelho. Por um momento, ele desapareceu por completo, como uma pena em chamas. O Touro passou por cima dele e o deixou caído no chão. Um lado de seu rosto estava apertado com força demais na areia, e uma perna chutando o ar três vezes antes de parar. Ele caiu sem gritar, e Schmendrick e Molly ficaram tão silenciosos quanto ele, mas a unicórnio se virou. O Touro Vermelho parou quando ela fez isso e girou para deixá-la mais uma vez entre ele e o mar. Começou a avançar com passos rápidos e dançantes de novo, e parecia muito um pássaro em cortejo, por toda a atenção que a unicórnio lhe dava. Ela ficou imóvel, encarando o corpo retorcido do príncipe Lír.

A maré estava rumorejando forte agora, e a praia já estava uma faixa mais estreita. Borrascas brancas e vagalhões estendiam-se pela madrugada, mas Molly Pavor ainda não tinha visto nenhum outro unicórnio além da sua. Acima do castelo, o céu estava escarlate, e na torre mais alta o rei Bravio se erguia tão claro e obscuro quanto uma árvore no inverno. Molly podia ver a cicatriz reta de sua boca e suas unhas escurecendo enquanto ele agarrava o parapeito. *Mas o castelo não pode cair agora. Apenas Lír poderia tê-lo feito cair.*

De repente, a unicórnio gritou. Não era nada parecido com o clangor desafiador com que ela havia enfrentado o Touro Vermelho da primeira vez, mas um lamento feio e estridente de tristeza, perda e raiva, como nenhuma criatura imortal jamais havia dado. O castelo tremeu, e o rei Bravio se encolheu, cobrindo o rosto com um braço. O Touro Vermelho hesitou, arrastando os pés na areia, mugindo em dúvida.

A unicórnio gritou de novo e se ergueu nas patas traseiras como uma cimitarra. O movimento suave de seu corpo fez Molly fechar os olhos, mas ela voltou a abri-los a tempo de ver a unicórnio saltar em direção ao Touro Vermelho, e o Touro desviar do seu caminho. O chifre da unicórnio estava aceso de novo, queimando e tremendo como uma borboleta.

Ela atacou de novo, e o Touro mais uma vez abriu caminho, pesado de perplexidade, mas ainda rápido como um peixe. Seus chifres tinham a cor de um relâmpago e se pareciam com um, e o menor movimento de sua cabeça fazia com que a unicórnio cambaleasse, mas ele recuou, recuou, voltando sem cessar pela praia, como ela havia feito. Ela avançou atrás dele, empenhada para matar, mas não conseguiu alcançá-lo. Parecia que estava apunhalando uma sombra ou uma lembrança.

Então, o Touro Vermelho recuou sem lutar, até que ela o perseguiu até a beira da água. Foi ali que ele se posicionou, com as ondas girando em torno de seus cascos e a areia cedendo embaixo deles. Ele não lutaria nem fugiria, e a unicórnio sabia agora que nunca poderia destruí-lo. Ainda assim, ela se preparou para outro ataque, enquanto ele soltava um ruído murmurado da garganta, maravilhado.

Para Molly Pavor, o mundo pairou imóvel naquele momento frágil. Como se estivesse em uma torre mais alta que a do rei Bravio, ela olhou para um pedaço de terra pálido onde um homem e uma mulher de brinquedo encaravam com seus olhos costurados um touro de barro e um pequeno unicórnio de marfim. Brinquedos abandonados — havia outra boneca também, semienterrada, e um castelo de areia com um rei de pau apoiado em uma torre inclinada. A maré levaria tudo num piscar de olhos, e nada restaria além dos pássaros flácidos da praia, pulando em círculos.

Então, Schmendrick puxou-a de volta para o seu lado, sacudindo-a e chamando: "Molly". Longe do mar, as ondas estavam chegando: ondas longas e pesadas, caindo sobre a espuma branca em seus corações verdes, rasgando-se em fumaça nos bancos de areia e nas pedras cheias de limo, riscando a praia com um som semelhante ao fogo. Os pássaros voavam em bandos gritantes, sua indignação estridente perdida no rugido das ondas como alfinetes.

E na brancura, da brancura, florescendo na água esfarrapada, os corpos arqueados com as cavidades de mármore listradas das ondas, suas crinas e caudas e as barbas frágeis dos machos queimando à luz do sol, os olhos tão escuros e brilhantes quanto o mar profundo — e o brilho dos chifres, o brilho de concha dos chifres! Os chifres chegaram em cavalgada como mastros nas cores do arco-íris de navios prateados.

Mas não desembarcariam enquanto o Touro estivesse lá. Rolavam nas águas rasas, rodopiando juntos de um jeito tão frenético como peixes assustados quando as redes estão sendo içadas, não mais com o mar, mas perdendo-o. Centenas deles eram carregados com cada onda e arremessados contra aqueles que já lutavam para não serem empurrados para a praia, e eles, por sua vez, avançavam em desespero, empinando-se nas patas traseiras e tropeçando, esticando os pescoços longos e nublados para trás.

A unicórnio abaixou a cabeça uma última vez e se atirou para cima do Touro Vermelho. Se fosse de carne e osso ou um fantasma, o golpe o teria estourado como uma fruta podre, mas ele se virou sem nem perceber e caminhou devagar em direção ao mar. Os unicórnios na água debateram-se descontroladamente para deixá-lo passar, batendo os pés e cortando as ondas em uma névoa turbulenta que os chifres transformavam em arco-íris, mas na praia, no topo do penhasco e em todo o reino de Bravio, a terra suspirou quando o peso dele saiu dela.

Ele caminhou bastante antes de começar a nadar. As ondas maiores não quebravam mais alto que seus jarretes, e a maré tímida corria dele. Mas quando por fim ele se deixou afundar na corrente, uma grande onda do mar surgiu atrás dele: uma ondulação verde e preta, tão profunda, suave e forte quanto o vento. Ela reuniu-se em silêncio, dobrando-se de um horizonte ao outro, até que, por um momento, escondeu os ombros curvados e as costas inclinadas do Touro Vermelho. Schmendrick levantou o príncipe morto, e ele e Molly correram até que a face do penhasco os deteve. A onda caiu como um aguaceiro de correntes.

Então, os unicórnios saíram do mar.

Molly nunca os viu com clareza, pois eram uma luz saltando em sua direção e um grito que ofuscava seus olhos. Ela era sábia o bastante para compreender que nenhum mortal devia ver todos os unicórnios do mundo, então tentou encontrar sua própria unicórnio e olhar apenas para ela. Mas havia muitos deles, e eram lindos demais. Cega como o Touro, ela foi ao encontro deles, estendendo os braços.

Os unicórnios com certeza a teriam atropelado, assim como o Touro Vermelho pisoteou o príncipe Lír, pois ficaram loucos com aquela liberdade. Mas Schmendrick falou, e eles passaram pela direita e pela esquerda de Molly, Lír e ele — alguns até saltando sobre os três —, enquanto o mar se quebrava em uma rocha e, em seguida, se juntava de novo, torvelinhando. Ao redor de Molly fluía e florescia uma luz tão impossível quanto uma neve incendiada, enquanto milhares de cascos fendidos ressoavam como címbalos. Ela ficou parada, sem chorar nem rir, pois sua alegria era grande demais para seu corpo compreender.

— Olhe lá em cima — disse Schmendrick. — O castelo está caindo.

Ela virou-se e viu que as torres estavam derretendo, enquanto os unicórnios subiam o penhasco e fluíam ao redor delas, exatamente como se fossem feitas de areia e o mar estivesse deslizando para dentro delas. O castelo desmoronou em grandes pedaços frios que ficaram finos e cerosos enquanto giravam no ar até desaparecerem. Ele pulverizou-se e desapareceu sem fazer barulho, e não deixou ruínas, nem na terra nem nas lembranças dos dois que o viram ruir. Um minuto depois, não conseguiam lembrar onde ele ficava ou como era sua aparência.

Mas o rei Bravio, que era bem real, caiu dos destroços de seu castelo desencantado como uma faca lançada através das nuvens. Molly ouviu-o rir uma vez, como se já esperasse por isso. Pouca coisa surpreendia o rei Bravio.

XIV

Depois que o mar levou embora suas pegadas em formato de diamante, não havia mais sinal de que tinham estado ali, assim como não havia mais sinais do castelo do rei Bravio. A única diferença era que Molly Pavor se lembrava muito bem dos unicórnios.

— Ainda bem que ela foi embora sem se despedir — disse para si mesma. — Eu teria virado uma idiota! De qualquer forma, vou virar uma idiota em um minuto, mas é realmente melhor assim.

Então, um calor percorreu sua bochecha e seu cabelo, como a luz do sol, e ela se virou e envolveu o pescoço da unicórnio em um abraço.

— Ah, você ficou — sussurrou ela —, você ficou!

Ela estava prestes a ser bem tola e perguntar: "Você vai ficar?", mas a unicórnio deslizou gentilmente para longe e foi até onde o príncipe Lír jazia com os olhos azul-escuros já perdendo a cor. Ela parou sobre ele, da mesma forma quando ele protegeu lady Amalteia.

— Ela pode revivê-lo — disse Schmendrick baixinho. — O chifre de um unicórnio é à prova da própria morte.

Molly olhou atentamente para ele, como não fazia havia muito tempo, e viu que por fim ele havia alcançado seu poder e seu início. Ela não conseguia dizer como sabia, pois nenhuma glória selvagem ardia ao redor dele e nenhum presságio reconhecível ocorrera em sua honra, apenas naquele momento. Era Schmendrick, o Mágico, de sempre — e, ainda assim, de alguma forma, era a primeira vez.

Demorou muito para que a unicórnio, parada ao lado do príncipe Lír, o tocasse com seu chifre. Apesar de sua busca ter terminado com júbilo, havia um cansaço na maneira como ela se portava e uma tristeza em sua beleza que Molly nunca tinha visto. De repente, lhe pareceu que a tristeza da unicórnio não era por Lír, mas pela garota perdida que não podia ser trazida de volta, por lady Amalteia, que talvez tivesse vivido feliz para sempre com o príncipe. A unicórnio abaixou a cabeça, e seu chifre passou pelo queixo de Lír de forma muito desajeitada, como acontece em um primeiro beijo.

Ele sentou-se, piscando, sorrindo para uma coisa que havia ficado no passado.

— Pai — disse com voz ágil, curiosa. — Pai, eu tive um sonho. — Então, ele viu a unicórnio e se levantou enquanto o sangue em seu rosto começou a brilhar e se mover de novo. Ele disse: — Eu estava morto.

A unicórnio tocou-o uma segunda vez, sobre o coração, deixando seu chifre descansar ali por um tempinho. Os dois ficaram trêmulos. O príncipe Lír estendeu as mãos para a unicórnio como se conversasse com ela, que disse:

— Eu me lembro de você. Eu me lembro.

— Quando eu estava morto... — começou o príncipe Lír, mas ela estava distraída.

Não houve barulho de pedra atrás dela, nenhum arbusto se soltou enquanto ela subia o penhasco. Ela seguia com tanta leveza quanto a sombra de um pássaro e, quando olhou para trás, com uma pata fendida equilibrada e a luz do sol em seus flancos, com a cabeça e o pescoço absurdamente frágeis para o peso do chifre, então, cada um dos três lá embaixo a chamou com pesar. Ela virou-se e desapareceu, mas Molly Pavor viu as vozes deles a atingirem como flechas e, mais do que desejar a unicórnio de volta, desejou que não a tivessem chamado.

— Assim que eu a vi, soube que estava morto — continuou o príncipe. — Foi assim da outra vez, quando olhei para baixo lá da torre do meu pai e a vi. — Ele olhou para cima e suspirou. Foi o único som de pesar pelo rei Bravio que qualquer ser vivo já havia feito até então. — Era eu? — sussurrou. — A maldição dizia que eu seria o único a derrubar o castelo, mas eu nunca teria feito isso. Ele não foi bom para mim, mas foi apenas porque eu não fui o que ele queria que eu fosse. Foi por minha causa que ele pereceu?

— Se você não tivesse tentado salvar a unicórnio, ela nunca teria se voltado contra o Touro Vermelho e o jogado no mar — respondeu Schmendrick. — Foi o Touro Vermelho que fez o transbordamento e assim libertou os outros unicórnios, e eles destruíram o castelo. Você enxergaria de outra forma mesmo sabendo disso?

O príncipe Lír negou com a cabeça, mas não disse nada.

— Mas por que o Touro fugiu dela? — perguntou Molly. — Por que ele não ficou firme e lutou?

Não havia sinal dele quando olharam para o mar, embora certamente fosse grande demais para ter desaparecido de vista em tão pouco tempo. Mas se chegou a alguma outra margem ou se a água por fim levou seu corpanzil para o fundo, ninguém soube até muito tempo depois, e ele nunca mais foi visto naquele reino.

— O Touro Vermelho nunca luta — comentou Schmendrick. — Ele conquista, mas nunca luta. — Ele se virou para o príncipe Lír e pousou a mão no ombro dele. — Agora você é o rei — falou. Tocou também em Molly, disse alguma coisa que foi mais um assobio que uma palavra, e os três flutuaram no ar como as penugens de serralha até o topo do penhasco.

Molly não ficou assustada. A magia ergueu-a com tanta suavidade, como se ela fosse uma nota musical que a magia estivesse cantando. Ela conseguia sentir que a magia nunca estava muito longe de ser selvagem e perigosa, mas Molly lamentou quando ela a pousou.

Não restava nenhuma pedra do castelo, nem qualquer cicatriz — a terra não estava nem mesmo pouco mais clara onde antes ele costumava ficar. Quatro jovens com armaduras enferrujadas e esfarrapadas vagavam boquiabertos pelos corredores desaparecidos e giravam, giravam na ausência que antes era o grande salão. Quando viram Lír, Molly e Schmendrick, correram na direção deles, rindo. Caíram de joelhos diante de Lír e gritaram juntos:

— Vossa Majestade! Viva o rei Lír!

Lír corou e tentou fazê-los ficar de pé.

— Não se preocupem com isso — murmurou —, não se preocupem com isso. Quem são vocês? — Ele olhou com espanto de um rosto para o outro. — Eu conheço vocês... eu conheço vocês... mas como pode ser?

— É verdade, Majestade — respondeu com alegria o primeiro dos jovens. — De fato, somos os soldados do rei Bravio, os mesmos que o serviram por tantos anos frios e cansativos. Fugimos do castelo depois que você desapareceu no relógio, porque o Touro Vermelho estava rugindo, e todas as torres estavam tremendo, e ficamos todos com medo. Sabíamos que a velha maldição finalmente estava se cumprindo.

— Uma grande onda afundou o castelo — disse um segundo soldado —, exatamente como a bruxa previu. Eu o vi desmoronando no penhasco tão devagar quanto a neve, e não sei dizer por que não fomos com ele.

— A onda abriu-se e nos contornou — acrescentou o outro homem —, como nunca vi nenhuma onda fazer antes. Era uma água estranha, como o fantasma de uma onda, borbulhando com uma luz de arco-íris, e por um momento me pareceu... — Ele esfregou os olhos, deu de ombros e sorriu de um jeito desamparado. — Sei lá. Pareceu um sonho.

— Mas o que aconteceu com todos vocês? — questionou Lír. — Vocês eram velhos quando eu nasci, e agora estão mais novos que eu. Que milagre é esse?

Os três que falaram deram uma risadinha e pareceram envergonhados, mas o quarto homem respondeu:

— É o milagre de querer realmente dizer o que dissemos. Certa vez, dissemos à lady Amalteia que seríamos jovens de novo se ela quisesse, e acho que falamos a verdade. Onde ela está? Vamos ajudá-la, mesmo que signifique enfrentar o próprio Touro Vermelho.

— Ela se foi — respondeu o rei Lír. — Encontrem meu cavalo e selem-no. Encontrem meu cavalo. — Sua voz era áspera e ávida, e os soldados saíram aos tropeços para cumprir as ordens do novo senhor.

Mas Schmendrick, em pé atrás dele, disse com calma:

— Majestade, não será possível. O senhor não deve segui-la.

O rei virou-se e sua aparência lembrou Bravio.

— Mágico, ela é minha! — Ele fez uma pausa e, em seguida, continuou: — Ela me trouxe do mundo dos mortos duas vezes, e o que serei eu sem ela, senão morto pela terceira vez? — Ele agarrou Schmendrick pelos pulsos com força o bastante para pulverizar ossos, mas o mágico não se moveu. Então, falou: — Não sou o rei Bravio. Não tenho desejo de capturá-la, mas apenas de passar a vida seguindo-a... quilômetros, léguas, até anos atrás... sem nunca vê-la, talvez, mas contente. É meu direito. Um herói tem direito ao seu final feliz quando ele finalmente chega.

— Este não é o fim — retrucou Schmendrick —, nem para você, nem para ela. Vossa Majestade é o rei de uma terra devastada onde nunca houve outro rei além do medo. Sua verdadeira tarefa acabou de começar, e o senhor talvez não saiba se teve sucesso nela durante toda a vida, somente se falhar. Quanto a ela, é uma história sem final, feliz ou triste. Ela nunca poderá pertencer a nada que seja mortal o bastante para querê-la.

O mais estranho é que ele cingiu o jovem rei com os braços e o segurou assim por um tempo.

— Ainda assim, fique contente, milorde — disse em voz baixa. — Nenhum homem jamais teve mais da graça dela do que Vossa

Majestade, e nenhum outro será abençoado por sua lembrança. O senhor a amou e a serviu... fique contente e seja rei.

— Mas não é o que eu quero! — gritou Lír.

O mágico não respondeu uma palavra, apenas olhou para ele. Olhos azuis encararam os verdes, um rosto magro e majestoso não ficou nem tão bonito nem tão ousado. O rei começou a apertar os olhos e a piscar, como se estivesse olhando para o sol, e não demorou muito para que ele abaixasse os olhos e murmurasse:

— Assim seja. Ficarei e governarei sozinho um povo miserável em uma terra que odeio. E não terei mais alegria em meu governo que o pobre Bravio já teve.

Um gatinho outonal com uma orelha torta saiu de algum canto secreto no ar e bocejou para Molly. Ela pegou-o no colo e o apertou contra o rosto, e ele enroscou as patas nos cabelos dela. Schmendrick sorriu e disse ao rei:

— Precisamos deixá-lo agora. Vossa Majestade virá conosco e nos verá em amizade até os limites dos seus domínios? Há muita coisa entre aqui e lá que vale a pena estudar... e posso lhe prometer que haverá algum sinal de unicórnios.

Então, o rei Lír gritou de novo pedindo seu cavalo, e seus homens o procuraram e o encontraram, mas para Schmendrick e Molly não havia nenhum. Porém, quando voltaram com o cavalo do rei, eles se viraram diante do olhar surpreso dele e avistaram mais dois cavalos seguindo docilmente atrás deles: um preto e um castanho, os dois já selados e com rédeas. Schmendrick ficou com o cavalo preto e deixou o castanho para Molly.

Ela ficou com medo deles no início.

— São seus? — perguntou ela. — Você os fez? Consegue fazer isso agora... simplesmente criar coisas?

O sussurro do rei ecoou a admiração dela.

— Eu os encontrei — respondeu o mágico. — Mas o que eu quero dizer com "encontrei" não é o mesmo que você diz. E não me faça mais perguntas. — Ele colocou-a na sela e, em seguida, saltou para a sela do outro cavalo.

Assim, os três partiram, e os soldados os seguiram a pé. Ninguém olhou para trás, pois não havia nada para ver. Mas o rei Lír disse sem se virar:

— É estranho ter crescido em um lugar e depois esse lugar desaparecer, e tudo mudar... e, de repente, ser o rei. Nada disso foi real, não é? Então, eu sou real?

Schmendrick não respondeu.

O rei Lír queria seguir rapidamente, mas Schmendrick os manteve em um ritmo tranquilo e em uma estrada sinuosa. Quando o rei se irritou com a velocidade, foi advertido a pensar em seus homens que estavam a pé — embora eles, maravilhosamente, não tivessem se cansado nunca durante toda a jornada. Mas Molly logo entendeu que o mágico estava demorando apenas para fazer Lír olhar longa e atentamente para o seu reino. E para sua surpresa, ela descobriu que valia a pena olhar aquela terra.

Pois, muito devagar, a primavera estava chegando ao país árido que antes era de Bravio. Um estranho não teria notado a mudança, mas Molly conseguia ver que a terra árida estava brilhando com um verde tão fugidio quanto a fumaça. Árvores baixas e raquíticas que nunca haviam florescido estavam dando flores da mesma forma cautelosa com que um exército envia batedores; riachos secos havia muito estavam começando a marulhar em seus leitos, e pequenas criaturas estavam chamando umas às outras. Os cheiros passavam em faixas: grama clara e lama preta, mel e nozes, hortelã, feno e madeira de macieira podre, e até mesmo a luz do sol da tarde tinha um cheiro suave que causa coceira no nariz e que Molly reconheceria em qualquer lugar. Ela cavalgou ao lado de Schmendrick, observando a suave aproximação da primavera e pensando em como havia chegado até ela, tardia, mas duradoura.

— Unicórnios passaram por aqui — sussurrou ela para o mágico. — Foi por isso ou foi a queda de Bravio e a partida do Touro Vermelho? O que é, o que está acontecendo?

— Tudo — respondeu ele —, tudo, tudo de uma vez. Não é uma primavera, mas cinquenta, e não um ou dois grandes terrores se escafederam, mas mil pequenas sombras se ergueram da terra. Espere para ver. — Falando para Lír ouvir, ele acrescentou: — Esta não é a primeira primavera que já aconteceu neste país. Era uma terra boa muito tempo atrás e precisa apenas de um verdadeiro rei para sê-lo de novo. Veja como ela se suaviza diante dos seus olhos.

O rei Lír não disse nada, mas seus olhos vagavam para a esquerda e para a direita enquanto ele cavalgava, e ele não conseguia deixar de observar o amadurecimento. Até mesmo o vale de Bravília, de lembranças ruins, estava repleto de todos os tipos de flores silvestres: colombinas e campânulas, lavandas e tremoceiros, dedaleiras e mil-folhas. As pegadas sulcadas do Touro Vermelho estavam ficando macias com malva.

Mas quando chegaram a Bravília, no final da tarde, uma visão estranha e selvagem os aguardava. Os campos arados tinham sido terrivelmente dilacerados e devastados, enquanto os ricos pomares e vinhedos foram pisoteados, não deixando nenhum bosque ou arvoredo de pé. Era uma ruína tão devastadora quanto a que o próprio Touro poderia ter causado, mas pareceu a Molly Pavor que cinquenta anos de tristezas frustradas haviam atingido Bravília de uma só vez, assim como muitas primaveras estavam finalmente aquecendo o restante da terra. A terra pisoteada parecia estranhamente cinzenta sob a luz do fim do dia.

O rei Lír perguntou baixinho:

— O que é isso?

— Continue cavalgando, Vossa Majestade — respondeu o mágico. — Continue cavalgando.

O sol estava se pondo quando passaram pelos portões derrubados da cidade e guiaram seus cavalos devagar pelas ruas que estavam abarrotadas de tábuas, pertences e vidros quebrados, com pedaços de paredes e janelas, chaminés, cadeiras, utensílios de cozinha, telhados, banheiras, camas, lareiras, penteadeiras. Todas as casas em Bravília haviam sido destruídas, tudo o que podia ser quebrado foi quebrado. A cidade parecia ter sido pisoteada.

O povo de Bravília estava sentado na porta de suas casas onde quer que pudessem encontrá-las, observando os destroços. Sempre tiveram um ar de mendigos, mesmo em meio à fartura, e a ruína real os fazia parecer quase aliviados, e nem um pouco mais pobres. Mal notaram quando Lír cavalgou até eles, não até que dissesse:

— Eu sou o rei. O que aconteceu com vocês aqui?

— Foi um terremoto — murmurou um homem de expressão sonhadora, mas outro logo o contradisse:

— Foi uma tempestade, uma tempestade do nordeste vinda diretamente do mar. A cidade foi sacudida até ficar em pedaços, e o granizo caiu como cascos de cavalo.

Outro homem ainda insistiu que uma maré poderosa havia inundado Bravília, uma maré tão branca quanto o corniso e pesada como o mármore, que não afogou ninguém e destruiu tudo. O rei Lír ouviu a todos, sorrindo de um jeito sombrio.

— Ouçam — disse ele depois que terminaram de falar. — O rei Bravio está morto, e seu castelo desmoronou. Sou Lír, o filho de Bravília que foi abandonado ao nascer para impedir que a maldição da bruxa se tornasse realidade e *isso* acontecesse. — Ele passou o braço em volta do corpo em direção às casas destruídas. — Pessoas desgraçadas e tolas, os unicórnios retornaram... os unicórnios que vocês viram o Touro Vermelho caçando e fingiram não ver. Foram eles que derrubaram o castelo e a cidade também. Mas vocês foram destruídos pela própria ganância e pelo medo.

Os habitantes da cidade suspiraram em resignação, mas uma mulher de meia-idade deu um passo à frente e disse com um tanto de coragem:

— Tudo parece um pouco injusto, milorde, e eu peço desculpas. O que poderíamos ter feito para salvar os unicórnios? Tínhamos medo do Touro Vermelho. O que poderíamos ter feito?

— Uma palavra talvez tivesse sido suficiente — respondeu o rei Lír. — Agora ninguém jamais saberá.

Ele teria virado o cavalo e os deixado ali, mas uma voz fraca e rouca o chamou:

— Lír... Lirzinho... meu filho, meu rei!

Molly e Schmendrick reconheceram o homem que chegou arrastando os pés, com os braços abertos, ofegante e mancando, como se fosse mais velho do que realmente era: Drinn.

— Quem é você? — perguntou o rei. — O que quer de mim?

Drinn soltou uma pancada nos estribos, exagerando nos rapapés.

— Não me conhece, meu garoto? Não... por que deveria? Por que eu deveria merecer que você me conhecesse? Sou seu pai, seu pobre e velho pai, explodindo de felicidade. Fui eu quem te deixou no mercado naquela noite de inverno muito tempo atrás e entregou você ao seu destino heroico. O quanto eu fui sábio e o quanto fiquei triste por tanto tempo, e o quanto estou orgulhoso agora! Meu garoto, meu garotinho! — O nariz dele estava escorrendo.

Sem dizer palavra, o rei Lír puxou as rédeas de seu cavalo, afastando-o da multidão. O velho Drinn deixou seus braços estendidos caírem ao lado do corpo.

— Isso é ter filhos! — gritou. — Filho ingrato, vai abandonar seu pai na hora de angústia, quando uma palavra de seu mago de estimação teria consertado tudo novamente? Pode me desprezar se quiser, mas eu fiz a minha parte para colocá-lo onde está agora, e você não ousa nem sequer negar! A vilania tem seus direitos também.

De qualquer forma, o rei teria se virado para ir embora, mas Schmendrick tocou seu braço e se inclinou para perto dele.

— É verdade, sabe? — sussurrou ele. — Mas para ele, para todos eles, a história foi bem diferente, e quem pode dizer que o final teria sido tão feliz quanto este? Você precisa ser o rei deles e governá-los com a mesma gentileza com que governaria um povo mais corajoso e fiel. Pois eles são parte do seu destino.

Então, Lír ergueu a mão para o povo de Bravília, e eles se empurraram e acotovelaram uns aos outros, pedindo silêncio. Ele disse:

— Preciso cavalgar com meus amigos e lhes fazer companhia por um tempo. Mas deixarei meus soldados aqui, e eles ajudarão vocês a reconstruir sua cidade. Quando eu voltar, em breve, também vou ajudar. Não vou começar a construir meu novo castelo até ver Bravília em pé de novo.

Eles reclamaram, contrariados, que Schmendrick poderia fazer tudo isso em um instante com sua magia, mas o mágico lhes respondeu:

— Eu não poderia, mesmo se quisesse. Há leis que governam a arte da magia, assim como as leis comandam as estações do ano e o mar. A magia deixou-os ricos no passado, quando todos os outros na terra eram pobres, mas seus dias de prosperidade acabaram, e agora vocês devem recomeçar. O que era um deserto no tempo de Bravio crescerá verde e generoso de novo, mas Bravília proporcionará uma vida exatamente tão miserável quanto os corações que ali habitam. Vocês podem voltar a plantar seus hectares e levantar seus pomares e vinhedos caídos, mas eles nunca florescerão como antes, nunca... até que aprendam a se alegrar com eles, sem motivo algum.

Ele olhou para os habitantes silenciosos da cidade sem raiva no olhar, apenas compaixão.

— Se eu fosse vocês, teria filhos — disse ele e, em seguida, se voltou ao rei Lír: — O que diz, Vossa Majestade? Vamos dormir aqui esta noite e seguir viagem ao amanhecer?

Mas o rei virou-se e saiu cavalgando para fora da devastada Bravília o mais rápido que pôde. Demorou muito para que Molly e o mágico o alcançassem, e mais ainda para que se deitassem para dormir.

***

Por muitos dias eles viajaram pelos domínios do rei Lír, e a cada dia conheciam menos esse território e mais se deleitavam nele. A primavera corria diante deles tão rápido quanto um rastilho de fogo, cobrindo tudo o que estava descoberto e abrindo tudo o que havia muito estava fechado, tocando a terra como o unicórnio tocou Lír. Todo tipo de animal, de ursos a besouros pretos, passava cheio de alegria, cambaleando ou correndo pelo caminho deles, e o céu alto, que antes tinha cor de areia e era tão árido quanto o próprio solo, agora estava repleto de pássaros, rodopiando tão densamente que parecia pôr do sol na maior parte do dia. Peixes curvavam-se e cintilavam nos riachos agitados, e flores silvestres subiam e desciam as colinas como prisioneiras fugitivas. Toda a terra pululava de vida, mas era a alegria silenciosa das flores que mantinha os três viajantes acordados à noite.

O povo das aldeias recebeu-os com cautela e com um pouco menos de severidade do que demonstraram quando Schmendrick e Molly chegaram ali pela primeira vez. Apenas os mais velhos entre eles já tinham visto a primavera antes, e muitos suspeitavam que o verde intenso fosse uma praga ou uma invasão. O rei Lír disse a eles que Bravio estava morto e que o Touro Vermelho havia partido para sempre, convidou-os para visitá-lo quando seu novo castelo ficasse pronto e seguiu em frente.

— Precisarão de tempo para se sentirem confortáveis com as flores — comentou ele.

Onde quer que parassem, ele deixava um recado, dizendo que todos os bandidos estavam perdoados, e Molly esperava que a notícia chegasse ao capitão Simplão e seu alegre bando. Foi o que aconteceu, e todo o alegre bando abandonou imediatamente a vida na floresta, exceto pelo próprio Simplão e Jack Tilintante. Juntos, se dedicaram ao ofício de menestréis itinerantes e, segundo relatos, ficaram bastante populares nas províncias.

Certa noite, os três dormiram na fronteira mais distante do reino de Lír, fazendo da grama alta sua cama. O rei se despediria deles pela manhã e retornaria para Bravília.

— Será solitário — comentou ele na escuridão. — Preferiria ir com vocês e não ser rei.

— Ah, Vossa Majestade vai gostar — respondeu Schmendrick. — Os melhores jovens das aldeias partirão para a sua corte, e Vossa Majestade os ensinará a serem cavaleiros e heróis. Os ministros mais sábios virão aconselhá-lo, os músicos, malabaristas e contadores de histórias mais habilidosos virão buscar seus favores. E haverá uma princesa, com o tempo... fugindo do próprio pai e de irmãos terrivelmente perversos ou buscando justiça para eles. Talvez você ouça falar dela, trancafiada em uma fortaleza de sílex e diamante, sua única companheira, uma aranha compassiva...

— Eu não ligo para nada disso — interrompeu o rei Lír. Ele ficou em silêncio por tanto tempo que Schmendrick pensou que tivesse adormecido, mas logo ele continuou: — Gostaria de poder vê-la mais uma vez, para abrir todo o meu coração para ela. Ela nunca saberá realmente o que eu queria lhe dizer. Você prometeu que eu a veria de novo.

O mágico respondeu-lhe de um jeito brusco.

— Prometi apenas que veria algum sinal de unicórnios, e foi o que Vossa Majestade viu. Seu reino é abençoado além do que qualquer terra merece, porque eles o atravessaram em liberdade. Quanto a você, ao seu coração e às coisas que disse e não disse, ela se lembrará de tudo quando os homens forem contos de fadas em livros escritos por coelhos. Pense nisso e fique quieto.

O rei não falou mais nada depois disso, e Schmendrick se arrependeu de suas palavras.

— Ela tocou em você duas vezes — disse ele pouco tempo depois. — O primeiro toque foi para trazer Vossa Majestade de volta à vida, mas o segundo foi para o senhor.

Lír não respondeu, e o mago não sabia se ele tinha ouvido ou não.

Schmendrick sonhou que a unicórnio veio e ficou ao seu lado ao nascer da lua. O vento fraco da noite levantou e espalhou sua crina, e a lua brilhou sobre o floco de neve que formava sua cabecinha. Ele sabia que era um sonho, mas ficou feliz em vê-la.

— Como você é linda — disse ele. — Eu nunca lhe disse de verdade. — Ele teria acordado os outros, mas os olhos dela lançaram um aviso tão claro para ele quanto dois pássaros assustados, e ele sabia que, caso se movesse para chamar Molly e Lír, ele acordaria e ela desapareceria. Então, disse apenas: — Eles te amam mais, eu acho, embora eu faça o melhor que posso.

— É por isso — disse a unicórnio, e o mágico não conseguiu entender o que ela estava respondendo. Ele ficou ali, deitado, muito quieto, esperando lembrar-se do formato exato das orelhas dela quando acordasse pela manhã. Ela disse: — Você é um verdadeiro mago mortal agora, como sempre desejou. Isso não lhe deixa feliz?

— Deixa — respondeu ele com um sorriso. — Eu não sou o pobre Bravio para perder o desejo do meu coração por tê-lo. Mas existem bruxos e bruxos, há magia das trevas e magia da luz, e os infinitos tons de cinza entre elas... e agora vejo que é tudo a mesma coisa. Se eu decidir ser o que os homens chamariam de um mago sábio e bom... auxiliando heróis, atrapalhando bruxas, senhores perversos e pais irracionais, fazendo chover, curando a doença do separador de lã e os mercenários loucos, tirando gatos das árvores... ou se eu escolher os destiladores cheios de elixires e essências, pós, ervas e venenos, os grimórios com cadeado encadernados em pele que é melhor deixar sem nome, a névoa turva escurecendo a câmara e a doce voz balbuciando ali... ora, a vida é curta, e quantas pessoas eu posso ajudar ou prejudicar? Finalmente tenho meu poder, mas o mundo ainda é pesado demais para eu mover, embora meu amigo Lír possa pensar o contrário.

E ele riu de novo em seu sonho, com um tanto de tristeza.

— Isso é verdade — concordou a unicórnio. — Você é um homem, e os homens não podem fazer nada que faça alguma diferença. — Mas a voz dela estava estranhamente lenta e carregada quando perguntou: — Qual você escolherá?

O mágico riu pela terceira vez.

— Ah, será a magia boa, sem dúvida nenhuma, porque você gostaria mais dela. Acho que nunca mais verei você, mas tentarei fazer o que a agradaria se você ficasse sabendo. E você... onde ficará pelo restante da minha vida? Achei que já teria voltado para casa, para sua floresta.

Ela virou-se e se afastou um pouco dele, e a luz repentina das estrelas em seus ombros fez com que toda a conversa sobre magia tivesse gosto de areia na garganta dele. Mariposas, mosquitos e outros insetos noturnos, pequenos demais para terem alguma importância, chegavam e dançavam lentamente ao redor de seu chifre brilhante, e aquilo não fazia com que parecesse tola, mas sim muito sábia e adorável, pois eles a celebravam. O gato de Molly esfregava-se entre as patas dianteiras dela.

— Os outros se foram — revelou ela. — Estão espalhados pelas florestas de onde vieram, nunca dois juntos, e os homens não os avistarão com tanta facilidade como se ainda estivessem no mar. Eu também retornarei para minha floresta, mas não sei se viverei contente lá ou em qualquer outro lugar. Eu fui mortal, e uma parte de mim ainda é mortal. Estou cheia de lágrimas, fome e medo da morte, embora não possa chorar, não queira nada e não possa morrer. Não sou como os outros agora, pois nenhum unicórnio já nascido jamais pôde lamentar, mas eu lamento. Eu lamento.

Schmendrick escondeu o rosto com as mãos, como uma criança, embora fosse um grande mágico.

— Sinto muito, sinto muito — murmurou em seu pulso. — Eu fiz mal a você, como Nikos fez ao outro unicórnio, com a mesma boa vontade, e não posso desfazer esse fato mais do que ele poderia. Mamãe Fortuna, o rei Bravio e o Touro Vermelho foram mais gentis com você do que eu.

Mas ela foi gentil em sua resposta, dizendo:

— Meu povo está no mundo de novo. Nenhuma tristeza viverá em mim tanto quanto essa alegria... exceto uma, e eu te agradeço por ela também. Adeus, bom mágico. Tentarei ir para casa.

A unicórnio não fez nenhum som quando o deixou, mas ele estava acordado, e o gato de orelha torta miava solitário. Virando a cabeça, Schmendrick viu o luar tremulando nos olhos abertos do rei Lír e Molly Pavor. Os três ficaram acordados até de manhã, e ninguém disse uma palavra.

Ao amanhecer, o rei Lír se levantou e selou seu cavalo. Antes de montar, disse a Schmendrick e Molly:

— Gostaria que vocês viessem me visitar um dia.

Eles lhe garantiram que fariam isso, mas o rei ainda permaneceu com eles, torcendo as rédeas penduradas em seus dedos.

— Sonhei com ela ontem à noite — revelou.

— Eu também! — disparou Molly.

Schmendrick apenas abriu a boca e, em seguida, voltou a fechá-la.

Com voz rouca, o rei Lír disse:

— Pela nossa amizade, eu imploro, me diga o que ela disse.

As mãos dele agarraram uma das mãos de cada um deles, e seu aperto era frio e doloroso.

Schmendrick abriu um sorriso desanimado para ele.

— Milorde, eu raramente me lembro dos meus sonhos. Parece-me que falamos solenemente de coisas tolas, como se faz... tolices sérias, vazias e evanescentes...

O rei soltou a mão dele e voltou seu olhar um tanto louco para Molly Pavor.

— Eu nunca vou contar — disse ela, um pouco assustada, mas corando de um jeito estranho. — Eu lembro, mas nunca vou contar a ninguém, nem mesmo se eu morrer por isso... nem mesmo para o senhor, milorde. — Ela não olhava para ele enquanto falava, mas para Schmendrick.

O rei Lír também deixou a mão dela cair e montou na sela com tanta fúria que seu cavalo empinou sobre as patas traseiras diante do nascer do sol, berrando como um cervo. Mas Lír continuou sentado e olhou para Molly e Schmendrick com um rosto tão sombrio, marcado e deprimido que parecia mesmo o herdeiro legítimo de Bravio.

— Ela não disse nada para mim — sussurrou ele. — Vocês me entendem? Ela não disse nada para mim, absolutamente nada.

Então, seu rosto se suavizou, assim como o rosto do rei Bravio assumia um quê de gentileza quando observava os unicórnios no mar.

Naquele momento ele era novamente o jovem príncipe que gostava de sentar-se com Molly na copa.

— Ela olhou para mim. Em meu sonho, ela olhou para mim sem dizer nada.

Ele partiu sem se despedir, e Molly e Schmendrick o observaram até que as colinas o esconderam — um cavaleiro sério e triste, voltando para casa para ser rei. Por fim, Molly disse:

— Ai, coitado. Coitado do Lír.

— Ele não se saiu tão mal assim — respondeu o mágico. — Grandes heróis precisam de grandes tristezas e fardos, ou metade de sua grandeza passa despercebida. Faz parte do conto de fadas. — Mas a voz dele assumiu um tom de dúvida, e ele passou o braço suavemente em volta dos ombros de Molly. — Não deve dar má sorte ter amado uma unicórnio — comentou. — Com certeza, deve ser a sorte mais cara de todas, embora aquela conquistada com mais ardor.

Pouco a pouco, ele a colocou tão longe dele quanto a ponta dos dedos alcançava e perguntou:

— Agora vai me dizer o que ela disse para você?

Mas Molly Pavor apenas riu e balançou a cabeça até seus cabelos se soltarem, e ela era mais bonita que lady Amalteia.

— Muito bem — disse o mágico. — Então, vou encontrá-la de novo, e talvez ela me conte.

E ele se virou com calma para assobiar aos seus corcéis.

Molly não disse nada enquanto Schmendrick selava o cavalo dele, mas quando ele começou a selar o dela, a cozinheira colocou a mão no braço do mágico.

— Você acha... espera de verdade que poderemos encontrá-la? Será que esqueci de dizer alguma coisa?

Schmendrick olhou para ela atrás de si. A luz do sol da manhã fazia os olhos dele parecerem vivos como a grama, mas, às vezes, quando ele se abaixava à sombra do cavalo, um verde mais profundo despertava em seu olhar — o verde das agulhas de pinheiro que tem um amargor leve e fresco.

— Tenho medo por ela — respondeu Schmendrick. — Significa que ela também é uma andarilha agora, e esse é um destino para seres humanos, não para unicórnios. Mas eu tenho esperança, claro que tenho. — Então, ele sorriu para Molly e tomou a mão dela. — De qualquer forma, já que você e eu devemos escolher uma estrada para seguir, entre as muitas que levam ao mesmo lugar no final, talvez seja mesmo a estrada que uma unicórnio tomaria. Talvez nunca a vejamos, mas sempre saberemos onde ela esteve. Venha, então. Venha comigo.

Assim, começaram uma nova jornada, que os levou, a seu tempo, para dentro e para fora da maioria das dobras desse mundo doce, perverso e encarquilhado, e, dessa forma, finalmente, ao seu destino estranho e maravilhoso. Mas isso tudo foi depois, e primeiro, a menos de dez minutos do reino de Lír, eles encontraram uma donzela que veio apressada e a pé em sua direção. Seu vestido estava rasgado e manchado, mas a riqueza de sua confecção ainda era evidente, e, embora seu cabelo estivesse desgrenhado e emaranhado, seus braços arranhados e seu belo rosto sujo, não havia como confundi-la com ninguém além de uma princesa em terrível aflição. Schmendrick abaixou-se para ampará-la, e ela o agarrou com as duas mãos como se ele fosse uma corda de salvação.

— Socorro! — gritou a princesa para ele —, socorro, *au secours*! Se és um homem de coragem e simpatia, ajuda-me agora mesmo. Minha graça é princesa Alison Jocelyn, filha do bom rei Giles. Ele foi cruelmente assassinado por seu irmão, o sanguinário duque Wulf, que tomou meus três irmãos, os príncipes Corin, Colin e Calvin, e os lançou em uma prisão cruel como reféns até que eu me case com seu filho gordo, o lorde Dudley, mas eu subornei a sentinela e acalmei os cães...

Mas Schmendrick, o Mágico, levantou a mão, e ela ficou em silêncio, olhando para ele com admiração em seus grandes olhos lilases.

— Linda princesa — disse ele com seriedade para ela —, o homem que Vossa Alteza quer acabou de ir por ali — e apontou para a terra da qual tinham acabado de sair. — Leve meu cavalo e chegará até ele ainda com sua sombra atrás da senhorita.

Ele juntou as mãos em concha para a princesa Alison Jocelyn, que, muito cansada e um tanto perplexa, usou o apoio para subir na sela. Schmendrick virou o cavalo, dizendo:

— Com certeza, Vossa Alteza o alcançará com facilidade, pois ele estará cavalgando devagar. É um bom homem e um herói que vale mais que qualquer causa. Eu mando todas as minhas princesas para ele. O nome dele é Lír.

Então, deu um tapa no lombo do cavalo e o despachou pelo mesmo caminho que o rei Lír tinha ido; e, em seguida, riu por tanto tempo que ficou fraco demais para se manter atrás de Molly e teve que andar ao lado do cavalo dela por um tempo. Quando recuperou o fôlego, começou a cantar, e ela se juntou a ele. E foi isso que cantaram enquanto saíam juntos desta história e entravam em outra:

Não sou nem rei, nem sequer senhor,
Ele disse, nem mesmo soldado a vigiar.
Não passo de um harpista, e um bem pobrezinho,
Que veio até aqui para contigo me casar.

Se fosse senhor, seria mesmo o meu senhor,
Ela disse, e o mesmo se fosse um ladrão.
E se é um harpista, meu harpista será,
Pois não importa para mim, para mim,
Pois não importa para mim.

Mas se ficar provado que não sou harpista?
Que menti por seu amor de um jeito que destoa?
Ora, então vou lhe ensinar a tocar e cantar,
Pois adoro, disse ela, tocar uma harpa boa.

–FIM–

NOTAS

1 N.T.: Também chamado de côvado, é uma antiga medida de comprimento equivalente a 66 cm.

2 N.T.: SHAKESPEARE, William. *O rei Lear*. Porto Alegre: L&PM Editores, 1997.

3 N.T.: SHAKESPEARE, William. *Hamlet*. Porto Alegre: L&PM Editores, 1997.

4 N.T.: No original, "*...you're my pickle-face consumptive Mary Jane*", trocadilho com um verso da canção "Hungry Hash House", de Charlie Poole.

5 N.T.: ROSTAND, Edmond. *Cyrano de Bergerac*. 1. ed. São Paulo: Martin Claret, 2022. p. 290.

6 N.T.: No original, "*Won't you come home, Bill Bailey, won't you come home?*", trecho de uma canção popular dos Estados Unidos, de 1902.

7 N.T.: No original, "*Buckle down, Winsocki, go and catch a falling star*", trecho de uma canção militar dos Estados Unidos.

8 N.T.: No original, "*Clay lies still, but blood's a rover*", verso do poema "Reveille", de A. E. Housman.

9 N.T.: No original, "*Not, I'll not, carrion comfort, look down that lonesome road*", trecho do poema "Carrion Comfort", de Gerard Manley Hopkins, em tradução livre.

10 N.T.: No original, "*Take the A Train*", uma referência à canção homônima de Duke Ellington e Ella Fitzgerald. Ela evoca a necessidade de se chegar rápido a Sugar Hill, que era um lugar mais rico

e confortável no Harlem, o berço cultural dos afro-americanos. Na tradução brasileira, a referência é à canção "Trem das onze", de Adoniran Barbosa, que, embora por motivo distinto, expressa igual urgência.

11 N.T.: Referência ao poema "The Yarn of the 'Nancy Bell", de W. S. Gilbert.

12 N.T.: No original, referência à canção "Has Anybody Here Seen Kelly?", de Florrie Forde. Na tradução brasileira, a referência é à canção "Cadê você", de Odair José.

13 N.T.: "Borboleta pequenina", canção de Galinha Pintadinha, ano 2012.

14 N.T.: SHAKESPEARE, William. *O rei Lear*. Porto Alegre: L&PM Editores, 1997.

15 N.T.: Trecho do poema "Western Wind", datado do final do século XV ou início do século XVI, cuja autoria é desconhecida.

16 N.T.: Trecho do poema "Eldorado", de Edgar Allan Poe.

17 N.T.: Deuteronômio 33:17. *Bíblia de Jerusalém* – Nova edição, revista e ampliada. São Paulo: Paulus, 2002.

18 N.T.: SHAKESPEARE, William. *O rei Lear*. Porto Alegre: L&PM Editores, 1997.

19 N.T.: Trecho da canção "A Real Nice Clambake", de Rodgers & Hammerstein.

20 N.T.: Cor criada em tecelagens da Idade Média e que virou a cor do Robin Hood.

21 N.T.: Possível referência a Amalteia, que, na mitologia grega, era a ninfa cuidadora de Zeus e dona da cabra Aix, que dava leite ao deus quando pequeno. Também descrita como uma mistura de mulher e cabra, e como a cabra de quem Zeus toma o leite. Provavelmente Schmendrick faz essa referência por conta do chifre da unicórnio.

22 N.T.: Ninfa da floresta da mitologia grega.

23 N.T.: Como eram chamados os demônios da mitologia árabe.

DIREÇÃO EDITORIAL
Daniele Cajueiro

EDITOR RESPONSÁVEL
Mariana Rolier

PRODUÇÃO EDITORIAL
Adriana Torres
Mariana Lucena
Tiago Velasco

REVISÃO DE TRADUÇÃO
Manoela Alves

REVISÃO
Laura Folgueira
Perla Serafim

ADAPTAÇÃO DE CAPA
Leticia Fernandez

DIAGRAMAÇÃO
Alfredo Loureiro

Este livro foi impresso em 2025, pela Coan,
para a Trama. O papel do miolo é Ivory Slim 65/m².